魅丽文化

一夏星河

莫离 著

广东旅游出版社
GUANGDONG TRAVEL & TOURISM PRESS
悦读书·悦旅行·悦享人生

中国·广州

图书在版编目（CIP）数据

一夏星河 / 莫离著 . —广州 : 广东旅游出版社 , 2021.5

ISBN 978-7-5570-2434-5

Ⅰ . ①一… Ⅱ . ①莫… Ⅲ . ①长篇小说–中国–当代 Ⅳ . ① I247.5

中国版本图书馆 CIP 数据核字 (2021) 第 000106 号

一夏星河
YI XIA XING HE

出 版 人：刘志松
责任编辑：何　方　戴璐琪

广东旅游出版社出版发行
地址：广州市荔湾区沙面北街 71 号首、二层
邮编：510130
电话：020-87347732
印刷：湖南凌宇纸品有限公司
（地址：湖南省长沙县黄花镇工业区凌宇纸品　电话：0731-86300881）
开本：880 毫米 ×1230 毫米　1/32
字数：257 千
印张：9.5
版次：2021 年 5 月第 1 版
印次：2021 年 5 月第 1 次印刷
定价：42.80 元

目录 CONTENTS

第一章

追星的人

我算什么猎星者啊！
他抬头望向天边紫色的暮霭。
我只是一个追星的人，那颗星星，是我终生之爱。

1

蓝天白云之下，一辆黑色悍马在沙漠小道上疾驰而过。沙砾飞扬，泥石滚动，卷起的腾腾烟尘让这个夏日变得异常干燥。

蓝星河就坐在后排，她只有抓着头顶上方的拉手，才能在这颠簸的车里寻得一丝稳定。开车的小伙子到底年轻，摇头晃脑地将车开出了拖拉机的架势声。直到看见窗外闪过的白色里程碑，数字竟跟之前的一样，她这才蹙了蹙眉。

她也顾不上眼前大漠浩瀚、沙海苍茫的景色了，拍拍小伙子的肩膀："我们是不是绕路了？"

小伙子啊了一声，回过头，一双惺忪的眸子里透出一丝迷茫。

蓝星河内心长吁一口气，耐着性子问："你是在睡觉吗？"

开车睡觉，命中缺命！

她一个外来人都知道路线不对了，小伙子还处在迷糊中。

他虽然是混血儿，普通话却说得十分标准，浓黑的睫毛下还有着一双不同于常人的棕色眸子。

亮堂，清澈，对世界充满无限渴望。

她不喜欢。

她爱那种单眼皮，厌世，万物尽收眼底却始终守口如瓶的人。

蓝星河靠在椅背上，双手环胸看着外面，一脸"生人勿近"的样子。

小伙子太会演戏了，不知给谁打了电话，对方一接通他便苦兮兮地说被妖风迷了眼，自与那沙尘拼死一搏，离合片子险些踩碎了才杀出困局。

电话开的是免提，蓝星河听得一清二楚。对方音色低沉，冷冷地吐出两个字："废物。"

小伙子万分尴尬地想去拿支架上的手机，急忙说道："老板，车上有天文台的人呢！"车子一颠簸，他没拿上手机，这下可好玩了。

蓝星河面无表情地盯着那部手机，只听对方再次发声："一车废物。"

晚上 20:07，太阳还在西边悬挂。

他们处于北纬四十三度，采用的同是北京时间，按照格林尼治时间纬度计算，这里与其他城市有两个小时的时差。

韩舍就站在小镇路口，背后是清一色的蓝色屋顶，还有终年积雪绵延不绝的天山。他穿着黑 T 恤、工装裤，有些不耐烦地摆弄着在腰间挂着的匕首。

韩舍此时饥肠辘辘，却还要等着迷路的兔崽子回来吃饭。待自己那辆洗干净出去、却蓬头垢面回来的悍马出现时，他一脚踢飞了玩弄多时的石子。

他决定来个“手撕小孩”。

小伙子还坐在车里犯愁，后排的蓝星河先他一步下了车。

韩舍手摸着瘦削的下巴，歪了歪头，看到一个女人的身影。

他带着些许戾气，极度不爽地用舌尖抵了抵牙齿，对于兔崽子走哪儿撩哪儿的毛病真的是忍无可忍了。

韩舍上前一步，阳光晒得他肌肤黝黑，散发着成熟男人特有的魅力。

“喂。”

蓝星河闻声回头。

如行星偏离航道，如美梦突然惊醒，如明光黯然失色，两个人的视线跨越了四千公里，山河星辰，花海桑田，都在交替的瞬间让一切再次璀璨。

韩舍慢慢垂下手，步子再也不敢往前迈了。

路口的风有点大，蓝星河的发尾被风吹起，贴在脸上，又痒又痛。她看着眼前这个肤色黝黑的男人，一点也不惊讶。她的明眸温柔依旧，似能在人的心上开出花来。

本该是旧人相见的美好瞬间，然而蓝星河迈步向前，一个响亮的耳光落在韩舍脸上。

打得真是任谁都猝不及防。

车上的小伙子吓坏了，一看自家老板挨揍，想着大城市来的姑娘真娇气，就骂了句“废物”面上就挂不住了。

他趔趔趄趄跑过去拉架：“姑娘、姑娘，他说的这个‘废物’就是甜心的意思，甜心你懂吗？Honey，honey的意思懂吗……”

就在小伙子以为老板要反击的时候，蓝星河用力伸手去推他。韩舍一米八九的个子，体格健壮如牛，硬邦邦的胸肌都能挨砖头，哪是小姑娘能推得动的。

突然，韩舍就挪动了脚步。

一步一步，被蓝星河下狠手捶打。

她的眼中升起水汽，韩舍知道，那全是恨。

眼前人始终无言，蓝星河彻底发怒了。她眼明手快地拔出了韩舍腰间的匕首，毫不客气地直接刺下。韩舍虽面带忧色，但绝不是畏缩，他只怕小姑娘会受伤。

小伙子一看斗争升级了，只想保护老板，快速挥手一个发力劈在蓝星河的后颈上。匕首的刀锋在距离韩舍胸膛的两厘米处停下，连人带刀落进韩舍怀里。

韩舍紧紧地护着她，睁大那双厌世的眸子，恶狠狠地说道：“你干什么！”

小伙子一脸蒙：“她刚才要杀你啊！”

“我要你管！”

风未息，阳光像是被剪碎了一样，斑斑点点落在蓝星河的眉间。

韩舍心疼地划过，指尖颤抖，突如其来的一滴泪滑落。他紧紧抱住这个小姑娘，搂在胸前。

有人说，左眼先落泪的人，一定是伤心到了极致。

2

在蓝星河十六岁的时候，遇见了一个二十二岁的男孩。

他眼中的这个世界是无聊的，唯独看她有光。

她身边的很多人都会笑她傻，偏偏他说那是过分的聪明。

喜欢这种东西，没有道理，也没有说法，喜欢了就是喜欢了。蓝星河总是独自琢磨，怎样才能缩短两个人之间的距离，智商、喜好，甚至是年龄。

现在她二十二岁了，那个人却只有二十四岁，永永远远地停留在了二十四岁。

痛苦的记忆在翻腾，蓝星河只想让自己再多沉睡一会儿。这个世界对她真是太坏了，夺走了她最宝贝的东西却还逼着她看每一日无光的太阳。

人活在世上就是带有戏剧性的。

蓝星河在得知自己喜欢的人没死时，整个人都不好了，她竟然被诓了。姑娘家心眼太小，小到放进去的那个人挤破头都出不来的那种。于是她天天在家磨刀，只等着相见的那一天。

没死透是吗？如果找着你，我一定亲手杀了你。

夜晚星子高挂，虫儿鸣叫。蓝星河醒后感觉脖颈酸痛得不行，险些起不来。她抓着床沿打量四周，房间布置得十分简单，只有床、衣柜、书桌，以及挡住视线的书柜。

床前点着白色的香薰蜡烛，是清雅的薰衣草味道。

蓝星河盯着那豆大的火光看了许久，掀了掀眼皮。下床后，她心里的怒气未消，穿过书架走了两小步，像是感觉到什么，回了头。

韩舍就倚靠在书柜旁，双手环胸，一动不动地看着她。

时光漫长，年少的故事早已停留在某个狂热的夏天。

如今他就站在自己面前，带着无法言说的沧桑感。蓝星河在这一刻突然又心软了，她发现自己依旧深爱着那个人。只盼他静好安稳，宁愿永不相见。

委屈、不甘、怨恨，还有不舍。

蓝星河红了眼，紧紧咬住下嘴唇。

韩舍深深地凝望，那些习惯还是没改啊。小姑娘是发狠咬的，可能哄不好。

“你哭出来吧。”

蓝星河咬紧下嘴唇，心想，四年未见，他竟然开始瞧不起自己，唇齿间顿时弥漫腥甜味。

见她未有所动，韩舍突然大步上前，单手捏住她的下巴，有些生气：“不准咬。”

女孩柔软的肌肤磨着他的老茧，产生了异样的反应。韩舍觉得指尖滚烫无比，还有那干燥的喉咙。

他咽了口口水，面对这个倔强且沉默的人，自己总是输得一败涂地。

韩舍突然低头吻上那娇艳的唇瓣，带着欲罢不能的思念。

蓝星河开始反抗，韩舍哪能让她动弹，伸手扣住她的脑袋将人逼近自己的胸膛。

辗转依恋，缱绻温柔。

他抵着她的额头，喘着粗气："我让你哭，听见没有？"

蓝星河是被这个莫名其妙的吻弄哭的，眼泪刚掉落，韩舍又吻了上来，吻去了她的泪水。

此时房门"哐当"一声，那个欠扁的小伙子一脸愕然地看着自己的老板跟姑娘肢体接触。接收到那道冷箭后，他缩了缩脖子，来了个二指敬礼："不好意思，我没有看到你们亲嘴……"

凌晨一点，天文台的大部队终于到达了十里镇。

他们所要暂居的房子正是韩舍现在住的，是经过重新翻建的砖瓦房，有着蓝色的屋顶和褐红色的墙面，农园式的清新格调。屋内的整体格局是长方形的，分为两层，一层是房间含大厅，二层全是房间。每一间房都编了号码，韩舍的房间门口写着"13"。

他不管到哪里都爱住带着"13"号码的房间。

大厅里有些喧闹，西关和言泠正在给大家分配房间。西关就是带着蓝星河先到的那个小伙子，言泠则是本地人，西关的好朋友，他带着其他的天文台人员刚回来。

两个人都是韩舍的线人。

基本的介绍完毕后，韩舍和蓝星河正好下楼来。

两个人一前一后，都面无表情。

天文台的刘教授朝蓝星河招了招手："星河，胃好点了吗？"

刘教授身后的李君泽把行李扔到一旁，“噔噔噔”地往楼梯处跑去，早早地就把手伸出去：“星河，你没事吧？”

韩舍瞧着那双殷勤的爪子，咧了咧嘴，笑得招摇。他用力抓着李君泽的手，借助他的力，翻下了还有四五级台阶的楼梯。天文台的几个小女生发出哇的一声，捂嘴惊呼。

蓝星河下了楼梯后，说了声“我没事”，就站到大部队里去了。

刘教授这才给大家正式介绍韩舍：“韩先生，圈内大名鼎鼎的陨石猎人。这次的项目研究，我们聘请了他作为领队。在接下来的一个多月时间里，他将协助我们一起完成工作，大家欢迎。”

天文台一行总共八个人，除了蓝星河和李君泽，其他人都热烈地鼓掌。

韩舍隔空画了几笔，说道：“韩舍，第四声。”

他说完看着这一张张年轻的面孔，露出自认为最和善的笑容。

蓝星河垂下眼睑，李君泽则翻了有生以来最大的一个白眼。

一帮人又叽叽喳喳说了些话，这才拿着各自房间的钥匙去找房间。西关将钥匙递给蓝星河时，大门牙都透着道歉的意味，他毕竟把人给劈晕了。

“同学，你的房间在二楼，14 号。”

李君泽一看布局，顿时不乐意了。他说：“为什么大家都在一楼，她却在二楼？”

西关内心嗤笑，这城里的小家伙个个脾气不小。蓝星河话少，接过钥匙道了声“谢谢”就上楼了。经过韩舍身旁的时候，她依旧半点目光都没给。

李君泽还想追上去，却被一只手拦住。

韩舍歪着头，笑啊笑啊笑，忽地变了脸色，眉眼冷得吓人。

他靠到李君泽的耳畔，声音降了几个度：“别废话，不住就滚出去。”

李君泽倒吸一口冷气，这个人有两副面孔！他一定要告诉刘教授！

韩舍太清楚他的心理活动了，压着他的肩膀，给了他一个“你去告我看看”的眼神。西关和言泠就站在身后，龇着牙，一副“你敢去就把你的腿打断”的样子。

李君泽咽了口口水，深深觉得自己进了黑店、狼窝。

把人吓走后，韩舍转身就给了西关一脚："谁让你自作主张的？"

西关立马抓住言泠，脸疼得一抽一抽的："你难得对女孩感兴趣，我这不是在帮你吗？"

韩舍伸手佯装要揍他，西关立马躲到言泠身后，撇着嘴，感觉好委屈。

韩舍今天真是被吓到了，他指着西关，郑重地警告："你自己手多重心里没点数？你再动她一下试试，我不把你扔出去喂狼，老子跟你姓。"

西关㞞得不行，只敢点头，不敢冒头。

等韩舍上楼以后，言泠嗅到一丝八卦的味道，问西关自己是不是错过了什么好事。

西关这才敢挺直腰杆，大拇指一歪，指着14号房间："这绝对是个小骗子，什么胃疼要先到大本营来休息，她是早有预谋的！"说完咂巴两下嘴，"小骗子配大尾巴狼，真是绝配啊……"

3

砖瓦房的房间是不带卫生间的，一楼和二楼皆有公共浴室，男生用底层的，女生用楼上的。

蓝星河洗完澡就准备回房休息，此时身心俱疲。她觉得自己活得真窝囊，连一句大声的话都不敢讲，内心深处的卑亢让她只能沉默地守住那道防线。

门口的地上摆着一个香薰。

蓝星河盯着看了许久，李君泽跑上楼来，手里还拿着零食。

"星河，你洗完啦！"

李君泽看着蓝星河粉嫩的脸颊，还有点不好意思。她的长发柔软发亮，服帖地披在身后，领口处被水珠浸湿了一片。

那个胸口……李君泽红着脸别过头去。

他举起零食："星河啊，这是我带的小饼干，可能有点压碎了。"

蓝星河漠然地看着他，吐出一句："压碎了你还给我？"

李君泽啊了一声。

蓝星河自顾自地打开房门，饼干未接，人也不管，砰的一声把门关上了。

李君泽悻悻地下楼去，13 号房间的人这才结束听戏，把门打开。

韩舍倚靠在门边笑得温柔，人情世故还是那么差。正想着，隔壁 14 号的门又被打开了，这一次没见人，只伸出了脚。

毫不客气地将门口的香薰给踢飞，再关上门。

他的小姑娘啊，不仅人情世故差，脾气也依旧不好。

香薰被踢到了一楼大厅，恰好落在了宽大的会议桌上。韩舍下楼去捡，捏着那残缺不堪的蜡烛缓缓吁了口气。

她难受了四年，踢一下又没关系。

韩舍抬头看向那个房间，夜深沉梦，万籁俱寂，他从来没有这么期待过明天的到来。

蓝星河几乎没怎么睡，天边泛起鱼肚白时，她已在院中坐了许久。

院中有一处小花园，种满了紫苏。那些花朵密集又小巧，她蹲在那儿看了半天。小花园的另一边种着蔬菜，西红柿、黄瓜早已压满枝头，一口压水井就横在两块地中间。

韩舍出门后，就看到辗转反侧、想念许久的小姑娘正弯腰在水井旁边洗脸。

她捧着清凉的井水往脸上拍，有可能是地下的水有些凉，冻得她忍不住打了个寒战。

蓝星河抹去眼前的水珠，疲倦是消散了，可是好冷啊！

三伏之中逢酷热，冰水来得也恰是时候。

蓝星河没有拿毛巾，只是心血来潮打了井水。她晃了晃脑袋，像小动物甩动毛发那般自在。一回头，差点想龇牙咬上眼前的人。

韩舍就手叉腰站在花园旁边，视若无睹地看着她。

紫色的小花映得他有些柔软，天边升起了绚丽的彩霞。

两个人对望，无言又深刻。

韩舍还是开了口，摸摸鼻翼："怎么把井水打出来的？"

手动的压水井在乡下已经不多了，城里的孩子从来就没有见过，更别说怎么出水了。

蓝星河当时只看了几秒，就分析出了它的结构原理，舀来一点水，通过引水皮的压力把地下的水给引出来。

原来在他眼里，自己还是个生活白痴。

蓝星河缓缓偏过头，弯腰，将那个铜铝洗脸盆端起来，堪堪泼水出去。

目标是韩舍。

这水可真是透心凉啊！

韩舍抹了一把脸，上衣全湿透了。

李君泽起得也早，伸了个懒腰就跑到两个人中间，提起十二分警惕："星河，怎么了？"

"没事。"

蓝星河放下脸盆，从二人身边走过。她经过韩舍面前的时候，韩舍挪了一下脚给她让位，似乎对于刚才的挑衅没有半点脾气。

李君泽想跟上蓝星河，同样经过韩舍面前的时候，却被半路上伸出来的一只脚给绊倒了。

"你神经病啊！"李君泽怒了，韩舍竟然偷袭他！

韩舍心里难受得不行，他咬牙，手摆弄着腰间漂亮的匕首："你说什么？"

李君泽四肢并用，吓得够呛："星……星河，等我！"

4

天文台的一众人坐在大厅的长桌旁，约莫十分钟，镇上的有关部门人员前来赴会。他们要共同协商此次野外工作的具体事宜，开会时间定在11:30，除了韩舍、西关、言泠三个人，其他人都到齐了。

镇长是个四十多岁的汉子，长得十分结实，典型的国字脸。许是常年在外面跑，晒得比黑炭还要黑。他有着北方男人的豪爽，跟大家挥手：“都坐，就当在自己家一样。”

许教授带着众人坐下，一张张年轻稚嫩的脸庞上透着新奇。

镇长看着孩子们，“呵呵”笑道：“好家伙，来的都是水嫩的‘大白菜’啊！”

大家都没有说话，也不知道镇长说的这句话是贬是褒。

许教授挨个介绍“大白菜”，尤其是蓝星河，因为她是年龄最小的一个。

“蓝星河，晋城Q大数学系的高才生。虽然是我们的实习生，但辅修了天文学双学位，今年正好研究生毕业，擅长做理论和仪器。”

镇长哦了一声，问道：“多大了？”

蓝星河礼貌地回答：“二十二岁。”

“这么小就研究生毕业啦，多大念的大学？”

“十六岁，我念的是少年班。”

镇长又哦了一声，顿时对这个小姑娘另眼相看，毕竟他的身边只有过一个高才生。

他来了兴趣：“我们韩舍好像跟你同校和同系，他也很厉害呢！”

蓝星河头也没抬：“不知道。”说完又淡淡地补充，“毕竟他那么大年纪了。”

疾驰在沙漠里的韩舍打了个响亮的喷嚏。

韩舍觉得鼻塞，有点感冒的迹象。

西关从后座探出脑袋：“这年纪大了抵抗力就是不行啊。”

言泠眯着眼想睡回笼觉，顺道带了一句：“我们老板那是老当益壮。”

还不到三十的韩舍被如此埋汰，面无表情地握着方向盘，突然换挡踩油门，一个惯性将后座的两个人给甩了个过年拜。

车子紧急刹车后，韩舍利索地开门下车。西关最先看到前面的场景，急忙说：“快快快，下车。”

风卷着泥沙，带着韩舍稳重的脚步。他握住腰间的匕首，乌黑的眸子被凌乱的发丝遮住了寒意。几乎是刹那间，那把泛着白光的刀子笔直地扔了出去，堪堪扎在一个人的脚边。

那个人金发碧眼，高个子，白皮肤，着实被突然出现在脚边的东西吓了一跳。

他们一行只有四五个人，个个手拿探测器。待看到韩舍的时候，他们都果断地站到一旁。

韩舍走近，西关和言泠紧跟身后。西关忍不住吐槽了一句：“长得真丑。”

这群外国人中有一个亚洲人，是言泠先把人认出来，指着他说：“姓林的，我给你三秒钟立马滚过来。”

林小源是受不住吓的，缩着脖子躲在外国人身后，忍不住为自己辩解：“我上有老下有小，赚点生活费有什么错吗？给谁打工不是打……”他说着话，看到韩舍突然抬步向前，吓得直哆嗦，“哥……哥……哥，韩老板……”

韩舍走到外国人面前，神情自若地挑了一下眉：“中国有几句古话，礼者，人道之极也，不学礼，无以立。”

林小源蹙眉，正张嘴要跟外国人说，只见韩舍的余光冷冽：“不许翻译！”

吓得他险些被口水呛着，自己都没听懂还怎么给人翻译啊，也就是想重复一遍而已。

两帮人对峙，太阳升得越来越高，连人带大地烤得直冒汗。

韩舍好整以暇地将地上的匕首拔起来，刀子硬实，光线照在刀刃上折射出一道光。那个为首的外国人眯了眯眼，抬头看着韩舍，不言不语。

“出门也不打听一下，你脚下踩的这片土地是谁的地盘。”韩舍晃着刀柄，语气嚣张得让这帮人生了气。

西关看他们想反抗，上前一步：“我老板在线教你做人还不收费，识相点的立马拿上东西走人，要不然……”

他活动活动脚踝和手腕，手指关节发出清脆的声响。

韩舍不是地头蛇，他是国内猎陨界的强龙，同为猎星者，这帮人又岂会不认识他。

为首的这个还算识相，举手示意大家不要轻举妄动，用蹩脚的中文说了一句："对不起，不知道这里是你的地盘。"说罢当即收了探测器及其他工具。

离去的时候，韩舍还跟那个外国人对视了许久。对方似乎想从自己这儿搜寻点什么，韩舍嘴角勾起一抹笑，将那刀子插回刀鞘中。

林小源想跟着外国人溜走，被韩舍擒住后脖颈，大叫一声"妈呀"，狂喊救命。

西关和言泠一边一个，架住他的胳膊。

"走，跟哥几个喝茶去。"

蓝星河开完会后没跟大家四处去转，李君泽就想跟她在一起，唠叨个没完。见她不理自己，他就问："星河，我的话是不是太多了？"

她果断回答："是的。"

李君泽一噎，想想还是跑去找大部队玩了。

于是蓝星河就独自一人在路口走动，直到看见那四个人。

一个年轻男孩坐在地上，委屈巴巴地跟眼前人说："我真的不知道他们是哪儿来的，就说要个翻译，给外国人干活也不是什么罪啊，还能拉动当地GPG呢。"

言泠的嘴角直抽搐："是GDP。"

林小源太生气了："言泠！咱们从小一起长大，你就不能好好为我说句话吗？！"

蓝星河听不清他们的对话，就看见韩舍蹲在地上逼得人挪着屁股往后退。只见他伸手戳了戳人家的脑门，可怜的孩子直接软软地瘫倒在地。

她没有想到，以前平易近人、温和善良的韩舍竟会变成这个样子。

蓝星河的出现让韩舍收了手。

林小源一看到她就像看到了救星一样，抱住蓝星河的小腿就哭开了："漂亮姐姐，救我！我上有老下有小，他们要抢我的钱……苍天啊！"

国粹变脸都没林小源变得快。

西关一看是蓝星河，不仅自己退后，还把暴怒的言泠给拉住，挑了挑眉——看戏，看戏。

蓝星河看着鼻涕眼泪横流的林小源，嫌弃地收回自己的腿。

“别碰我。”

林小源在内心感叹：小姐姐好高冷。

“你走。”

蓝星河虽然看着韩舍，但这话却是对林小源说的。

言泠一看他要走，指着他示意：你敢跑试试，我老板能把你的腿给打断。

韩舍果断地后退一大步，让出道来。

言泠：“啊？”

林小源一看事情有转机，脚一蹬，麻溜地跑掉了。

言泠这就想不明白了，看着这个漂亮姑娘，有些不开心：“你姓蓝是吧？我想……”

他话还没有说完，嘴巴就被西关紧紧捂住，二话不说拖走：“不，你不想……”

路口的穿堂风依旧，蓝星河没有扎头发，长发被风吹得有些凌乱。

她那张苍白的小脸一个巴掌就能盖住，眼角带着疲惫，一看时差就没倒过来。

蓝星河看也不看韩舍，转头就走。

韩舍只能在她身后跟着，想说些什么，但知道越说只会越惹人生气。他想等一个合适的时机，如果她还愿意听他解释的话。

蓝星河走得很快，踩着脚下的石子滑了一下，韩舍长臂一挥就将人捞起来。

那双结实精壮的手臂搂着她柔软的腰。

蓝星河跌进他厚实的怀抱里，在梦中，这是她最渴望的倚靠。好不容易平复下来的委屈此刻又被无限放大，她一拳狠狠地打在韩舍的胸口。

自打两个人见面，话没讲几句，架打得倒是爽快。

蓝星河骂出有生以来最坏的话："渣男！"

5

韩舍和刘教授说话的时候一直在揉胸口，刘教授一把年纪看得通透但不讲是非，他们在说着出发进入沙漠的事情。

"带好水和食物，出发前检查好设备。"

刘教授不是第一次找陨石，他知道相关的注意事项，韩舍不用多说也都会做好的。只不过这次带着一帮年轻人，他确实要上点心。

韩舍又问了一句："你们所有人都要去吗？"沙漠里风吹日晒，还要露宿野外，他觉得人多是种累赘。

刘教授不愿给别人添麻烦，说："难得有机会带他们出来见见世面，也有好几个不是第一次找陨石了，有经验呢。"说罢想想还是开口，"但有个姑娘年纪小，还有些内向，这次还要麻烦韩先生多照顾一下。"

"哪个？"

"星河，蓝星河。"

蓝星河和李君泽在确认猎陨装备，检测仪、磁铁、硬度仪、放大镜等一一确认后，李君泽例行搭话："星河，你到时候就跟着我，沙漠里不比其他地方，多多少少都有些危险。我在云南的时候就遇到了一条大蟒蛇，险些把艾艾给吃了，还是我救了她呢。"

艾艾大老远就听到李君泽在说自己，冲他喊着："你给我闭嘴！"

此次出行一共开了三辆车，两辆越野和一辆皮卡。

刘教授将蓝星河、李君泽、艾艾三个人分配到韩舍的车上，蓝星河也不管韩舍就在旁边，直接说道："教授，我想换车。"

李君泽当即举手："我也是！"

艾艾跟风，虽然有些不明所以，但还是一同说："那我也要换。"

刘教授一看仨孩子不听话，觉得在韩舍面前有些丢脸。他推了推李君泽："换换换，要不要给你换架飞机？都给我上去。"

蓝星河沉默，扭头上了后座。李君泽上车前还有些不乐意，哼哼了两声，没敢再说什么。

韩舍看着他们三个人上了车，这才给西关和言泠分发对讲机和GPS。

西关就问言泠：“你说这次火流星落在沙漠里，会有多少东西？”

言泠耸肩：“我只是个线人，又不是陨石猎人。”

“要论线人的专业素质，那还得学我。”西关整整衣领，帅气地摸了一下鬓角，“你去阿苏里问问，谁不知道我关哥。要论猎陨，关哥我认第二，只能是韩舍认第一了。”

韩舍听到西关唤他的全名，轻飘飘地看他一眼。

西关讪笑着敬了个礼：“嘿嘿，老大，哥……”

韩舍没跟他贫嘴，指着两辆车：“一人一辆，言泠你打头，我们跟着你。”

言泠说了声“好”，西关还忍不住吐槽了一句：“凭什么要我们当司机啊？！又不给我们付费。”

韩舍揉揉隐隐发疼的太阳穴，反诘他：“要不你来当老大？”

西关见好就收：“不，我爱开车，开车使我快乐。”

出发前，后座的三个人坐得一本正经，韩舍都快没耐心了，站在窗外问道：“你们叠罗汉呢？坐一个到前面来。”

三个人都没动，李君泽就一个劲地去挤艾艾。没辙，艾艾只能认命地坐到副驾驶座上。

韩舍望着那个默不作声的小姑娘，心里像压了一块大石头。

6

一周前，火流星落到沙漠里，引起了科考人员和陨石爱好者的关注。韩舍早在当晚就和西关一起到达了十里镇，言泠是他在当地的线人，送来的都是第一手资料。三个人其实已经进过沙漠了，根据经验来分析判断，流星有极大可能会落在沙漠深处。

言泠是本地人，他在地图上画出区域，那几个地方只有像言泠这样野外经验丰富又懂得相关地理知识的人才能找到。就算是找到了，还得确保能安全地走出来。

目测来看，整个镇上除了言泠，也没有别人了。

所以前来的科考人员和一些国内外爱好者，哪怕速度快，但是门路拎不清，最后也只能无功而返。

镇长跟天文台的刘教授是老相识，韩舍在这边又住着镇长家的房子，没办法，他只能等天文台的人过来，一同进入沙漠。

韩舍想着带这帮人随便找点石头，完成项目研究后赶紧让他们走人。

没有想到的是，他竟然遇见了蓝星河。

韩舍给远在沪城的好朋友郝一舟打了个电话，问他知不知道蓝星河来北方了。郝一舟睡得迷糊："不知道啊，我跟她很久没有联系了。"

"好，但愿你没骗我。"

挂断电话的郝一舟吓得魂都快没了，"噌"的一下翻身起来，哪还有半点睡意，拍着自己的胸口道："吓死我了，还好没说漏嘴。"

蓝星河和郝一舟相识多年，郝一舟曾做过她的家教老师。后来韩舍加入了他们，三个人是最好的朋友。

蓝星河去郝一舟公司的时候，在楼下帮他取了个快递。

盒子上有一个用碳素笔单独写下的名字，只一眼，那字迹她再熟悉不过了。

那个名字刺得蓝星河的眼睛疼，让她瞬间天旋地转，跌坐在大厦楼下。黑暗的世界刹那间光芒万丈，睽违已久的温暖险些让她无法呼吸。

郝一舟下来的时候，看到的就是这个画面。

小姑娘抱着快递盒子哭得撕心裂肺，恍若无人。

他知道骗不过去了，只能跟人家坦白："没错，你那个男朋友是诈死。"

直到两个人再见，好像除了哭泣也没什么能做的了。要说质问，蓝星河觉得自己又有什么资格去质问别人呢？他们都已经分手了。

车上的韩舍和蓝星河都沉浸在自己的回忆中。

车窗外的沙漠无边无垠，荒凉孤寂。

这一刻，他们毫不在乎自己身在何方，只盼望某人能在身旁。

艾艾觉得气氛有些尴尬，主动聊天，说有生之年一定要和男朋友来一趟沙漠。

聊起男朋友的话题，她扭头问蓝星河："你呢，想跟男朋友一起来吗？"

李君泽很不爽地插话："星河没有男朋友！"

艾艾对着他哼了一声，也没想着蓝星河能搭话。虽然大家同样是女孩，但是蓝星河几乎不跟人社交，久而久之大家多少都会遗忘她。可蓝星河长得漂亮，又聪明，男孩有些时候还是会厚着脸皮前去搭讪。

可这一次，蓝星河回话了，眼睛就看着前方。韩舍怕从车内后视镜对上她的眼神，只得假装喝水。他一只手扶着方向盘，一只手拿着矿泉水。

"我有男朋友。"

她轻飘飘的一句话让艾艾和李君泽很惊讶，韩舍依旧不动声色。

"骗情还骗色。"

韩舍一口气没上来，果断地被水呛了喉咙。他捂着嘴连大气都不敢出，只那双俊俏的眸子里透出不敢相信。

他透过后视镜看说话的人，骗……骗色？

李君泽简直想立刻跳车了结生命，他眼中的小公主还被骗过色！

"哪种骗色？"

蓝星河看着艾艾和李君泽不敢相信的眼神，点点头："对，就是你们想的那种。"

韩舍只觉得胸口的血液在沸腾。

"不过苍天有眼，他死了。"

蓝星河面无表情地来了个"三杀"，话语终结。

这个话题真的太不美好了，李君泽都要哭了，艾艾赶紧刹住打马虎眼转移了。随即车内便是死一般的沉寂，彻底没有人再说话，只剩两道视线在交缠。

蓝星河看着后视镜里的那个人，似大胆地挑衅一般，怎么，想打我？

韩舍则在心里咒骂，该死的，她真是该死的可爱。

他回了个眼神，算你厉害。

浩浩荡荡的一帮人到达营地，这里是沙漠戈壁混合地带，离城市很近。大家陆续下车，开始搭帐篷。首先要清除石块和一些灌木，不能有尖锐的东西，随后取出内帐铺在平整的地上，再抽出帐杆，按照说明书进行安装。

收拾营地不需要那么多人，另一部分人则带着设备前去找陨石。西关被韩舍安排留守，他同言泠带队出发。刘教授叫了三个人，其中一个是蓝星河。

“星河，你没有野外经验，一定要跟紧大家，或者你就跟着韩队。”

韩舍也听见了，他没有吭声，只从车上拿了两瓶水装进背包里，又弯腰紧了紧鞋带，确认腰间的匕首所在位子，然后手叉腰看着这帮人磨叽。

有个女孩在急匆匆地涂防晒，又是帽子又是遮阳护袖什么的。韩舍憋着没说话，言泠忍不住喊了一声：“喂，去选美啊？”看到蓝星河什么都措施都没做，就戴着顶帽子站在那儿，他又“呵呵”两声，对老板说：“那个姓蓝的好像有点傻。”

韩舍白眼一翻，看着言泠：“话多是会传染的吗？”

言泠抿了抿嘴唇，西关的话确实有些多了。

蓝星河就跟在许教授身后，当个仪器助手。他们与韩舍是分开探测的。

后来大概走了一个多小时，日照猛烈，空气干燥，蓝星河很快就有些体力不支了。她忍不住喝光了自己带的水，觉得帽子连带头皮都要被太阳烤焦了。

言泠给的距离是经过计算的，韩舍看着手中的地图说：“别让天文台的人进入这里。”

言泠当然明白他说的是哪几片区域，点点头：“好的。”

7

两个半小时过后，众人一无所获，碰面集合。

他们坐在几块石头旁边休息，韩舍瞧着蓝星河被晒得通红的脸，走路的步伐也有些不稳。

蓝星河找了一处长着红柳的沙面坐着，以手为扇，扇出微弱的风来。

这里的风也是极闷热的，人体内的水分在不断蒸发。如果不及时补水，连同脚下的沙砾，都会变得干巴巴且没有生气。

韩舍拿出一瓶水，拧开又拧好，扔给言泠，话说得十分简单："去给那个看着傻萌的。"

言泠扭头看了看天文台的那几个人，有个小姑娘一个人坐着，也不跟自己的老师和同事说话，就默默地蹲在一旁戳着脚下的沙子玩。

"哦，那个啊。"

言泠正准备跑过去，韩舍又拉住他："算了，我去。"

韩舍快步走过去，高大的阴影挡在蓝星河面前，给她带来片刻凉意。她一抬头，就看到韩舍居高临下地说："起来。"

她没动。

韩舍说："沙漠里有一些血吸虫，就喜欢在你现在坐的地方玩耍。它会把脑袋伸进你的皮肤里吸血，把豆子大小的身子吸得像果核一样大。"

蓝星河才不怕吓，她虽静静地听着，却还是缓缓起身。韩舍正好把水塞到她手中，又忍不住叮咛了一句："被它给咬了，轻则疼痛，重则丧命。"

蓝星河移步到刘教授身边，脸色不太好。

许教授担心她，就问："你的水是不是喝完了？"

于是所有人都看着她。

蓝星河拿着水，小声说："嗯……还有点。"

小姑娘性子太内向了，从小就这样，长大了也改不了。她不愿意和人主动交流，更别说给人带来麻烦了。哪怕她拥有比常人更优渥的家庭环境和更出色的样貌，只可惜她生了自卑，那是刻在骨子里的软弱。

韩舍看着她的样子，又是一番心疼。

这些年，她又是这样过来的。

既然不愿意合群，她又为什么非要跟过来呢？

虽然他们没找到陨石，但大家都很开心，回到帐篷该拍照的拍照，该煮饭的煮饭。

蓝星河依旧落单，在给大家摆碗筷。李君泽屁颠屁颠地跑过来，想跟她说话。

“星河，你要是累了就去休息吧。”

“不累。”

“今天晚上吃面条哦，你最喜欢的，我还给你烤了个鸡蛋。”说罢，李君泽悄悄看看四周，塞给她一个热乎乎的鸡蛋，小声说道，“待会儿你要偷偷地吃，不要被艾艾看见了。”

“我不吃。”

李君泽不容她拒绝，直接塞到她的口袋里，扭头又跑去忙活了。

蓝星河摆好碗筷时，天边落了几颗星星，不是那般闪耀，却也明朗。这两天，她过得比任何时候都要漫长，觉得一分一秒都很难熬。

眼前的天是暗的，想见的人也遥不可及。

蓝星河感觉到阵阵寒意。

沙漠中的气候特征明显，昼夜温差极大，白天的热潮已经褪去，现下温度低了十几度，即使穿着厚外套也难掩寒冷。蓝星河搓着胳膊蹲在那儿，粉色长袖套在身上，像是从地里冒出的小花。

韩舍跟刘教授说完话出来，就看见她孤零零地蹲在那儿。他伸手招来西关和言泠，手叉腰问道：“你们谁会讲笑话？”

西关头上冒出问号：“是看别人笑话的那个笑话吗？”

韩舍扬手就要抽他，西关忙抱头：“我会，我会。老大，你要听绿色的还是黄色的。”

言泠举手：“关哥，我要听黄颜色的。”

韩舍一个人给了一个栗暴。

西关奉老板之命，给这帮不付钱的“甲方爸爸”去讲笑话。蓝星河坐在最外围，看西关眉飞色舞地说着话，觉得特别没意思。所有人都哈哈大笑着鼓掌的时候，只有她一个人面无表情。

西关指了指她，问道："怎么，我的笑话很冷吗？"

蓝星河的语气凉薄："很热。"

西关抽了抽嘴角，她说的这个笑话真冷。

吃完饭，蓝星河和艾艾回帐篷里整理好睡袋。艾艾困得不行，倒头就睡下了。

蓝星河闭上眼睛许久，却丝毫没有睡意。她又失眠了。

于是她起身从书包里翻出手机，上面显示三个未接来电，均来自妈妈。

目前手机信号全无，时间是 01:37。

在这个凌晨，没有一点风沙，周边除了虫子鸣叫，倒也安静。

蓝星河摁亮手机的手电筒，悄悄走出帐篷。她走出帐篷的那一瞬间，感觉整个世界都亮了。

深蓝色的天幕下，亿万星光闪耀，似乎能将这恼人的时光定为永恒。

她仰头看着，深深地为其着迷。

原来不对着星星哭泣的时候，它是这样壮观美丽。

蓝星河爬到远处的一个沙坡上，手机光线隐隐约约，在这静谧的沙海之中像是从空中坠落的星子，流连在人间的土地上。

耳畔有柔软的风声，还有一抹绿色的小光。

蓝星河微微侧头，就看到一只毛茸茸的小动物在冲她摇尾巴。

韩舍爬上这个沙坡，险些又滚下去。他从来没有被什么东西吓过，但眼前的景象却让他的心提到了嗓子眼。他下意识去拔腰间的匕首，喉结滚动，手心生生冒出了汗。

小崽子尾巴摇得热情，却抢走了放在沙子上的鸡蛋。

蓝星河知道不能投喂人类的食物，试图想要拿回，韩舍的心怦怦狂跳。

他觉得自己就要死了。

他极力控制自己的情绪，稳稳地发出声来："小风。"

蓝星河回头，是韩舍，那句"小风"仿佛来自亿万光年以外。

那是她的小名，只告诉过他一个人。

“小风。”韩舍慢慢伸出一只手，“别碰它，走过来。”

蓝星河没有反应，身旁的小崽子舔完了最后一口鸡蛋，在察觉到还有一个人的时候，终是露出森白的牙齿。它没有叫唤，而是一步一步在后退。

那种后退，像是在为俯冲做准备。

韩舍生怕蓝星河发生意外，毫不犹豫地拔出刀来，带着夜色的寒凉直直地飞向那只龇牙的小家伙。蓝星河也是一惊，她起身的时候，吃完鸡蛋的小崽子冲她舔了舔舌头，扭头就跑。

韩舍大步上前，将这个不明所以还有些迷糊的小姑娘紧紧搂在怀里。

漫天繁星，照在心尖之上。

“小风，你是傻瓜吗？那是狼啊！”

他的满目忧愁和情不自禁，都清晰地落在这柔软的沙漠之中。

蓝星河多么怀念啊，此刻她无心去管那是狼还是狗，重要的是她念念不忘的人如此健康，感受着他温热的体温简直是难以言喻的幸运。

如果说来之前她还带了万分怨恨，那么此刻见他安好，便只有无尽的感激。

聪明如她，又怎会不知道那是狼呢？

她只想赌自己在他的心里还有没有位置。

“韩舍，你有想我吗？”她哽咽了，此刻星河滚烫，万籁俱寂，“哪怕只有一点点。”

第二章

有未婚夫

世界上没有人会无缘无故地交集在一起，
如果说是命运在安排，
你就得认命，认我。

1

蓝星河的妈妈赵文君生她的时候正值酷暑时节，妈妈贪凉，但为了腹中的孩子强忍着不碰任何凉的东西。

临盆那晚，病房的窗户半敞着，赵文君已经被阵痛扰得疲惫不堪。她望向窗外，水盈盈的眸子里满是期待。

“要是有风就好了。”

上天像是听到了她的心声，待微风卷起白色纱帘时，孩子顺利出生了。

赵文君甚至看到了漫天星辰，璀璨夺目。在如此美丽的夜色中，她觉得降临的孩子一定是小天使，是上天赐给她最好的礼物。

“就叫星河吧，小名取风。”

蓝启明还在忙工作上的事情，坐在一旁看着文书。

他没抬头，说了一句：“女孩家取‘风’字不好听，意有磕绊、颠沛流离的命运。”

室内一片静谧。半晌，赵文君温柔的声音再次响起：“没关系，有我在，我的孩子一定能顺风顺水。”

在蓝星河放弃去国外进修选择到天文台实习的时候，蓝启明发了很大的脾气，在书房说教了三个多小时，蓝星河硬是一句嘴都没回。

她的沉默，就是最大的反击。

赵文君对于女儿的任何决定都是支持的，她依旧把女儿当成小宝贝一样哄着，在孤独寂寞的深夜给孩子点上喜欢的丝柏香薰，在柔软的手心里放上两颗糖。

“小风，加油，你是最优秀的。妈妈永远爱你。”

在蓝星河这小小的半生中，有两个愿望：一愿妈妈永远爱她，二愿韩舍愿意爱她。

哪怕她早慧、高智商，但聪明的人最容易小心翼翼。她不懂得与他人相处，生怕会让所有人失望。又因为性子不讨喜，她失去了很多机会，韩舍的离去对于她的打击是毁灭性的。当她重新抓住这束光的时候，就特别想拼命。

2

第二天，韩舍继续带着人寻找陨石。

出发的时候，艾艾和几个女孩聚在一起涂防晒霜。韩舍瞧了一会儿，这才走过去伸出手来。

艾艾一时没搞清楚状况，问道：“韩队，你这是？”

韩舍笑得淡漠：“给我一点儿。”

硬汉也要涂防晒的吗？艾艾朝他掌心里挤了点防晒霜，待他走后才忍不住抿嘴笑。

李君泽过来的时候，就看到艾艾矫情造作得将头发捋到耳后，咬着嘴唇，脸颊浮起不符合本人气质的绯红。

“你有病啊！”李君泽翻了个白眼。

艾艾没理会他，反倒矫情地说：“讨厌，你们男生搭讪的方式就不能撩一点吗？！”

李君泽像看白痴一样看着她作妖，然后头也不回地走了。

蓝星河站在车后，正在后备厢里找水。韩舍过来后看了看四周，他们所在的位置算是盲区。

蓝星河一转头就看到他，捧着手，也不知道想干什么。

韩舍走近，双手合掌，将防晒霜晕开，说了一句：“过来。”

蓝星河没有动，他只得再靠近一些，开始在她细长的胳膊上拍打。剩下最后一点的时候，他捧起那张晒得微红的小脸，再轻轻拂开。

小姑娘的皮肤真是娇嫩，软软的，像水水的白豆腐。

蓝星河面对他的举动没有拒绝，只仰着头任他涂抹，一双眸子里藏满灵气。韩舍看着看着就想起一个词——水光潋滟。

只要她在，韩舍就永远也做不到无动于衷。

“沙漠里其实是不能涂防晒霜的，一刮起风来脸就变成磨砂纸了，好在现在不是风季。”韩舍是最嫌弃女孩们在外表现得娇气的，但此时他粗糙的指腹在她的脸上来回抚摸，像是叹了口气，“主动跟朋友们说说话，人家涂防晒霜也会叫你。”

好半天，蓝星河才回他一句：“不想跟他们说话。”

韩舍听她这话像是孩子说的一般，咧嘴笑了，戳戳她的脑门：“又觉得别人没你聪明吗？”

蓝星河看着他，极其认真地问道：“你觉得我聪明吗？”

韩舍不语，低下头摆弄自己黏糊糊的手掌。

“聪不聪明？”

小姑娘非要追问，那渴望答案的眼神太过热烈，让人不敢看。

韩舍没有回答，而是从口袋里掏出一块红色口巾，随后抬起头，对她嘱咐道：“在这里行走，尽量不要把水一次性喝光了。风沙很大，注意保护口鼻。”

他将红色口巾放到她的手里，语气十分柔软：“会不会绑？”

蓝星河垂下眼睑，揉着那块口巾，突然背过身去，低气压地回了一句：“我不聪明，但不代表我蠢。”

郁闷的韩舍揉着太阳穴，觉得头好痛。

李君泽又不合时宜地出现，浑身竖起刺，结结巴巴道：“你……你……你，你站在我家星河背后干什么？想偷袭吗？！”

韩舍深呼吸一口气，转过身去，对于那句“我家星河”，他很有想法。

经过李君泽身旁的时候，他用嘴型吐出一句：“你滚！”

等人彻底走远了，李君泽才噘着嘴跑到蓝星河身边告状：“那个人刚才骂脏话呢！”

中午沙漠里的温度逐渐上升，猎陨回来后，大家都躲在帐篷底下乘凉，聊天的聊天，休息的休息。女孩们聚在一起编辫子，不出意外，蓝星河又没有参与。因为户外水资源的匮乏，她们不能洗头洗澡，此时把辫子编起来倒也是个不错的办法。

西关躺在折叠椅上很无聊，韩舍踢了踢他：“去，学学编辫子。”

开什么玩笑啊！阿苏里的关哥啊！都是横着走的爷们儿，怎么会做这种编辫子的事情。

他想反抗，可无奈那是给自己发工资的老板，于是只得认命地起身，拿捏着娇滴滴的语调跟一帮小姑娘打成一片。

言泠幸灾乐祸，等西关学会回来以后，韩舍指着他的脑门："编给我看看。"

言泠知道自己在劫难逃，只好硬着头皮被西关揪来揪去，疼得龇牙咧嘴："从来没有人薅过我的头发，你给我轻一点！"

李君泽远远地看着他们玩闹，撇撇嘴，走了几步到刘教授旁边。他说："教授，我不喜欢他们。"随后用下巴指了指韩舍所在的方向。

刘教授只当他是耍小孩子脾气，"呵呵"了两声："这个世界上不可能谁都能让你喜欢。"

"我觉得那个姓韩的不老实，他老是缠着星河。"李君泽准备来个大吐槽，刘教授啧了一声，当即制止："不要胡说，韩先生是咱们的领队，当然会多加关心星河了。"

刘教授也没有多想，又补充一句："星河已经订婚了，她有未婚夫的。你就更不能乱说了。"

李君泽吓得一屁股坐在地上，仿佛头顶劈过一道响雷，震耳欲聋："什……什么？"

他的心脏遭受了有生以来最大的冲击，这噩耗能要人的命啊！

3

韩舍自天黑起就盯着蓝星河，就怕她不睡觉又跑去沙坡上发呆。

果不其然，他在星光之下远远地瞧见了沙坡上那小小的她。

蓝星河听到声响回了头，韩舍慢悠悠地爬上沙坡，手叉腰，仿佛是抓到孩子不睡觉的家长。他居高临下地进行说教："十一点前必须睡觉，学校老师没教过吗？"

"没教过。"她秒回。

韩舍抿紧嘴唇，算了。

蓝星河站起身来，感觉脚下的沙子十分松软。韩舍眼明手快地拉了她一把，才避免她一个趔趄。待她站定以后，由于长发没有绑起来，月光映得她的那张小脸很是乖巧。

她的声音温婉，但极具诱惑力，一字一句都让人无法自拔。

“你要教我吗？”

韩舍觉得自己是在自讨苦吃。他庆幸这夜色掩盖了自己脸上不安的神情，没办法，谁让他偏偏去惹这个爱追着问的小姑娘呢。

韩舍沉默半晌，终于开口：“我没资格教你。”

蓝星河觉得自己是踩着仅剩的尊严去寻一个答案，但凡是个有血有肉的人，都能理解自己的出现是为了什么，除非这个人眼睛瞎了。她有些生气，转头就想走，偏偏这个人还要拉住自己。

韩舍一脸无辜：“要不，我给你编个头发？”

蓝星河积压了太多的怨念，于是……她慢吞吞地坐下了。

小姑娘沉着脸，反正天黑也看不清楚表情。韩舍笨拙地用手捏着她的头发，生怕把她弄疼了。

蓝星河的头发又长又密，编起鱼骨辫来漂亮得不行。只不过编的人绕来绕去，折腾了二十多分钟才将那发尾打出鱼尾的模样。

蓝星河的怨气就在这二十多分钟时间里被消磨了。

她看着远方黑暗的一片，心中升起光明的火苗，嘴角勾起的笑再也无法控制。

韩舍一定还是以前的他。

蓝星河决定再豁出去一次，哪怕他不给出任何解释也没有关系。

“你愿不愿意……”蓝星河刚开口，就听远处传来几声怒吼。

李君泽自带发光属性，总是能站到两个人中间，闪到眼珠子都能亮瞎。

他气喘吁吁，鞋子里还进了好多细沙，抬起头冲高出自己一个脑袋的韩舍说：“夜黑风高！孤男寡女！你休想对我们星河有什么非分之想！”

韩舍拿舌尖抵了抵牙齿，发出了危险的信号。

蓝星河见状，什么话都咽了下去。她没理李君泽，径直往帐篷的方向走去。

李君泽当然不敢留下，得亏利索地跟了上去，回头看见韩舍正指着他，吓得一路小跑。

韩舍觉得心中烦躁不安，踢着脚下的沙子，仰头想要望尽所有星光。

最后一次猎陨蓝星河没有参与，她留守营地。

天文台的几个同事围在一起煮泡面。说话间，蓝星河听见有人提起韩舍。女孩觉得韩舍高大威猛，让人不好意思靠近，也有人说他特别平易近人，有问必答。

“我听刘教授说韩队曾经在戈壁待了两个多月，就为了找半块陨石。”

“好像这些陨石猎人都特别赚钱，能把一小块石头炒出天价。”

“那韩队应该很有钱吧。而且他这次是免费帮我们。我觉得他人好好哦，也不知道他有没有女朋友。”

“有没有都不适合你，你愿意跟他在这个鸟不拉屎的地方奔波吗？”

“我就问问而已……”

蓝星河蹲在一旁听，有个女孩叫她：“星河，过来吃面。”

她起身，挪到他们旁边。韩舍的话题暂时中断，大家见始终沉默的蓝星河加入进来，也不知道该说些什么，说太多怕她插不上话会尴尬，可不说大家又尴尬。

有人主动问：“星河，这次出来你还习惯吧？”

蓝星河咬断面条，点了点头，小声回了句：“嗯。”

“你要有什么需要就跟大家说。”

“没需要。”她回答。

大家看着她，集体沉默了。

她认真地吃着面条，其他人面面相觑，转而又继续聊天，说起待会儿回十里镇，要注意不要遗漏了自己的物品。没想到此次出行会空手而归，大家不免有些意兴阑珊。

“我觉得有点奇怪，这次新闻报道火流星坠落在沙漠里，按理说应该有很多人过来啊，怎么感觉就我们这一拨？”

“也许别人早我们一步来了又走了呢。再说沙漠这么大，谁能看到谁啊。”

“刘教授说过，这次是镇长给我们天文台开了绿色通道，其他人过来没有领队又没有向导，也很难找到吧。”

“对呀，再加上有韩队帮我们，别人自然比不了。”

大家对韩舍似乎很青睐，除了他身旁有匪里匪气和孤高傲娇的两个下属，倒也没什么缺点。

蓝星河只管静静地听，除非有人主动问她问题，她必然不会开口。

4

韩舍和大家往营地返回的时候，西关从身后跑过来，伸手给他看。

一条细长的、身带鳞片的黄褐色四脚蛇盘在手心里，当地人也称小蜥蜴，经常在沙漠戈壁地带出没，爬行速度十分快，咬人，但是没毒。

西关起了坏心，想放到言泠的衣领子里。韩舍拍了拍他的肩膀，用眼神示意落了单走在前面的李君泽。西关得到指令，笑得贼眉鼠眼，心想不愧是他的老板，蔫儿坏。

李君泽在西关从自己身旁走过的时候，不经意地摸了一下后脖颈。他摸到那抹冰凉时还没什么感觉，待看到自己捏着的是一条虎头虎脑的小蜥蜴时，吓得那是心肝脾肺肾都在颤抖。

他顿时泪涕横流，往刘教授那边狂奔而去：“教授救我！”

小蜥蜴比李君泽跑得还快，被甩到地上的时候“咻”地翻了个身，再麻溜钻地没影了。

李君泽指着西关跟刘教授告状，刘教授也是心累，觉得自己一大把年纪了还要处理这样幼稚的事件。他语重心长地说道：“君泽，你先把鼻涕擦一下好吗？你现在是二十五岁，不是五岁。”

西关和言泠笑得人仰马翻，韩舍装模作样地批评了两个人。

李君泽不解气，抓着刘教授说：“肯定是那个韩舍让他们捉弄我的！教授你快去说他！”

刘教授只觉得头疼，他冲韩舍点点头，表示不好意思，然后就拉着李君泽快步走开。

这个臭小子真是太丢人了。

西关靠着言冷的肩膀，还在笑：“这帮人是都没断奶吗？我服了。”

言冷一如既往地附和他的关哥：“让他们在走之前好好见识一下，保管下辈子都不来了。还有那些娇滴滴的女生，尤其当中那个不说话的，蓝……”

西关“哎呀”一声后捂住言冷的嘴。

韩舍冷冷地瞧着两个人。

言冷的眼神还在问着十万个为什么，西关咽了口口水，将人给拖走了。

“把门是个好东西，嘴上得装啊……”

李君泽是真气不过，在把设备搬到皮卡车上时，故意将蓝星河有未婚夫的事情说了出来。韩舍面无表情地看着他，吓得他后退三大步。

“你可离星河远点吧！”李君泽索性破罐子破摔，“我知道你也不喜欢我，我还不喜欢你呢！”

蓝星河突然有未婚夫这件事情，着实令韩舍的心受到猛烈一击。

难得韩舍不回嘴，李君泽有些小得意。自己都没机会了，别人就更休想有机会了。

李君泽撂下话就开溜，韩舍还拉着车上的麻绳，久久没有松手。

他想过很多次，那么漂亮的一个姑娘，交几个男朋友，或是有些追求者这都是很正常的事情，但是他唯独没有给自己做过“蓝星河要嫁人了”这种心理建设。

甚至自己之前还对她做出那样的举动，想想全是罪过。

韩舍垂下眼睑，思绪万千。

他继续绑着绳结，甚至都没敢去搜寻某人的身影。

西关很倒霉地来撞枪口了，他说：“老大，我是真不想给他们开车，一帮人叽叽喳喳的。”

韩舍突然用力拍了一下车身，发出一声巨响，着实把西关吓得打了个哆嗦。

“天你想不想上？”韩舍偏过头看着他，凶得要命，“要不要现在就送你上去？”

西关立马给他鞠了个四十五度的躬，委屈巴巴地道：“我不想上天，想开车。”

完蛋了，他何时又踩了老板的大尾巴。

在返回十里镇的车座安排时，蓝星河没能和韩舍坐同一辆车。

韩舍当着她的面叫了另外两个女生一起坐车。

等回到镇上以后，天色已晚，大家也都疲惫不堪。天文台的人去收拾洗漱，韩舍等三人还在往屋里搬着仪器设备。蓝星河主动伸手帮忙，却被韩舍给绕了过去。没有“谢谢”，甚至连半个眼神都不曾给她。

蓝星河见西关和言泠都在场，咬了咬嘴唇，终是什么也没说，默默地回房去了。

韩舍瞥见那个瘦弱的背影离去，心又是一紧。

西关扛着东西经过他身旁时被他揪住，他说：“今晚我住你的屋。”

西关勾了勾嘴角，心想：我能说不吗？！

韩舍又补充了一句：“我来搬，你先去把你那个‘狗窝’收拾一下。”

西关垂头丧气地收拾“狗窝”去了。

蓝星河看着西关从隔壁拿走了被褥，犹豫了好一会儿，还是主动开口问：“你这是干什么？”

西关回头说道：“我老板今晚要跟我睡。”

饶是蓝星河再迟钝，也看出韩舍有些不对劲。

他是在躲着自己?

想到这个答案，蓝星河好不容易才冒出的睡意此刻全无，连续多日的失眠让她的下眼睑有些发青。她站在楼道里，完全不知道该怎么办。她很想冲上去问问，又觉得他们舟车劳顿需要休息。

最后实在是没办法了，蓝星河只能放过他，回了自己的房间。

这个夜晚，除了天上的星星，人间的两个人也同样无眠。

5

蓝星河在楼梯口捡到了一张地图，上头有用笔标注的印记。

言泠折回来找地图时，正好看到小姑娘在拿着地图端详。

他一把扯过来："我的。"

蓝星河沉默了，目光平淡。

言泠显然没把她放在眼里，不过是个会啃书本，长得漂亮点的"花瓶"罢了。

他将地图折叠起来塞回口袋里，毫不在意："有什么好看的啊，你又看不懂。"

韩舍此时从房间出来，他边走边挽着衬衫的袖子，露出黝黑又健壮的臂膀。衬衣是蓝灰色的，蓝星河喜欢的暗色系，衬得他那张百无聊赖的脸倒是一绝。

韩舍看到她，炙热的目光仿佛能将人射穿。

言泠迈了几级台阶，问了一句："老板去哪儿？"

"拉大米。"

韩舍谁也没看，自顾自地下楼去。

房子里的粮食储备并不多，韩舍不知道会来这么多人，仅仅两天主食就被掏空了，真是半大小子"吃死"老子。他现在都有想去找镇长索要伙食费的冲动了。

言泠笑得十分殷勤："要不我去吧。"

"滚！"

"好的。"

言泠只能滚了，蓝星河看着韩舍下了楼，顿了顿，又跟上去。

门口停着那辆黑色悍马，韩舍刚系好安全带，副驾驶座就坐上一个人。蓝星河也系好安全带，韩舍看着她，她也回看他，两个人是同款表情。

“你干什么？”韩舍的头又疼了。

“拉大米。”

韩舍：“……”

他竟找不到借口驳回，面对她，所有的拒绝都是无理的。

拉大米的地方距离这里有十几公里，还要采购一些水果和蔬菜。砖瓦房里是有厨子的，镇长找来一个大婶专门为这帮天文台的人做饭。换了平时，都是言冷做。

言冷看过这帮年轻人的吃相，脸抽搐了一下：“确定来的都是文化人吗？幸亏没让我做饭，不然我得去向蜈蚣借手了。”

十里镇的辣椒和土豆特别好吃，大盘鸡、辣子鸡，配上米饭能吃好几碗。

蓝星河吃不了辣的，顶多夹两块土豆。并且她吃不了羊肉，地域饮食的差异不免让她有些水土不服。

从小生长在象牙塔里的公主确实娇气。

可她偏偏要过来。

韩舍单手抓着方向盘，一只手托腮。他除了看前方和左边，视线就没有偏离过其他地方。即便看不清表情，但气场是可以感受到的，蓝星河觉得他在生气。

到了粮油店，蓝星河都没开口说一句话。

要下车的时候，韩舍闷声闷气地对她道：“别下来，热。”

蓝星河只能听话。

韩舍将三袋大米扛到后备厢里放好，又继续挑蔬菜和水果。

他瞥见老板桌上放着两个水灵灵的大苹果，散发出特有的香气，指着问：“这是冰糖心的吗？”

老板笑着说：“对，自家树上长的。”

“能不能给我？”韩舍说着就掏口袋，“多少钱，我买下来。”

“你要吃就拿走吧，不要钱。”

韩舍把苹果放在手里掂量了几下，倒也爽快：“谢了。”

回去的路上又是无言。

蓝星河怕韩舍回去又会躲着自己，硬是顶着薄脸皮说了一句：“我能问你一个问题吗？”

韩舍狠下心来，也不应答。

蓝星河咬牙：“你就没想过要对我负责吗？”

韩舍因为这句话彻底崩溃了，一个急刹车，打了方向盘，将车停在了路边。停车的地方恰好是个陡坡，底下的薰衣草开得正盛，花农已经开始第一茬的采摘。美景在眼，但入不了心。

韩舍下了车，站在陡坡边上，心思沉没。

蓝星河就跟在他身后，带着些怒气和豁出去的架势：“你又是亲我又是抱我，还给我扎头发，你是吃干抹净就想甩脸走人吗？”

吃……吃干抹净，韩舍表示很痛心，要怎么跟她解释什么才叫吃干抹净呢？

蓝星河委屈得泪目，那双缺少睡眠的熊猫眼死死地锁住韩舍。她突然好想把这个男人从坡上推下去，两个人同归于尽，一了百了。

馥郁花海，白云苍狗。

韩舍从来就没奢求过能再见到蓝星河，世界等同于她，极具诱惑力。

他大步向前，紧紧地抱住她。

看来韩舍要挖空心思想一件事了——夺取别人的未婚妻需要几步？

6

韩舍与蓝星河刚到路口，迎面正对上言泠开车出来。

言泠表情严肃，只说了一句：“那帮人又过去了。”

韩舍当即下车，坐到言泠的车上去。他们的车速很快，蓝星河都没来得及问是怎么回事。

她正要叫人出来搬东西，就看到西关火急火燎地跑了出来。他的样子难得正经：“车里有东西是吧，我就撂在这儿，你去叫别的男生出来搬。”

西关一股脑将后备厢里的所有物品都撂到地上，几个调皮的大西瓜滚出老远。他快速钻进车里，加大马力开车去追赶韩舍和言泠。等瞧见那辆车的车尾时，突然有一道声音在问：“这是在往西边走吗？”

“啊！妈呀……”

西关打了个哆嗦，吓得心脏紧缩。他回头一看，竟是蓝星河：“你什么时候上的车？”

蓝星河也懒得回答他，抬起下巴示意前方：“注意下坡。”

西关没来得及换挡，车子“哐当”一下惯性前倾。等车子开平稳后，西关也不想再问了。他们前行的方向确实是西边，蓝星河观测了一下周边的地势，心里想着一些事。

车速很快，大概开了二十多分钟后，韩舍与西关一前一后停下车。

西关拉了手刹，对蓝星河说：“你先别下去，被老板看到我就玩完了。”

蓝星河隔着玻璃看前面那群人，个个戴着帽子和面巾，只觉得身形魁梧高大，看不清面貌。韩舍、西关与言泠就拦在他们前面，似乎是要断他们的去路。

韩舍与这帮外国人再次见面，就不那么好说话了。

“给我。”韩舍朝那个人伸出手，毫不客气。

外国人捂住腰间系着的黑布袋，斩钉截铁地说了一句：“NO（不）！”

韩舍冷哼了一声后笑开，手叉腰看着他们。因为表情太过玩世不恭，惹得对方根本没把他放在眼里。

“地痞流氓。”外国人用中文回应。

韩舍没想过会有这么一天被外国人站在面前点评，阳光刺眼，正如他睥睨众生的厌世眼，让人内心焦灼。

“我今天就让你见识一下什么叫流氓。”说罢，他一脚朝人踹过去，点火索瞬间引爆。双方赤手空拳，招招凶狠。

韩舍夺了那个黑布袋，朝西关一抛。西关纵身一跃，堪堪接住。

言泠没有韩舍和西关那般利索的身手，他只靠躲闪，必要的时候还得让西关搭救一番。

“打架都不会，你还能干什么？”西关躲过一拳，将手中的袋子再扔给言泠，“赶紧拿着跑！”

言泠拿上袋子，刚跑几步就被人追上了。对方有六七个人，他一旦落单就很容易被突破。

蓝星河一直在车上观察，眼看言泠要倒霉，她想也没想就冲下车去。

她知道，言泠是韩舍的人。

围攻言泠的两个人，有一个人取了根折叠手杖。就在言泠以为脑袋将不保的时候，蓝星河义无反顾地将他推开，而她的右手臂被折叠手杖狠狠地抽打了一下。

言泠显然没有预料到，随即就看到这个见义勇为的小姑娘扑到他身边，恶狠狠地瞪着那两个人。

小姑娘没怎么发过狠，龇牙时还不小心咬到了下嘴唇。

男人之间的争斗，突然有女人掺和进来，不仅言泠坐在地上脑子发蒙，连外国人都有些不明所以。就在蓝星河孤立无援的时候，那把匕首顶着冷光从眼前飞过，带着主人震慑全场的气魄：“你敢动她，我要你的命。”

远处传来警笛声，那群外国人才愤然离去。

韩舍朝着蓝星河走去，脸色很难看。他回头指了指西关，意思是“你给我等着”。

西关觉得自己太冤枉了：“老板我……”

言泠从地上爬起来，将那个黑布袋递给韩舍。韩舍视若无睹，径直走向蓝星河。他是带着怒气的，脚踩在沙地上，一步一个脚印。

蓝星河还握着疼痛的手臂在整理表情，尽量让自己看起来不那么狼狈。

“蓝星河。”

韩舍突然唤她的全名，汗水顺着鬓角往下流，滑过那凸起的青筋。

蓝星河不敢动弹，浓黑的羽睫沉寂在烈日之下。

“谁让你来这里的？”韩舍几乎是咬牙切齿。

言泠本来还想递上东西，一看气场变了，就悄悄挪动脚步，往西关那边走去。

这下身边没人了，蓝星河平复心情，反问他：“我为什么不能来？”

“你说你为什么不能来？”

韩舍嘴上虽咄咄逼人，但心还是软的，不禁打了个寒战。这岁月已经够难熬了，偏偏还要给他的人生再加点料。他能活到今天，完全是靠着信念在苦苦挣扎。

蓝星河觉得自己需要解释，却又觉得跟他解释没什么用。继而她想到之前的一些事情，于是直言：“你怕我来，是担心我把你瞒着火流星坠落的正确位置告诉刘教授吗？还是你觉得引我们到东南方向找那么几块石头就心满意足了？”

韩舍当即无言，不知道是他两个线人中的哪一个出了幺蛾子。

“你作为猎星者，有义务将找到的陨石分给科研机构做研究。如果不愿意，一开始你就可以拒绝，而不是故意给我们指引错误的方向，让大家做无用功。”蓝星河觉得他有些过分了，也为天文台的同事们抱不平，“你知不知道刘教授为了能带大家出来做了多少工作，你怎么能把别人的努力玩弄于股掌之中呢？”

小姑娘说得义愤填膺，好看的眉眼拧在一起，倒是俏皮得很。

韩舍纠结的情绪在此刻烟消云散，许久才点头：“挺好的。”

蓝星河不解，正准备讨要一个说法。

韩舍嘴角上扬，笑得明朗。他说：“小风，你能为别人考虑，挺好的。”

7

回到砖瓦房后，韩舍竟然让西关给蓝星河检查伤口。

面对众人的不敢相信，西关很不爽地翻了个白眼：“怎么？没见过这么帅的医生啊。”

西关在做韩舍的线人以前是一名赤脚医生，曾在祖国的最边缘游荡。后来父亲年迈，就特别思念这个老来子，于是逼着西关回了家乡。

蓝星河觉得自己的手臂没有大碍，李君泽倒是担心得不行，忧心忡忡：“怎么样啊？！”

西关面色肃穆，吊人胃口：“嗯，这个再晚一点，恐怕……伤口就要痊愈了。”

韩舍在后面用腿抵了一下西关的膝盖，给了他一个警告的眼神。西关这才停止贫嘴，侧身让出空间。

韩舍还没过去呢，李君泽就火速站到蓝星河面前。

“星河，渴了吧，喝点水。”

蓝星河要拿杯子，李君泽不让：“你多不方便呀，我端着杯子你喝。”

他分明就是故意的。

韩舍懒得给他眼色，余光却在蓝星河身上停留了几秒，随后就和刘教授出门去说话了。天文台的同事们这才围过来，关心慰问了一番。

蓝星河心思沉闷，嘴也不甜，大家没一会儿便散了。

言泠是最后一个过来的，因为年龄相仿，也没有过多生疏的客套，但他还是表示了感谢。

言泠难得对人笑嘻嘻，说：“没想到我有这么大的魅力。星河啊，以后你有什么事情只管找我。”

面对他突如其来的自来熟，蓝星河蹙眉，有些不自在。

她回答：“我跟你很熟吗？”

西关在一旁忍不住扑哧一声笑出来，言泠这才发觉套近乎过于自作多情了。他转身用胳膊圈住西关的脖子，将人拖走：“笑啥笑……关哥，这个小姑娘怎么这样啊……”

刘教授从外面进来的时候，没见到韩舍。

蓝星河一个人坐在桌子旁，正揉着胳膊。

刘教授走过来，再次询问她："星河，确定没事吗？"

"没事的。"

刘教授这才微微松了一口气，想了想又说："星河，这次在带你出来以前，我还答应过你妈妈一定会保护好你。可是从目前来看，是我食言了。要是让你妈妈知道了，你可就再也不能出来了。"

"她不会知道的。"

蓝星河又怎么可能会让妈妈知道在这里发生的事情呢。

刘教授看了看外头，这才小声叮嘱："还有，韩队的有些事情想必你也知道了，我们不要过多地去干涉。"

"教授，你知不知道他……"蓝星河刚要开口说陨石的事情，刘教授就笑着点点头打断："你说西边是吧，我知道。"

原来刘教授一开始就知道了，他是跟韩舍一起在隐瞒。尽管蓝星河心中有很多疑问，但到底没有问出口。除非对象是韩舍，否则她不是一个打破砂锅问到底的人。

"星河，你应该明白，国家是禁止陨石出境的。那群外国人不仅仅是带走陨石那么简单，有很多事情是我们不知道的。你只要管好你自己，韩队那边不要去干涉，好不好？"

刘教授刻意提醒的意味太过明显，蓝星河沉了沉眸子。

片刻后，她像失了心境，苦闷不堪："是韩舍让您提醒我不要多管闲事的吗？"

今晚的凉风吹得人有些恍惚。

蓝星河站在门口，看着夜色下的韩舍光着上身在水井边洗漱。他的肌肉很结实，曲线分明，刚劲有力，但不是那种过分健美的身材，是刚刚好的那种好看。

某个瞬间，她想起大学时初遇韩舍的场景。

他皮肤白皙，面容清朗，是一见倾心的好少年。

原来岁月真的会将人改变。

韩舍泼了水，刚直起身子就看到扶门而立的蓝星河，一副望穿秋水的可怜模样。

他挠了挠还在滴水的头发，朝着她走过去。

“在这儿等我。”韩舍只说了一句，就上楼去了。

回来的时候，他身上套了件白T恤，上头什么图案都没有，很是素净。

蓝星河盯着那件衣服看了太久，惹得韩舍低头审视，问道：“不好看吗？”

蓝星河收回目光：“不好看。”她突然又道，“不穿好看。”

韩舍握着红花油的手一顿，他这是被小姑娘给撩了？所幸夜色很美，凉风舒爽，难得心之所向的人还在身旁，韩舍笑了笑。

他已经很幸福了。

韩舍在门口坐下，拧开红花油，示意边上的蓝星河：“坐过来。”

蓝星河听话地照做，在他身旁坐下。

韩舍不再言语，挽起她的衣袖，看到那条受了伤的手臂此刻有些红肿。户外的折叠手杖因为是伸缩的，挥动的时候减轻了一些力道，就算言泠当时挨一下也没多大的事。只可惜小姑娘家的皮肤娇嫩，眼下这个瘀青目测最少要十天半个月才能好。

红花油在韩舍的手心摩擦时产生热度以后，他才将手轻轻覆盖在手臂的瘀青处，一圈一圈轻揉，再逐渐加大力度。韩舍抓着那竹竿似的胳膊，忍不住嘟囔。也不知道是不是她挑食，不好好吃饭才会这么瘦。听说女孩二十五岁才停止发育，那她还会再长大一点吗？

再高一点，再胖一点，再健康一点。

那他就会更高兴一点。

蓝星河看着他认真的双眸，待月光流淌过心上，她轻声说道：“韩舍，你还喜欢我吗？如果你还喜欢我，可不可以告诉我，那一年你为什么要不辞而别？我……我还想爱你……可以吗？”

第三章

夺他的刀

我当然还爱你，在这花落归尘的世界里。
即便他们说生命中曾经有过的所有灿烂，
终究都需要用寂寞来偿。

1

蓝星河的房间门口摆着一个托盘，上面放着白色蜡烛和两个苹果。

怎么，是让她三更半夜点来祭奠她死去的爱情吗？

她注视了很久，最后还是拿回了房间。

韩舍躺在西关的床上，紧闭双眼，暖黄色的灯光落在他长长的羽睫上，带着别样的温柔。只不过那双厌世的眸子睁开的时候，一切柔和都荡然无存。

他的愤怒来源于西关哼唱的歌曲：“为你弹奏肖邦的《夜曲》，纪念我死去的爱情，跟夜风一样的声音……”

跑调也就算了，关键是此情此景，字字戳心。

韩舍一个翻身起来，红着眼瞪着西关：“出去。”

西关看老板指着门外，最佳好员工上线：“怎么了？是我这歌唱得不够忧伤还是时长短了？老板您点，戏腔、民俗、流行、低音，我都可以的！”

眼看韩舍要拔刀，西关立马弹起：“滚滚滚，我滚了！”

“不准去我的房间！”

西关将房门带关的时候，还能听到里面的人的怒吼。

言泠将要入睡的时候，西关耷拉着脑袋进来了，四仰八叉地往床上一躺：“我的泠啊，老板真是太难伺候了，要不咱们联手把他干掉吧。”

言泠轻飘飘地看他一眼：“我见过嫌日子不够过的，还没见过嫌命长的。”

西关瞬间化为“嘤嘤怪”：“呜呜呜。”

言泠伸手直接将西关的眼皮拂下：“赶紧的吧，早睡早死。哦不，早起……”

夜渐渐地深了，韩舍虽然闭着眼，但是没有入睡。

他还在想着回拒蓝星河的话：“从我们分手那天起，我就没想过同你再有关系。我承认骗你是我的错，所以星河，我不奢求你能原谅我。如果你愿意，我们还可以做朋友。”

分手是否还能做朋友，这是一道让人疲惫的选择题。

蓝星河点了香薰蜡烛，淡淡的木质暖香在鼻尖缠绕。

她依旧毫无睡意，抱着红红的苹果一口一口咬着，香甜水润的口感刺激着味蕾，她突然有些饿了。

于是她把两个苹果都吃了，终是给自己虚弱的身体增加了一些能量。

大概是清晨五点半，韩舍一开门就看到蓝星河顶着一双熊猫眼站在那里，眼中是藏不住的爱慕，还带了一丝卑微。她的声音有些嘶哑："朋友不行的话……要不搞暧昧也可以啊……"

韩舍觉得天都要塌了，他粗鲁地挠了挠头，难以置信地看着眼前的人。他不在的这几年，到底是谁把他的小姑娘给带成这样了！

他觉得现在已经跑题了，有些气愤："是郝一舟教你这样说话的吗？"顿了顿，"还是你那个未……"

算了，"未"不下去了。

韩舍手叉腰，内心一阵吁叹，他是不是心慈手软把人给祸害成渣女了？

他狠下心来："蓝星河，你知道我的。我说不行就是不行，别缠着我了。"

韩舍话都撂下了，也觉得自己不该对她过于关心，两个人就该大路朝天各走半边。然而没过两个小时，韩舍又哗哗"打脸"。

蓝星河吃早餐的时候吐了，长期的睡眠不足加上饮食不适，导致她开始头晕恶心。后厨大婶给大家准备的是当地人的早餐，茯砖茶和鲜牛奶熬制的奶茶，喝的时候加点盐再舀一勺酥油化开，泡着馕吃又香又顶饿。

李君泽觉得是自己往蓝星河碗里的酥油加多了，蹲在旁边一个劲地道歉："对不起啊！星河，是不是太腻了？"

艾艾咬着馕出来看了看，说道："我觉得特别好吃啊，星河你怎么什么都吃不惯啊？"

李君泽很不满，回头瞪了她一眼："什么都吃得惯的那是猪！"

言泠也跟了出来，看到蓝星河时问了句"没事吧"，换了以往他肯定得皱着眉头说浪费食物可耻。可谁让她救过自己呢？言泠想了想，转身进了厨房。随后他就看见从不下厨的大老板亲自在灶台边盯着砂锅，锅里淘了白色的大米，以清水煮沸。老板再把盖子盖上，细细地熬着。

说了再也不要关心她的话后，他盯着砂锅只盼着白粥能赶快熬好。

大概四十分钟后，白粥熬得软软糯糯的，还冒着热气。韩舍剥了个熟鸡蛋，将蛋白吃了，取了蛋黄，再细细地戳碎在粥里。

正巧西关进来，见到此举，好奇地问道："这是要给狗吃的吗？"

韩舍一脸黑线。

言泠："……"

西关还很无辜，看向言泠，详细解释："我家以前喂半个月大的狗子就是这样喂的，因为蛋黄有营养且易消化，狗子又不能吃硬饭。"

韩舍的脸色已经不好看了，言泠忙抓着布把砂锅给端起来，再用胳膊推搡着西关出去。

"怎么了？！"

"闭嘴……安心做个人吧。"

言泠算是能体会到之前自己不合时宜说的一些话，西关拖住自己是有多心累了。到底是做线人的，蓝星河一吐，老板就出现在后厨，之前的种种心里算是有解了。

看这个模样，就是不知道谁伤了谁啊！

趁着蓝星河喝粥的时候，言泠就想从小姑娘嘴里套出点话来。他笑眯眯地说道："这里的米一点都不亚于东北的，我家老板去的那个粮油店一般人都不卖，你说他怎么就那么大魅力呢？"

蓝星河喝了好几口粥，感觉胃里暖暖的，不适的抽搐感也被压了下去。

言泠见她没什么反应，又说："你跟我老板好像都是沪城人？你们是不是一天三顿饭都吃米啊？哎，你们俩喜欢吃糯米吗？那个……"

蓝星河终是停下吃饭的动作，转头看着言泠。他一脸友好的笑容，随后就看到蓝星河从口袋里掏出一百块钱，啪的一声拍在桌子上。

她柔声说道："沪城人，三顿吃米看心情，都不喜欢糯米，爱过。"

言泠眉毛一挑，哟，是个高手。

“我现在能吃饭了吗？”

言泠起身，拿走那一百块辛苦费，做了个“请”的手势。

2

蓝星河喝完那碗粥后困意来袭，就准备上楼小憩一下，谁知这一睡就睡到了天黑。

下午刘教授给大家开了会，主要是说这两日要暂且留在大本营，做些报告外加清理设备之类的事。因为不是什么大事，就没让人去叫蓝星河。

开会的时候，韩舍和两个线人也在，难得人员整齐。女生们不知怎么的就怂恿起刘教授来，说是想让韩队给她们上上课。不过都是她们在讨论，当事人没吭声。

韩舍的坐姿较为随性，两条修长的大腿交叠着放在桌子上。他看着左手腕上的手表指针一格一格地走动，中间有两次抬头看向14号房间。

刘教授说可以安排大家听韩队的野外生存技能课，女生们好一阵欢呼，唯独李君泽暗暗鄙夷着。话题当事人则有点心不在焉，言泠在桌子底下踢了踢西关，示意他看老板。西关回了个眼神：搞不搞？

言泠撇了撇嘴：怕死。

蓝星河睡醒后下楼，看到他们正聚在一起玩游戏。她揉揉惺忪的双眼，下楼梯时险些滑倒。

言泠就看到坐在身侧的韩舍突然身体紧绷了一下，很快又若无其事地摇起了手中的骰盅。

言泠突然来了兴致，给西关发射脑电波：我知道怎么搞了。

后厨给蓝星河单独留了饭，竟然是她最爱的清炖鸡汤。鸡肚里卷着小葱、姜片、枸杞、红枣还有当归，肉炖得特别烂，汤汁不腻还很鲜香。

她泡着米饭吃了很多，还把一碟爽脆的拍黄瓜给吃掉了。

看来是中午的粥调整了她的胃口，韩舍不动声色地继续跟大家玩着骰子。

言泠等她吃完后招呼了一声：“蓝同学，一起来玩啊！”

蓝星河摇摇头，表示不想玩。艾艾就过来劝说："输了不要紧，我们不喝酒也不抽烟，输了的人就吃西红柿。"

桌上确实摆着很多西红柿，想来是院子里种的那些，爱吃的人不多，所以一直挂在枝头。现在被悉数摘下，还连着绿色的蒂，果实个个鲜红且透着光泽。

韩舍刚要说些什么，蓝星河就在桌子旁边坐下了。

两个人面对面坐，玩了几圈后，天文台的几个菜鸟就退出了。因为他们吃西红柿都快吃吐了。

蓝星河上来的时候，就剩她和艾艾、李君泽，再加上韩舍他们三个人，总共六个人。

他们玩的游戏简单，就是摇骰子叫点数，从庄家开始往后分析判断每个人的叫法是否真实，下家相信则继续跟进，不相信便可开盅验骰。

蓝星河曾经跟郝一舟玩过几次，沪城人将此游戏称为"吹牛"。新一轮游戏的庄家是西关，他悄悄看了一眼骰盅，笑眯眯地说道："6 个 4。"

艾艾："7 个 2。"

李君泽看了看自己的点数，有点犹豫："5 个 6。"

言泠轻勾嘴角，看向下一个的蓝星河："10 个 6。"

蓝星河神色默然，大家各自怀揣着想法，颇有兴致地看向她。尤其是言泠，他看似安慰地说道："同学，随便猜，没关系的。"

韩舍跟大家不同，他面前的骰盅都没有打开，黑亮的眸子直直地看向沉默的小姑娘，随即嘴角一勾，听到她酥甜的声音："开。"

蓝星河不相信言泠的猜测，所以她提出开盅，于是所有人将自己摇出来的点数公开呈现。言泠目光一扫，所有人的 6 合起来只有 9 个。

他就当运气不好了，摊开手，挑了个西红柿，"吧唧"几口就将那个鲜红多汁的果实啃完了。他抹了把嘴，毫不在意地跟大家继续玩。

言泠吃第二个西红柿的时候，还存有侥幸心理。直到他吃到第三个、第四个、第五个……他手撑着桌子艰难地咽下去，疑惑地看着蓝星河。庄家明明在换，她却总是要开自己的，更难以相信她次次都猜对了。

她怕不是在整自己？

言泠在大家猜点数的时候悄悄说了一句：“同学，我不是故意要翻你和老板的旧账，都是西关指使我的……”

于是在更换了位子以后，西关吃西红柿差点吃到吐。

西关瞪向蓝星河，闷声干大事啊！

韩舍是玩骰子的高手，西关和言泠心里十分清楚。这次游戏韩舍手下留情，秉承着“友谊第一”的精神频频放水，所以只有他懂蓝星河。

她不仅会算概率，还能看透交手人的风格，六个人当中至少有四个人是她可以清楚地判断骰盅内点数的情况的。至于剩下的两个人，一个是她自己，蓝星河微微抬头看了对面一眼，还有韩舍。

韩舍避开那道炙热的目光，又陷入躲闪之中。

西关和言泠对上视线，无声地交流起来。恰好一轮结束，西关就说道：“这位蓝同学，我们念在你年少，对你很是手下留情……”

蓝星河难得打断别人说话：“不想吃西红柿你直说。”

西关头冒黑线，言泠在旁边帮腔：“那你又敢不敢跟我们老板 1V1 battle（对战）呢？”

李君泽不满了，嘴里嘟囔着：“凭什么啊，你们是在欺负我们家星河吗？”

这话说得艾艾都嫌弃了，她戳了戳李君泽：“还你们家，你配吗？”

旁人在调侃，韩舍缓缓起身。蓝星河摇晃着骰盅，突然说了一句：“玩不起？”

韩舍轻咳一声，慢慢又坐正了。言泠大胆地将他的手放置于骰盅上，给了个 yes（是）的眼神。

韩舍回他：我要是完了，你们就都得完。

本来要看的一场你死我活，虐恋情深的大戏并没有上演，韩舍一路输到底，将桌子上和地里的西红柿吃了个干净。

韩舍捂住肚子，西关在一旁痛苦地抱头：“老板你也太给我们丢人了！”

蓝星河深深地凝视韩舍，什么都没说，转身上楼了。

李君泽追了上去，像是献宝一般从怀里掏出一样东西——一个鲜嫩的西红柿，晃了几下："特别甜，给你。"

蓝星河看着那个西红柿，心情不是很好。她抿抿嘴唇，轻声说道："我从小就对西红柿过敏。"

李君泽一愣："过敏？对不起，我不知道……"

"没事。"

她忍不住看向楼下，继而回了房。

3

刘教授答应了大家会让韩舍来上课，确实没有食言。

一日，韩舍给大家讲了如何鉴定陨石，内容比较枯燥，不过理科生们早就习惯了。

中午吃饭的时候，大家还在聊韩舍的课程，突然有人问了一句题外话："星河，为什么你吃的饭跟我们的不一样啊？"

蓝星河坐在最边上，她其实根本没有关注桌子上的饭菜。听了这一问，她才抬起头来。今日的菜是爆炒羊杂、红烧大鹅、小炒牛肉、辣子鸡，还有几盘绿色的蔬菜。但蓝星河的和大家不同，倒不是有多好，只是一碗清淡的汤饭，里面的土豆炖得特别烂，青菜叶子也香甜可口。

她又看了看自己旁边的托盘，摆着一小碟白斩鸡和松花蛋，量不多，就一人份。

艾艾伸出筷子夹了一块白斩鸡吃，"吧唧"两下嘴："好吃。"

蓝星河虽然没说什么，但还是稍微变了神色。她其实很不喜欢别人碰她的食物，这也造就了她不合群的性子。

后厨的大婶一早便很贴心地问过蓝星河："是不是阿姨做的饭菜不合你胃口啊？"

蓝星河想都没想就回道："嗯，不合。"

其实她想说那顿粥和鸡汤还不错，想了想又还是没说，因为她太不会说话了。现在她的餐食开始跟大家有所不同，她就以为是自己惹怒了大婶才会将她孤立。不过她毫不在乎，孤立后的饭才好吃。

因为刘教授护着蓝星河，所以即便是队里有人指出蓝星河存在的问题，也没有什么实质性作用。大家都明白，不管是个人能力还是家庭背景都是比不过的，可能蓝星河出生的起点就是别人的终点。

小姑娘的身上傲气是没有的，关键还漂亮，这真是让人又讨厌又喜欢。

韩舍和言泠是最后入席吃饭的，言泠还特地从蓝星河旁边走过，问了一句："独食好吃吗？"

蓝星河抬起头，轻轻眨了眨眼："比西红柿好吃。"

言泠一噎，她这是在提醒昨晚惨虐他的场景。

韩舍坐下后抽了一张餐巾纸，将指尖残留的褐色污渍擦掉，那是他剥松花蛋的时候黏上的。听着言泠在那边调侃不成反被诘，他扒了一大口米饭，遮掩住上扬的嘴角。

大家吃吃喝喝，到了第二天，算是较为期待的了。

大本营的后院有一块空地，平时用来停车或是放一些闲置的农作工具。被西关和言泠清理以后，就能作为户外课程的露天教室了。

天文台的人有序地站着，韩舍手叉腰，面对着他们说道："户外生存很考验人的身体素质，你们的体能和力量会在关键时刻决定你们能不能活下去。当然了，你们是在确保一切条件安全的情况下才会工作，大的危险是不会遇到的。"

队里有人举手说："韩队，你有没有遇到过什么危险？跟我们说一说呗。"

韩舍轻笑，手玩弄着腰侧的匕首："我没遇到过什么危险啊。"

看来他是不想说，于是有人又换了一种方式问："我们听说你的身手特别好，可不可以给我们展示一下？比如扔个刀什么的？"

被西关阻止了，他"哎哎"两声："你当我老板是来表演杂技的啊，一副看戏的样子……"说着扭头看向韩舍，带头鼓掌，"来，我们有请！"

4

画面一转，西关顶着一个青色的西红柿站在三米开外。

他故作娇羞，发嗲地摇晃着：“泠，讨厌，你来嘛，人家怕怕。”

言泠站在韩舍身侧，感觉背脊发凉。他上前一步：“老板，往西关脑袋上扎，挂了算我的。”

见识过韩舍扔刀的没几个人，不过蓝星河是见识过的。不得不承认，那泛着寒光的刀锋破风而来，即便是心理素质再硬的人也会瞬间畏惧。

蓝星河站在人群的最后面，例行安静沉默。

韩舍的那双厌世眼很是黑亮，但更像是无法抵达的幽深旋涡。他微微一眯眼，就注定让人沉沦。蓝星河都没看清他那把刀是什么时候出的手，就见那个青色的西红柿发出一声脆响，然后带着汁液在地上滚了滚。

女孩的崇拜之情难以抑制，直呼想嫁！

蓝天之下，利刃在旁，这样的韩舍不是以前蓝星河认识的那个韩舍。她沉下眸子，又或许这样的韩舍才是真的韩舍。

她只是轻声吁叹了一下，就被眼尖的西关给捕捉到了。

西关“喂”了一声，指了指人群后面：“那位蓝同学，你过来。”

蓝星河站着不动，西关没办法，只能上前来请人。他将蓝星河带到自己刚站的位子上，又快速地在她脑袋上摆了个西红柿。

言泠远远地给西关竖起大拇指：关哥，你是高手！

韩舍觉得自己低估了西关找碴儿的本事，他嘶了一声就想冲过去踢他一脚。却不想看到蓝星河扶了扶那个不太稳的西红柿，然后乖乖地站定。

“星河！太危险了！被他扎上你就得提着脑袋回家了！”李君泽也是急了，有些口不择言，惹得大家都朝他翻了一个白眼。谁不知道李君泽喜欢蓝星河，对方一个喷嚏都能让他如临大敌。

所有人都看向韩舍，不知为何，韩舍觉得自己握着刀柄的手破天荒地在颤抖。面对蓝星河，他竟然有些怀疑自己的能力。

大概过了两分钟，还不见动静。

西关和言泠挤在一起，悄悄地乐着。韩舍在做好准备的最后一秒突然收了手，他的心脏剧烈地跳动，哪怕有十足的把握，也不愿给她带去危险。

谁都不行，包括自己。

韩舍的心情很不好，朝西关勾了勾手指，西关笑得屁颠屁颠的，刚跑过去就被韩舍来了个过肩摔。紧接着一招锁喉被西关躲过，他快速起身，跟韩舍对上招。

“既然你们想看，那就看点刺激的吧。”

韩舍说完就朝西关挥去拳头，近身搏斗是他擅长的技能。但西关的攻击能力可不是虚的，按他的话来说，当初隔壁村的狗子看到他都得吓尿了。

两个人突如其来的对招，拳拳到肉，成年男人的身板硬实，不断发出“咚咚咚”的声响。外行人就当看个热闹，清楚形势的大概也只有言泠了。

蓝星河心里是有些担忧的，眼前的两个人不分上下。西关突然一拳击中韩舍的下巴，他的嘴角立刻流血了。

西关一缩胳膊，结结巴巴道：“不会扣……扣工资吧。”

西关接收到来自韩舍的“死亡凝视”，看到韩舍用力甩了一下头，汗珠顺着眉毛滑下，并朝西关笑了笑。西关随即有种不好的预感，果不其然，三十秒后他就被韩舍摁在地上揍，连招式都乱了。

韩舍起身的时候，西关仍躺在地上喊“爸爸”。韩舍揉了揉手腕，对着一群看热闹的人说：“这个示范是错的，遇到危险要大声喊救命，而不是喊爸爸。”顿了顿，他又道，“还有谁想来？”

所有人后退一步，状况之外的蓝星河再次闪亮出现。

韩舍只觉得头疼，他捏了捏眉心，深深地叹了一口气。

只要有她在，总能出现一道道坎。

“那我就多演示两点……”韩舍正说着，蓝星河突然近身，像是两个人重逢那日，她直接去拔韩舍腰侧的匕首。韩舍吃过一次亏哪还能有第二次，反手就将人圈在怀里。

她娇嫩肌肤的触感烫到韩舍的胳膊，风从两个人耳畔拂过，带着韩舍嘶哑的声音：“第一点，小姑娘家，永远不要去拔男人的刀。”

蓝星河挣脱未果，在韩舍怀里乱撞。他嗅着她身上的香味，只想越收越紧，不愿分离。

“至于第二点，不要盲目反抗，实在不行……”

韩舍的话中断，蓝星河突然咬上他的胳膊，一点也不客气，险些把自己的牙根震痛。

韩舍光荣地二次掉血，看得大家都一愣。

李君泽感觉超解气，握紧拳头：“咬他，咬他。”

韩舍松开蓝星河，两个人目光对峙，攻击与防御，烈日灼心。

“咬……也是不错的。”韩舍捂住痛处，他好疼啊！

5

韩舍被咬的伤口涂了两次碘伏都没好，赤脚医生西关很专业地看了一下：“狂犬疫苗得打上啊，要是去晚了我们只好把你关笼子里了。”

“你是嫌脑袋太重了吗？”

日常挑衅老板，在死亡的边缘来回试探。

西关“呵呵呵”，识趣地退下了。

出了屋子后，西关伸了个懒腰，走到水井旁打水洗了把脸。他起身的时候，一张脸突然出现在眼前，着实吓了他一跳。

“蓝同学，您有何贵干？”

蓝星河穿了件薄外衫，傍晚时分山里的气温开始降低，她又比常人怕冷，双手一直插在口袋里。见西关一副吊儿郎当的样子，蓝星河也没打算多聊，直奔主题。

“你会用刀吗？”

西关挑眉：“哪种刀？言泠的菜刀？”

他就是这个性子，不调侃两句皮就痒。

蓝星河看着他，面色沉稳：“韩舍的刀。”

“哦，这个啊。”西关掀起衣服随意抹了把脸，硬实的腹肌显露出来。谁知道人家姑娘根本没看，于是他清了清嗓子道，“会啊，怎么了？”

“你教我，我给你钱。”

西关一听，笑出了声。见蓝星河一本正经，他实在有些憋不住：“我老板的话你没听见吗？小姑娘家的，不要试图去玩刀，刀这种东西凶起来连主人都能伤……”

“一千块钱。”

“不是钱的问题，我虽然喜欢钱……”

“五千。”

“呵呵，看来你还是不太了解我，我这个人……”

“加个零。”

西关褐色的瞳孔陡然发出亮光，他对着蓝星河伸出手：“好的小老板，明天早上六点后院相见，不来不是人。”

蓝星河看着那双想要合作的手，面无表情：“账号发给我。”说完她转身就走了。

西关还殷勤地跟在她身后，小跑到门口给她开了门：“小老板早点休息，祝您好梦。”

言泠咬着黄瓜，正要出去散散步，看到西关如此举动，好奇地问道：“咋？你是辞职了还是被开除了？”他拿黄瓜指了指上楼的蓝星河，“这么快就找到新东家了。”

西关兴奋地一把将人拖出去，将蓝星河要学韩舍刀法的事情一说，小手快要搓出花来：“不愧是老板的女人，出手就是大气！”

言泠也挺惊讶：“给这么多？”

“那可不。”

“她会不会在诓你？这个姑娘可不简单。”

西关扒拉着言泠，一口咬掉一大截黄瓜：“肯定不会！”

言泠嫌弃地嘶了一声：“谁让你吃我黄瓜的？”

“就吃了，怎么样？”西关得意地说道。

言泠沉了脸，顿了顿说：“我厨房三十米长的菜刀呢……”

西关拔腿就往屋里跑去，一路哼着“洗刷刷洗刷刷哎哎”。没半个小时，西关就收到短信提醒，说好的钱全额进账。他一个跟头从床上翻起来，趴到地上就开始做单臂俯卧撑。

这活好啊！比跟着老板好啊！

于是第二天清晨五点多，西关就出现在了后院，陪同的还有言泠。

言泠打着哈欠：“你教学喊我来干什么？”

西关像是没骨头似的靠着他：“这不是缺个人来顶西红柿吗？”

言泠瞪大眼睛：“我求你能不能做个人？不是亲兄弟也不能这么糟蹋我啊！”

西关拍着他的胸脯：“啧，少不了你的好处。有我在你怕什么？”

“就因为是你我才怕！”

两个人正说着，蓝星河出现了。西关从怀里掏出一个压扁了的白菜肉包子：“蓝同学，给。”

“不要。”蓝星河言简意赅，“教吧。”

西关将包子重新塞回去，推搡着言泠拿着西红柿走到合适的位置上去。言泠不乐意，两个人还在争执，蓝星河冷眼看着，问道：“是要给我换人吗？”

“不是啊，让他给你当模特。”

蓝星河看了一眼，这才说道：“你是不是误会了？我不是要学这个，我是要去夺他的刀。”

听她说的是贴身攻击，西关和言泠都愣住了。她是要夺韩舍的刀啊！

西关悄悄和言泠私语：“那个……我五险一金交了的吧？失业金可能得领一下了。”

“你可能用不上了，我还得给你搭一份白包。”

“我谢谢你啊。”

蓝星河有点受不了两个人总是打闹，开口道：“不能教就把钱退给我。”

“教！谁说不能教了！”

西关的刀法虽然速度上不如韩舍，但极其凶狠，是言泠见过的用刀功夫好的人里数一数二的。蓝星河是女孩，想要学这种冷兵器，存在一定的危险性。

西关在教之前跟她说：“武器是用来保护自己的，万不可拿来伤人。我能教你的很多，但能不能学会还得看自己。姑娘家还是温柔点好，动不动就拔刀，钢铁侠也受不了啊。”

蓝星河很聪明，肢体也十分灵活。教授和观摩有很大的区别，大概只用了一个小时，她就能从言泠手中夺走武器。

结束后，西关将自己不用的匕首暂且借给她，她握着柄部来回掂量。这时，她才觉得手腕两寸处微微有些刺痛，低头一看，竟被划了一道小口子。

之后三个人回到屋内大厅，看到韩舍正下楼来。西关和言泠瞬间打了个哈欠：“早啊！老板。”

西关还说：“蓝同学，你也起得这么早啊？”

言泠：“就是，起早容易猝死。”

蓝星河：“……”

韩舍当然是不信的，蓝星河从身边走过的时候还带着丝丝寒气。那是清晨田野里独有的气息，他甚至还嗅到了淡淡的紫苏味。

菜园和后院都种着紫苏，尤其以后院居多。

韩舍想问点什么，然而蓝星河直接进了屋，自家的两个线人也早就跑得没影了。

他站了一会儿，这才往厨房走去。

6

蓝星河早餐吃上了最爱的云吞面，小云吞是蘑菇虾仁馅的，还裹着细碎的葱姜，吃到口里便可尝到特有的清香。面应该是手工的，十分有弹性，下在骨头熬制的浓汤里，再拌上青菜和少许干紫菜，让人食欲大增。

那两个白水蛋已经过了冷水，剥起来一点也不烫手。蓝星河近几日因饮食变好，整个人都有精神了。她认真地剥着鸡蛋，韩舍坐在斜对面，一抬头就看到她手腕处的红痕。

世事尽收眼底，韩舍幽深的双眸垂了垂，又继续吃饭。

西关是有警觉性的，他觉得在大本营练习不安全。于是言泠找了个地方，就在附近的林小源家，就是前段时间给外国人当翻译的那个人。

林小源蹲在地上看着他们三个人，尤其是蓝星河。他小声嘟囔："还以为漂亮姐姐是个好人，没想到跟他们是一丘之貉。"

言泠刚准备揍他，就被西关给拦住了。他从口袋里抓了一把糖："来，小朋友，吃一点。"

林小源翻了个白眼："我都已经二十岁了，谁是小朋友？"

蓝星河这才仔细瞧了瞧，嗯，确实长得有些小。

他们休息的时候，林小源还挪过来问蓝星河："姐姐，你多大啊？有没有交男朋友？家里几口人？"

见蓝星河没说话，林小源的戏来了。他惊讶地捂住嘴巴："天哪，这才几日，你怎么变哑巴了？"说完又"嘿嘿"一笑，倒是有些孩子气，"你们沪城人皮肤可真白。"

蓝星河这才回话："你怎么知道我是沪城人？"

林小源突然闭嘴，支吾了几声，觉得也不是不能说，斟酌着道："就听外国佬说的啊，说韩舍是沪城人，到了晋城上学，还说了他身边的人。我听到了你的名字，还有一个叫什么舟舟的。"

"郝一舟？"

林小源点点头："好像是。"

那群人怎么会对韩舍这么清楚，连身边朋友的信息都如此全面？蓝星河突然想起上次韩舍与外国人交手，总觉得哪里有问题。

她在沉思，林小源无聊地撑着脑袋看她，想来是没见过几个漂亮姑娘，还有些看上瘾了。

林小源傻乎乎地笑着问："姐姐你有没有男朋友啊？你看我怎么样？"

蓝星河回神，看了他一眼："不怎么样。"

两个人正说着话，身后有声音传来："聊什么？"

林小源一回头，都快吓坏了："韩……韩……韩老大。"

西关和言冷正拔着林小源院子里的胡萝卜准备大吃一番，看到来人后连忙迈腿跑了过来。大家还不在状态，只有蓝星河是冷静的。她还回道："他让我做他的女朋友。"

韩舍的脸上带了笑意，问道："是这样吗？林小源？"

林小源还在状况外，韩舍一上来就将人搂过来，拍了拍他的肩，笑容依旧："想不想到我家吃午饭？什么？想啊，那就走吧。"

西关和言冷眼睁睁看着林小源被架走了。

韩舍真的带着林小源来大本营吃饭了，桌子上多了个新人，天文台的人问东问西，相谈甚欢。随后林小源被揪到后厨去洗碗，他就知道没有免费的午餐吃。

韩舍双手环胸，倚靠在窗边。外面的大树苍绿茂盛，还开着不知名的绒花，他那张英俊的脸庞此时竟有些柔软。

"小源啊，今天看到这么多姐姐，觉得哪个最漂亮？"

林小源声音脆脆地说道："当然是星河姐姐了。"

"喜欢她？"

"嗯！"

"想做她的男朋友？"

"嗯呢！"

韩舍点点头，看着林小源双手泡在清水里，把碗都洗得差不多了，这才缓缓拔出自己的匕首。刀离了鞘，总想割点什么才好。

"既然手也洗干净了，那可以剁了。"

林小源都快吓死了，韩舍单手就能按住他的双手，脸上还带着笑："知道我为什么要剁你的手吗？"

"不知道啊……嗯啊……好像又有点知道？"

韩舍漂亮的眉毛一挑：“还想做她的男朋友吗？”

“不太想了，这辈子都不想了。大哥饶命……”

韩舍哪是真要剁他的手，无非是吓吓他罢了。林小源也单纯，恐怕再多一会儿就要哭了。韩舍又说：“我可以给你一个机会，她去你家干什么？”

林小源果真哇的一声哭出来：“我只是听西关说‘刀一定要狠，这样撸起韩舍来就跟抹鸡脖子一样’，然后言泠就说‘明天别早起教她了，容易猝死’。”

两个人渣。

韩舍松手，刀回了鞘。

林小源睁着湿漉漉的双眼，惊魂未定：“大哥我能走了吗？”

韩舍摆了摆手。

林小源走了几步又抱头弱弱地问了一句：“这种豆馅馒头，我能拿两个吗？”

7

韩舍准备收拾西关的时候，被蓝星河拦住了。

“是我自己找的他，跟他没关系。”

韩舍心里很不舒服，那种难以掌控的坏情绪里还带着点酸味，明显就是妒忌。但他不是妒忌西关，顶多是想对其磨刀霍霍。因为林小源想要做她的男朋友，这便让人想起蓝星河身边还有个未婚夫的存在。

有那么一瞬间，韩舍想不顾一切地拥抱她，宣誓自己的主权。

“十几二十岁的人，懂什么喜欢不喜欢。”

蓝星河这才发现韩舍的神情有些异样，两个人关注的点并不相同。她当然不能放过，心里升起期望：“我十六岁的时候就喜欢一个人，尤其是爱他那双眼睛，目光所及之处都是给我的温柔。他曾说，我何须懂什么是喜欢，我注定就是被爱的那一个。”

韩舍一点也不敢看她，倔强地转过头去。

“我的话已经说得很明白了。”

蓝星河突然沉默了，随即又抓住他的手臂，一股温热在两个人的肌肤之间传递。

韩舍真的要败下阵来，胸口翻涌着对自己的怒火：“蓝星河……”

他甚至不敢去触碰她，害怕拉扯到她的伤口，更害怕推她会伤害了她脆弱的心灵。

韩舍觉得这该死的喜欢真的好难。

就在他们僵持不下的时候，言泠跑了过来。他也没时间关注眼前的情况，指了指身后说：“镇长来了，好像是关于陨石送检的事情。”

蓝星河松开了他，韩舍这才跟着言泠离开。

镇长过来跟主要人员开了个会，刘教授也在。后来蓝星河被叫过去，她这才知道，原来他们休整的这几天是在等陨石鉴定的结果。

韩舍从那帮外国人手中取回的石头里，有一块是稀有的铁陨石，还有两小块石陨石。刘教授将数据交给蓝星河，让她梳理成文字报告。

镇长说：“韩舍，我觉得你们是时候进去一趟了。”

韩舍第一时间看了一眼蓝星河和刘教授，刘教授会意，叫上蓝星河一起起身离开，给他们留下交谈的空间。

那天晚上，蓝星河看到言泠把地图折叠好后放进口袋里，正是她之前看过的那张。

言泠随后拿脸盆装了洗漱用品去浴室，经过蓝星河身边的时候还打了声招呼。

蓝星河看着他走进去，念头升起的时候，她回房拿了手机跟了上去。

一楼的浴室是男生用的，比二楼的稍微要大一些，淋浴的地方和衣柜只隔了一扇厚帘子。蓝星河贴着墙慢慢地往衣柜处走去，发现言泠的衣服后，她两下就从口袋里掏出那张地图，打开以后用手机拍了照。

东西拿到手，蓝星河又按原路返回。想来是地上有水，快到门口的时候，她不小心滑了一下。幸好有人进来，迅速抓住她的手才让她免于摔倒。

言泠还是听到了动静，混着水声问了一句：“谁啊？！”

韩舍看着蓝星河，神色不明。蓝星河立刻捂住他的嘴，瘦小的身躯靠进男人怀里。她面不改色心不跳，只是极其小声地说道：“我就是想来问问他明天什么时候教我练刀，信不信随你。”

韩舍长长的睫毛扇了两下，他要是信就有鬼了。

蓝星河的手贴着他的嘴巴，在感受到那股温热的时候，她收手回去，换成抓着他的衣服来维持自己的平衡。

她仰着头，小心翼翼地看着凝望自己的男人。

韩舍开口道：“我。”

言泠听到是韩舍的声音，便没有再问什么，快乐地哼起了歌。

蓝星河难得没想缠着他，松开他的衣服贴着边上走了。韩舍会放过她也是迫于无奈，他总不能拔刀逼问她进来干什么，抑或是来个上下搜身吧。

韩舍摸摸鼻翼，含笑垂眸。搜身嘛，虽然他是想。

第四章

陷入绝境

想要守住被深藏的诺言，
哪怕日暮途穷，山穷水尽，
也要在你的心底坠落。

1

蓝星河开始和大家一起收拾装备，准备二进沙漠寻找陨石。

临行的前一晚，她将言泠的那张地图手绘了一张，和自己的指南针、求生哨、急救药品一起放进背包里。

韩舍同样在收拾东西，他从柜子里拿出几包橙子味的菓珍冲剂，找来西关说给天文台的人分一下。

西关掂量着分量：“这么少怎么给啊？”

韩舍头也没抬：“从年龄最小的给起。”

西关心中有数，拿着菓珍冲剂敲响蓝星河的房门，咧嘴笑道：“喏，给你。”

菓珍冲剂属于电解质平衡饮料，可以补充人体能量。

蓝星河接了过去。

西关很不要脸地说：“这可是我私藏的哦，看在咱们俩合作愉快的分上免费给你，咱们……”

砰的一声，门关上了。

西关被那股力吹得脑门发凉，嘴角抽了抽：“谢谢都不说的啊。”

第二天，所有人集合，韩舍给大家做最后的叮嘱。等一切都就位后，韩舍叫住了正要上车的蓝星河。他勾了勾手指，示意她过来。

蓝星河背着包走过去，韩舍微微弯腰，贴近她的耳朵：“老实点。”

他似乎对一切都了如指掌，蓝星河明白他是在提醒自己。

蓝星河面色如常，韩舍刚才近身不止为了同她说话，他还解了蓝星河临时系在背包带子上的求生哨。

“这个是挂在脖子上的。”

韩舍将那个哨子挂到她的脖子上，万千思绪尽在眼中。许久，直到西关按响了车喇叭，他才说了一句：“照顾好自己。”

没有什么比她安稳顺意更重要的了。

如果有，那也只剩对她的心意了。

每一次光芒摇曳的时候就告诉自己继续爱你，永远爱你。

2

蓝星河等一众人到达地点后便开始扎营，他们所在的方位是东北方，猎陨的范围就在这片区域。严格来说他们还在沙漠的边缘，没有进到深处。至于西边那块，蓝星河在手绘地图上标记了红色，精算面积之后，觉得那里应该是中心。

不出她所料，韩舍、西关和言冷在三天后脱离了队伍，不见踪影。按照之前的规划，他们此行的时间是六到十天，韩舍跟大家说的落陨之地就在东北方。蓝星河觉得这只是他的谎言，试图用来掩盖某些事情。

意外的是，队里有人找到了陨石。

那是少量的碎片，形状不一，有着深褐色的溶壳，上面还有明显的指印般的凹坑。那时天色较为暗淡，它们散落着掩盖在尘沙之中。

李君泽拿着工具仔细地将陨石碎片装进布袋里，同行的有蓝星河，还有两个女生。四个人正弯腰工作，突然就听到一个女生的抽泣声。

她是瞬间被吓哭的，所有人闻声望去，均倒吸一口冷气。

蓝星河站在中间，赫然看见前方有三头灰狼，不知何时悄无声息地靠近了他们。直到现在，灰狼还在缓慢移动，试图将他们包围起来。

这些灰狼皮毛柔软发亮，冒着绿光的眼睛极具戾气。

估计所有人第一次近距离看到成年狼都会不知所措，为首的女生还在抽泣，身子止不住地颤抖。

李君泽作为唯一的男生，后背的冷汗也浸湿了衬衫。他咽了口口水："小汐你能不能别哭了？"

名叫小汐的女生似乎哭得更凶了："你……你……你来站在前面试试。"

"都别说话了。"位于中间的蓝星河还保持着半弯腰的状态，她的声音很小，但在这种快要窒息的气氛下显得格外清晰有力，她问道，"谁带火了？"

所有人都摇头。

三头灰狼已经围成了一个圈，带着明确的指令和攻击性。

蓝星河死死地盯着面前的灰狼的眼睛，继续说：“跟它们对视，不要让它们看出来我们要做什么。”

“我不敢……”

“我……”

蓝星河言简意赅，语气略带冷漠：“那你们等死吧。”

灰狼们似乎还在观望，本来有只垂首弓腰的灰狼此刻又后退了一小步。蓝星河见机开口：“所有人，跟我一样，慢慢地弯腰。”

蓝星河弯腰，双手慢慢往下延伸，看起来像是要捡什么东西，其他人咬牙跟着做。突然，狼群开始慢慢后退，龇了龇森白的牙齿。

此时小汐突然咳嗽起来，想来是被眼泪和鼻涕给呛住了。本来面对她已经退后的灰狼发出一声嚎叫，作势就要扑上来。

蓝星河心里做了最坏的打算，小汐可能会出事，那所有人就都跑不了了。

几乎就在一瞬间，一声稚嫩的狼嚎传来，蓝星河就看见一个小小的东西跑过来。她几乎一眼就认出是当时吃鸡蛋的那只小狼崽。

小狼崽“嗷嗷”叫了几声，三头灰狼很快就退下了。它们跑开的时候小狼崽回头看了看，蓝星河也看过去，目光深沉。

李君泽仍不敢松懈，赶紧招呼大家收拾东西走人。

四个人安全地回到营地，小汐添油加醋地向刘教授汇报刚才遇到的险情，说还好自己反应够快。

李君泽和蓝星河还在说着关于小狼崽的事情，惊魂未定。

艾艾蹲在一旁搅动锅里的泡面。她打了好几个蛋，直接一筷子搅散了，流出的蛋黄在高温下迅速凝固，泡面上头还漂浮着好多白色的沫沫。

“你是在做猪食吗？”李君泽忍不住吐槽。

艾艾本来就看他一直在和蓝星河说话心有不悦，这时用筷子奋力地搅拌起来，溅起的汤汁落在李君泽的袖口上，两个人为此拌起了嘴。

“你要吃你就是猪。”

“猪做给我吃的。”

“……”

蓝星河端着那碗泡面坐在旁边吃，第一口就被齁住了。她蹙了蹙眉，觉得唇齿像是被腌渍了一样。最后她只扒拉了两口，就嚼起了牛肉干。

牛肉干是言泠在大本营的时候给她们发的，那是他自己做的风干肉。

言泠的厨艺是真不错，刚进沙漠的那三天，都是他变着花样给大伙做饭。

早餐会吃素食燕麦粥，抑或是烤面包蘸着蓝莓酱吃。言泠发现蓝星河爱吃鸡蛋，还会将橙子切成两半，将果肉舀掉之后打入一个鸡蛋，然后再放在火上烤个十分钟，就是一道美味的早餐。

蓝星河吃着香甜的鸡蛋，言泠在旁边微笑地看着。

于是她停下来，面无表情地问道：“多少钱？”

言泠：“提钱干什么……”

蓝星河掏出十块钱，言泠眨了眨眼：“要么给我也加个零？”

其实韩舍在离开的那晚，曾独自站在蓝星河的帐篷外许久。他不敢离得太近，低头碾着脚下的沙砾，心事重重。天空中星河依旧，璀璨夺目。他抬头仰望，似要把万物给看透。

微微起了一点风的时候，他转身走了。

3

蓝星河修整过后就把背包收拾好，喝了点水准备继续往前走，随行的还有李君泽、艾艾和小汐。李君泽一般都会作为小组组长，蓝星河为副组长。

他们的路线都是在营地就分配好的，艾艾从来没有找到过陨石，有些不甘。她对线路提出质疑，有意无意地将矛头指向蓝星河：“每次我跟着你走都找不到陨石。”

小汐摊手：“我反正跟她走一次就捡到了。”

艾艾不高兴了，瞪了小汐一眼。

李君泽不耐烦地催促她：“泥鳅妄想做什么锦鲤啊？赶紧走。”

这话说得艾艾更生气了，她背起包就往反方向走，一挥手：“我就找给你看看！”

“你闹什么脾气啊！回来！”

李君泽跟在后面喊，往前追了过去。

小汐觉得艾艾向来脾气来得快去得也快，还坐在地上跟蓝星河说：“没事，我知道她的，李君泽哄两句她就回来了。”

谁知半个多小时都不见人，蓝星河看着西边，隐隐觉得有些不安。其实韩舍走了以后，她多次冒出要去找他的念头。但理智最终告诉她，眼前的陌生环境比较恶劣，独自出行极有可能会落个一去不复返的后果。

“你在这儿等着我，我去看看。”

蓝星河本想把包卸下，想了想还是背着。小汐打了个哈欠，手撑着脑袋点了点头。

按理来说他们应该不会走远，可蓝星河翻过一个沙丘才发现地理环境发生了明显的变化。她看地上的脚印是往另一个沙丘在移动，便绕着边缘走。

她以为李君泽和艾艾就在沙丘的背面，谁知那儿却空无一人。

蓝星河当即看了一下表，她竟然走了有二十分钟。此时她还意识到一个严重的问题，她极有可能弄错了方向。意识到自己犯错以后，她吹起了哨子，连续三下，尖锐洪亮的哨声在沙漠里回荡。只过了几秒钟，她就听到有相同的哨声回应。

她觉得哨声离得不远，便长长地“嘘”了一声，意为会合，别动。

蓝星河决定爬上那个高丘。又过了二十几分钟，她终于爬到了顶端。脚下的沙子极其松软，幸好她穿的是沙漠靴，粗糙的软皮革隔开了细碎的沙砾，沙子才不会漏进鞋里。

果然，她看见远处有两个人影，正是李君泽和艾艾。两个人还在拉扯着，听到蓝星河的哨声以后，这才挥了挥手。

蓝星河位于高处，额头上的汗水顺着脸颊滑落。她随手用脸巾擦了一下，感受到一丝凉意。她的手心在出汗，心脏也在剧烈跳动，身体没来由的紧张感让她看向远方。

就在李君泽和艾艾的身后，蓝星河看到了一阵灰色的雾气，带着异样的响动。

蓝星河连思考的余地都没有，瞳孔瞬间放大。她急忙吹起了哨子，哨声刺耳又紧迫。

李君泽是最先反应过来的，但是没有用。

沙漠疾风近在眼前，没有人能跑得掉。

蓝星河陷入风暴之中只数秒，就连人带物被卷到了半空中。脚离地的时候她妄想抱住自己的脑袋，但她的四肢像是被某种力量固定住了，容不得她有自己的想法。

她紧闭双眼，感觉身体有些疼。即便是戴着脸巾也觉得沙土在不停地涌入口鼻，在巨大的轰隆声中大脑一片空白。别说做些措施了，此时就连内心的祈祷都是无望的。

沙漠气候瞬息万变，蓝星河被风力带到了沙丘的背风坡，几次险些喘不过气来。背风坡相当危险，一不留神就会被沙尘暴给掩埋，她几乎是连滚带爬地逃离了此处。

沙尘暴过去以后，蓝星河发现自己压在了李君泽的身上。她昏昏沉沉的，尚有一丝清醒。李君泽当时没有反应，四肢被沙子全然埋没，最重要的那张脸露在了外头。

“李君泽，醒醒。”

蓝星河将人刨出来，连喊了几声他都没反应。她迅速查看他的口鼻，又探他的心跳和脉搏，发现一切都正常，便开始掐他的人中，顺道给了他几巴掌。

李君泽嘶了一声，慢慢清醒过来：“好疼……你为什么不给我做人工呼吸？！”

蓝星河在心里松了一口气，起身就开始寻找艾艾的身影。

谁知艾艾就在两百米外，双腿被沙子埋到了膝盖处，怎么拔都拔不出来，正弯腰自己刨着呢。

蓝星河和李君泽过去后，李君泽很没好气地说道：“风咋不把你头朝下插着呢？”

艾艾冷哼了一声，又继续刨。李君泽弯腰帮忙，发出一声长叹，在风暴中能活下来的都是锦鲤本体。

但是蓝星河发现此时周边的地理形势又发生了变化，并且李君泽和艾艾的包也在风暴中丢失了。她紧了紧身上的带子，又看了看表，北京时间17:20，太阳被掩在混沌灰暗的天色下。

蓝星河问李君泽：“要不要找你们的包？”

此时艾艾已经将脚拔了出来，一屁股坐到沙子上时又被高温给烫了。她站在那儿揉着，显得有些急躁：“当然找啊，我落地的时候还看到我的包了呢。”

李君泽想了想，也说：“找吧，半小时之内找不着我们就走。”

他们在商讨过后，留下艾艾待在原地，以她为中心向周边寻去。蓝星河担心找到包后会体力不支，就将自己的包放在艾艾身边。她取了几样东西装到口袋里，有手绘地图、指南针和打火机。

艾艾在看到她装巧克力和花生米的时候颇诧异：“你是不是担心我偷吃你的东西啊！”

蓝星河又拿了一瓶水，什么也没说起身就走了。

4

蓝星河和李君泽以艾艾为中心，在走出一段距离之后折回，再换方向寻找。到第三次的时候，蓝星河和李君泽碰到一起了。

李君泽挠头：“我走的明明是直线啊。”

“我们是走不了直线的，沙子在流动，看来我们得赶快回去。”

两个人都有些累了，正要转身，就看到艾艾披着太空毯，当成遮阳伞盖住脑袋朝着他们拔腿走来。

李君泽瞪大眼睛：“搞什么啊？不是让你在原地等我们的吗？”

艾艾气喘吁吁："我看你们这么久没回来，担心出了什么事。"

"这才几分钟啊。"

艾艾嘟囔着反驳："我又没有表怎么知道几分钟？我以为有好久了，我还不是担心你们。"

李君泽挫败地抱住头，五官纠结到了一起。他一咬牙："怎么上次在云南大蟒蛇没把你给吃了呢？"

"嘿！我这暴脾气。"艾艾一把扯下太空毯，扑上去就把李君泽按到地上，把沙子往他脸上快速刨，"淹死你，淹死你……"

两个冤家又撕扯到了一块，蓝星河都懒得去劝了，绕过两个人就走。

三个人往放包处走去，果不其然，包找不到了。

艾艾急了，指着空地说："我走的时候还在的呀，怎么没了？"

李君泽已然无力："还能怎么没了？明显是我们又迷路了啊！让你在这儿等我们非要乱跑，还不听指挥擅自做主。这片区域我们完全不熟，进来了还不是热锅上的蚂蚁，等死！"

艾艾自知理亏，小声说了一句："是急得团团转。"

"都什么时候了你还揪我的语病？"

"等死的时候……"

蓝星河翻开地图，对比眼前的地形。她在找有关联的地貌特征，以期和地图对应起来，从而确认现在所处的位置。

眼下的情况还不算太糟，小汐发现他们未归一定会回大本营去找刘教授。现在他们手上有地图，还有指南针，就算是找不到正确的方向，在原地等待也是一种救援办法。

蓝星河毕竟不是专业的导航者，她在确认了东北方向之后便和李君泽、艾艾尝试着走出去。

直到太阳没入地平线，他们看到了一片石林，这才意识到方向根本就是错的。

蓝星河始终沉默，坐在沙地上，手摸着胸口的哨子。

李君泽挠挠头，看着天上冒出的几颗星星，佯装轻松的样子说：“没关系，就当野营了。”

艾艾也坐在旁边，情绪较为低落。但她还是说了一句：“对不起啊。”

一天折腾下来，谁都没有力气了。

艾艾将太空毯抖开，找了一块较为平坦的空地说：“咱们背靠背一起盖这块毯子吧，虽然小了点，但总比没有强。”

这块太空毯是艾艾从蓝星河包里翻出来的，其实她的包里还有睡袋、防潮垫以及紧急医用药品。

蓝星河还在想方向的事情，起身对他们说：“晚上不能所有人都睡了，你们先休息，我们轮岗。”

她说完就往石林边走去，摸上一块石头，爬上去坐好了。

“星河……”

李君泽还想安慰她，被艾艾拦住。

艾艾说：“让她自己一个人待会儿吧，她不会想跟我们说话的。”

“你又知道？”

这一次艾艾没有反驳，莫名有些伤感：“我是女孩，我懂。”

蓝星河坐在大石头上，继续思考。随着夜色渐深，原本经过一天暴晒的石头也变得寒凉起来。她身上只穿了一件长袖，在气温骤降的沙漠地带明显是不扛冻的。

李君泽和艾艾歪倒在一起，似乎都已经睡着了。

蓝星河从小就是倔强不甘的性子，此时万籁俱寂，她立于星空之下静听风向。脑海里有一瞬间放空，她突然想起那年跟韩舍爬上屋顶的样子。

韩舍看着红着脸的她，笑道：“哪家的小野猫啊。”

时过境迁，蓝星河突然就哽咽起来。

不是因为疲倦而伤感，而是她太过思念。就在此刻，她竟有些害怕。

上空有几颗星星格外闪亮，那是蓝星河眼眶中的泪光所致。她缓缓伸出手，有一颗星星静止不动，其他的星星都围着它转。它位于北极的上空，是可以用于导航的星星。

那是北极星啊。

蓝星河欣喜万分，她可以再次找出正确的方向了。

北极星位于北极的上空，找到它就必须先找到北斗七星。蓝星河怎么会不认识北斗七星呢？她细长的手指连接了几颗星星，画出一个斗形，随后沿着斗形外侧的两颗星子再做向上的延长线，直到看见那颗最亮的北极星。

她取出口袋里的巧克力，将开口处朝向北面。

5

天微微亮的时候，蓝星河等三人吃了点巧克力，就开始往北面走。

营地就在北面，这一次只要把握住方向，一鼓作气，相信半天就能走出去。

三个人目前仅剩一瓶水和一些花生米，开始走之前每个人喝了几口水，还留了大半瓶。

约莫只走了一个多小时，他们看见了几簇红柳，蓝星河觉得方向一定是对的。

休息的时候，李君泽和艾艾往红柳旁一坐。

蓝星河正准备坐下又突然起身，想起之前韩舍说的话来："别坐这儿，可能有血吸虫。"

李君泽先起的身，随后就去拉艾艾。突然，他发现艾艾的手背上有一颗大黑痣，就看了看："你手上什么时候长了个……"话没说完，他发出一声惨叫，"天哪，有只虫子钻到你肉里去了！"

艾艾没看见虫子，倒是被李君泽的叫声给吓坏了。她疯狂地甩手："什么虫子啊！"

蓝星河急忙上前，抓住她的手："别动！"

艾艾的手背上果真有个黑点，乍看像黑痣，那是因为血吸虫将头埋进了皮肤里，只露了条尾巴出来。刚才那么剧烈的甩动都没有把它弄出去，看来它是不会轻易松口了。

李君泽抑制住恶心打算用指甲去掐虫子的尾巴。蓝星河想起自己有个打火机，说了一句：“等等，我有个办法可以试试。”

蓝星河让李君泽抓住艾艾的手，艾艾早就吓得抖成了筛子。她看到蓝星河按下打火机，哭着问道：“你干什么啊？”

“你忍着点。”

蓝星河直接用火苗去烧虫子的尾巴，艾艾只感觉一阵灼热的疼痛，手心里顿时冒出冷汗。她闭上眼看都不敢看，直到蓝星河说：“好了。”

那只虫子因为惧怕火苗，自动缩成一团，从皮肤组织下脱落了。它掉到地上后就被李君泽一脚踩入了沙子里。

所有人都松了一口气，真是有惊无险。

可艾艾却发现，虽然虫子被弄掉了，但是被虫子咬到的皮肤处有些出血，还伴随红肿和疼痛。她忍了忍没说，不想耽误了回营地的时间。随着四肢变得越来越酥软，她口干舌燥地问道：“星河啊，你说被打火机烤了之后身体会麻痹吗？”

蓝星河当即回头，李君泽也很震惊。

艾艾只觉一阵天旋地转，虚弱地摆了摆手：“你确定是打火机……不是麻醉剂吗？”

艾艾险些翻白眼，李君泽眼明手快地扶住她，彻底慌了：“完了，完了，那虫子有毒。”

蓝星河拧开矿泉水瓶盖，对着她的伤口冲洗，直到把一瓶水都倒完了。

此时艾艾还清醒着，忍不住抽泣：“星河，你怎么把喝的水倒光了啊？”

李君泽扶住她，问蓝星河：“怎么办？我们怎么办？她会不会死？”

蓝星河脸色苍白，跪在地上咬了咬嘴唇，有些手足无措：“我也不知道。”

周围的炙热感依旧，只是今日却没有见到太阳，远处甚至都是混沌的，这不免让人有些不安。其实三个人之前体力尚在，只不过现在再次突发意外，他们又都是新人，没有防范，也没有太多的危险意识，恐惧就在一瞬间袭上心头。

艾艾最害怕，一直在掉眼泪。

蓝星河心生郁结，李君泽也着急慌乱，他只能时刻关注着艾艾的身体状况。

蓝星河把手放到口袋里，随后她发现口袋里少了一样东西。她能掏出来的只有打火机，指南针丢了。一定是丢在了之前的红柳旁，蓝星河想也没想起身就往回跑。

李君泽喊了她一声，蓝星河又跑回来。她直接从脖子上将哨子取下来，递给李君泽："吹哨子，等我。"

蓝星河很快就看到了自己的指南针，她立马捡了起来。之前还隐约能听到哨声，现在已经听不到了。她正准备回去时，一个念头让她止步。

不知救援人员何时才能到来？不知艾艾能不能等到救援？不知他们的方向此时是不是对的？

目前最重要的就是艾艾的性命。

蓝星河想起自己包里有急救针剂，几乎是分秒之间，她扭头就往石林的方向跑去。

也许是太天真，又也许是慌乱无措，蓝星河想去找回自己的包。

她甚至无畏地想着，没什么可怕的，不就是一条命嘛。

6

蓝星河看到自己的包静静地平躺在远处，终于展露笑颜。

如果此时李君泽和艾艾已经被人找到，那便最好。如若没有，有了包，她也一定能保证三个人的安全。因为太兴奋了，她没有留意到原先结实的沙地此时变得特别柔软，沙尘暴到过这里，便有极大的可能性形成流沙。

等她硬拔沉陷的双腿，却越陷越深的时候，才后知后觉流沙来了。

人在危机来临的时候必然慌乱。

蓝星河到底是女孩，又没有经验，她试图用手按住流沙挣脱出来，可结果形势更为恶劣。流沙快速淹没至她的胸前，此时她再想以躺平的姿势来控制已然没有机会了。

等待的时间是最难熬的，她没有哭，甚至嘴角还带有笑意。

她在想一个人，想那个人知道自己的结局后会不会后悔，后悔欺骗她，没给她多一点爱；后悔没不顾一切地拥抱她，告诉世界，我依然爱你。

韩舍、韩舍、韩舍，她闭上眼睛在心里默念。

韩舍的猎陨地点位于西面，他、西关和言泠在探测地面的时候，身后传来呼喊声。他第一时间以为是有陌生人进入了领地，眯眼一看竟是林小源。

韩舍和言泠对视一眼，这个小家伙不简单，还看得懂记号。

言泠等他走近，一把揪过他的衣领："是不是跟踪我？还想着报告给外国佬？"

林小源背着包，满头大汗，后面还跟着一匹骆驼。他觉得肺都要炸了，嗓子干痒难忍。

言泠递给他一瓶水，他"咕咚咕咚"喝了好几口。

"天文台的人发消息来大本营，说有三个人失踪了，镇长已经通知救援队了。"

韩舍顿时变了脸色，厉声问："哪三个？"

林小源缩了缩脖子："两个我不认识，另一个是……星河姐姐。"

韩舍当即转身就走，言泠气不过捶了林小源一下："这么重要的事情你不先说还有脸喝水？"

"不是你让我喝的吗？"

"我让你死，你死不死？"

言泠叫过远处的西关，示意他收东西走人，然后快速跟上韩舍往北面疾行。

在这茫茫沙漠里，没有任何现代化的交通工具可以代步，林小源的骆驼就跟在他们身后。三个人的步伐太快，脚步不停地前行拉开了好一段距离。

言泠是一名优秀的导航者，他要蹚过沙漠如履平地，可他的体力跟不上韩舍和西关。

韩舍始终沉默，他在休息时连灌了三瓶水，一向节制的他看起来有些慌乱。

言泠和西关都不敢多说什么，当他们越来越靠近事发地的时候，言泠观测了一下周围的形貌，蹙眉说了一句：“有沙尘暴过去。”

西关觉得奇怪：“可现在不是风季啊。”

“沙漠里变幻莫测，但过了风季，终究不会太大，却足够要那几个菜鸟的小命。”说完，言泠才惊觉自己说错话了。

西关帮忙打马虎眼：“小风暴、小风暴，没事，没事。”

韩舍凝视远方，天边的景色不明，一种从未有过的不安笼罩着他，让人有些急切。他问言泠：“你看这天是不是还得变？”

言泠不敢确保，但根据以往的经验说道：“可能还会有沙尘暴，估摸着不大。”

韩舍紧绷着下颚，汗水浸湿了浓黑的眉毛。他紧闭了一下眼睛再次睁开，带着盐分的汗水腌得眼角生疼。

他一分钟也不敢耽误，把身上的背包快速拿下来：“言泠，开卫星电话，升航拍，用信号弹来告诉我方位。”

他一边说话，一边从包里取出随身物品。

言泠和西关绝不多问也不啰唆，根据指令立刻行动。西关蹲下后打开设备，开始调试。

韩舍卸下重担，是想在沙漠里奔跑。

言泠喊了一声“老板”，扔给他一条绳索：“小心有流沙，我们等你。”

7

言泠很快就在屏幕上看到了一个反光点，那是太空毯折射出来的光。

太空毯材质特殊，可用于保暖，亦可用于反射太阳光。

李君泽在蓝星河迟迟未归之时，将太空毯的两边对折起来，用于给艾艾遮阳。

言泠当即让西关放了绿色信号，韩舍跟随绿色信号掉转方向。

就在航拍升了高度即将返回的时候，言泠发现了一个微弱的橙色小点。他慢慢调整距离，确认那是一个人。他再把机器降低高度，待看清是谁以后就被吓住了。

“糟糕。”

言泠连忙对西关说：“赶快放红色。”说罢就给韩舍打卫星电话，偏偏没有信号。

西关有些疑惑：“什么意思？两个方向？”

“蓝星河有危险，她脱队了！”

西关虽然心急，却较为理智。他说：“可韩舍不知道红色的信号弹是蓝星河啊。”

两个人沉默了一会儿，西关突然说：“我有办法了。”他先放了那个红色信号弹，紧接着就放白色信号弹。

言泠松了一口气，对他竖起了大拇指。

韩舍看向天空，当即止步，两色信号前后齐发……

他用尽全力往那个方向奔跑，身躯高大的他多次在泥沙中摔倒。他分秒必争，就怕在这无情的大自然中被死神追了脚步。

上天一定是眷顾他的，韩舍与蓝星河之间的距离竟只隔了两个沙丘。

在看到橙色的那一瞬间，仿佛回到了以前，他心爱的那个人，还有笑容。

韩舍只对自然敬畏，从未感激。

但在这一刻，他虔诚地感恩上苍。

韩舍将绳索扔过去的时候，连声音都在颤抖：“小风！拉住！”

蓝星河紧紧抓住抛来的绳子，借助韩舍的力量逃脱了流沙。两个人跪地相拥，情不自禁。

风卷起他们脚边的沙土，有急促的风声快速传来。

想跑已经来不及了，韩舍张开双臂，像一只鹰张开了它有力的翅膀，将小小的蓝星河护在怀里。耳畔是巨大的轰鸣声，混沌的世界什么都看不清，只有温暖的身躯是真实的。

待一切平息，韩舍还是一副守护的姿势。

怀里的人抓着他的衣服，将面容遮盖住。

他只听到她微弱的一声："韩舍。"

韩舍很难过，他清晰地听见蓝星河说："别再丢下我了，好吗？我找你真的……要丢命啊。"

第五章

一见倾心

他从来没有期待过会被世界迁就，
直到遇见她才懂得心疼。
原来被偏爱的人，未必有恃无恐。

1

蓝星河至今都认为，她与韩舍的感情，是踏遍山河，历经晚风，也不会断离的。

哪怕时光再熬人，她也坚守了自己的信念。

韩舍是以沪城理科状元的身份考去晋城Q大的，他放弃了保送名额，想尝尝这万人过独木桥的滋味。他这副欠揍的姿态让郝一舟很反感，但无奈自己是榜眼，不配。

于是两个好朋友手牵手去上大学了，在陌生的城市孤独地享受众多美女的围绕。

学校表白墙上到处都是两个人的生活照，韩舍爱垂眸，郝一舟喜欢咧嘴笑，两个人的粉丝大军一三五厮杀，二四六写宣传稿，星期天休息，早给安排得妥妥当当了。

两个人虽然都平易近人，但从不跟女生亲近，所以大家在网上给两个人分别搭配了女主角。后来时间长了，众人又认为粉丝根本就是嗑错了CP（情侣），两个人从一开始就是“真爱”。

韩舍坐在电脑前聚精会神地玩游戏，郝一舟在床上喊了好几声他才回头。

“你听到没有？明天陪我去迎新生。”

“不去。”

郝一舟扒着床沿说道：“我一个人不行的。你忘了吗？我跟你说过的那个学生，你得帮我，明天她妈妈就会带着她来报到了。”

韩舍游戏里的队友给他发了条消息过来：先退了。

他这才退出游戏，关闭页面，随后伸了个懒腰，仰头看向郝一舟：“然后呢？”

郝一舟很坚定：“然后你就要和我一起去迎接。”

韩舍起身，抓住上铺扶手一个发力翻了上去。他躺到自己的床上，俊俏的脸上还带着玩闹的表情：“喊爸爸。”

“哎！”郝一舟皮了。

韩舍一个枕头扔过去，郝一舟扑哧地笑了，又给他扔回去："我给你买明信片，你不是喜欢那套《星际宇宙》吗？"

"真的？"

郝一舟一想到那套三位数一张的明信片，咬咬牙："不就是十八张吗？买它！"

"成交。"

但是郝一舟把韩舍给诓了，原本说好的一起去接人，临时却给他打电话说拉肚子，麻烦他去接一下人顺带请母女俩吃个饭。

韩舍掏了掏兜里的两百块现金，觉得应该够了。

Q大的新生入学十分热闹，报到处人山人海，给了一些兼职的学生很多的赚钱机会。他们专门给人跑腿，拎箱子、卖盒饭之类的，一天下来能净赚个四五百块。

韩舍站在校门口等着，郝一舟说了：都不用给你发照片，你只要看到一对母女，别觉得，觉得就一定是。

九月份的晋城比家乡要热一些，韩舍穿着深色衬衫，挽起袖子站到梧桐树下耐心地等着。大概半个小时后，一辆黑色的迈巴赫停在眼前。

司机快速下车，手上还撑着太阳伞，拉开了后座的车门。从车里下来一位年轻貌美的女子，模样看起来只有二十岁出头，但是跟司机友好示意的笑容略显成熟。他正准备上前，就看到女子又牵出一个人来。

小姑娘的皮肤白嫩得有些过分，下了车后就站在原地，拂了拂衣裙。嫩粉色在阳光下很耀眼，乌黑浓密的头发披散在肩上，跟她一般乖巧。

她目不斜视，下了车就和那个年轻貌美的女子站到了一起。

韩舍微微蹙眉，母女？

二十岁和十三四岁的小女生。

他摸了摸鼻翼，想了想，终是上前。

他柔和的声音响起："嗯……蓝星河？"

小女生先抬的头，韩舍终于看清了她的五官。满满的少女元气，一双乌黑的大眼睛比葡萄还亮。她的鼻翼和唇瓣都太娇俏了，看起来就像个洋娃娃。

还有那双耳朵，在听到自己名字的时候，突然就红了。

不知为何，蓝星河的目光还有些躲闪。

“你是韩老师吧？”年轻貌美的女子开口说道，还体贴地将伞遮到韩舍的眼前，“一舟跟我说了是你来接。”

那个该死的郝一舟，都不知道是怎么介绍他的。

韩舍淡淡地一笑：“我哪是什么老师。我叫韩舍，舍不得的舍，只不过念第四声。”

“你好，我叫赵文君，这是我的女儿蓝星河。星河，叫老师。”

韩舍无奈地抿紧嘴唇，就听见那个一言不发的小女生发出潺潺如流水般的呢喃：“老师……好。”

他的内心一阵刺痛，我就这么显老吗？

2

韩舍摸着兜里的两百块，跟着母女俩走进了大饭店。

他微笑地看着赵文君点了菜，以超快的心算合计出了账单，大写人民币壹仟玖佰柒拾伍圆整。

赵文君面容慈祥地问他这家店的饭菜好不好吃，他笑得很开心：“应该好吃。”

蓝星河一直没说话，赵文君示意女儿，轻声跟韩舍说道：“那就麻烦你多多照顾我们家星河了。在沪城的时候，一舟做了她半年多的家教，我很信任他。不过一舟说他特别忙，要跟着教授做项目，就跟我推荐了你。”

韩舍点了点头，他忙个吹牛皮的项目啊！

赵文君觉得韩舍很合眼缘，也听过郝一舟之前汇报的信息，无论是家庭成分还是个人成绩，韩舍都是拔尖的，连郝一舟都自叹不如。

看来这是郝一舟早已计划好的阴谋。

韩舍这顿饭吃得较为拘谨，席间除了和赵文君对话，多次看向蓝星河，她一直保持着低头的姿势。

赵文君去洗手间的时候，韩舍还在打量蓝星河。

她有点奇怪，却又说不上是哪里奇怪。

直到她将一盅汤的盖子拿下来，看了两秒，随后拿汤匙从盅里将汤水舀到盖子里。韩舍当即就看明白了，连忙起身将自己还没用过的小碗递过去。

“用这个。”

蓝星河的神情太懵懂无辜了，韩舍有些不忍，却还是说道：“你拿的是盖子，不是碗，它只是长得有点像碗。”顿了顿，他又说，“或者你直接从盅里舀着喝也行。”

等蓝星河明白过来，红晕瞬间袭上耳朵尖，酥软得让人想捏上一把。

她既没有接韩舍递过去的碗，也没有直接从盅里舀着喝，索性放下汤匙不喝了。

这倒让韩舍有些懊恼。

赵文君在上洗手间的中途将账给结了，吃饭之前她也已经和韩舍去过蓝星河的宿舍，所以吃完饭她就要回沪城了。

临走前，赵文君将韩舍单独拉到一旁：“我不知道一舟有没有跟你说过星河。”

“提到过。”

赵文君笑笑，一脸的明媚娇柔：“其实呢，星河很聪明，只要耐心地教一教，她会比谁都出色。”

韩舍似懂非懂地点点头，说了声“好”。

两个人又大概聊了一下，在赵文君和蓝星河告别以后，韩舍便领着她往学校走去。饭店离学校只隔了两条马路，韩舍在前面走，蓝星河就跟在后面。

赵文君今年其实已经三十八岁了，但天生一张娃娃脸，又勤于保养，让人完全看不出真实年龄。蓝星河刚满十六岁，是沪城的神童，更是Q大少年班的翘楚。

这群学生虽然上大学了，但都还是孩子。

至少在韩舍的眼中是这样。

他们在路上遇到一个叔叔在卖糖葫芦，糖葫芦的款式多样，韩舍最爱吃香蕉山楂的。像是终于找到了话题，韩舍佯装自来熟，停下脚步："我给你买串糖葫芦吧？"

蓝星河没有看他，只是盯着韩舍胸前第三颗扣子的位置。

她说："不吃，谢谢。"

"给你买串香蕉的吧，特别好吃。"

韩舍不顾她的拒绝，直接跟老板买了两串香蕉的。他递给蓝星河的时候，她不想接也得接了。之后两个人便并排走着，韩舍一只手插在口袋里，一只手拿着糖葫芦。

蓝星河此时很紧张，她从来没有跟异性单独在一起过。当初郝一舟给自己当家教老师时，全程都有赵文君或保姆陪在身侧。

这个高高大大的男生离自己特别近，他一说话她心里就没来由地慌乱。

蓝星河轻轻吸了一下鼻子，那种独属于男生的味道是带着甜味的。

她趁着身旁的人吃得正欢，悄悄看他一眼，觉得他的下巴真是太好看了。可最让她喜欢的是这个人的眼睛，单眼皮，只要一笑，眼尾便微微坠落，带着一种莫名的吸引力。

它明媚，却也深邃，有种亦正亦邪的感觉。

蓝星河学着韩舍去咬最顶端的那颗山楂，她从来没有吃过糖葫芦，爸爸说外面的东西有细菌。可手中的糖葫芦入口便觉得很美味，厚厚的糖衣十分脆甜。山楂已经去了核，一口一个，吃起来很方便。

韩舍就是这样吃的，蓝星河的速度跟不上，但方式是对的。当她吃到第三个的时候便有些咬不动了，就想把糖球从签子上给拔下来。

"这样吃。"

韩舍发现后，极其自然地叼住自己的糖葫芦，握住她那根签了使其横了过来。

他有些含混不清地说道："侧着咬。"

蓝星河听懂了，侧着咬了一口。

韩舍突然就笑了，那笑容在午后的阳光下扑面而来，清凉又舒心。

他说道："你真聪明啊！"

3

蓝星河很特殊，这一点韩舍算是领教了。

没一个星期，郝一舟就在学校的聊天平台上看到有人在议论她。他八卦地翻了翻，吃着泡面笑出了声："我就知道我这个学生是个人才。"

少年班本就备受关注，蓝星河的性子跟别人又不同，因为众多因素导致她与周边的人极不合拍。

这就是赵文君想要拜托郝一舟照顾蓝星河的原因了。

"怎么了？"韩舍从电脑屏幕前抬起头，他的游戏队友一直没有上线。

郝一舟还在翻着评论，嘴里嚼着面条："没什么，就是说蓝星河在某些技能方面差距较大。"刚说着，他的手机突然响了起来，屏幕上显示"蓝星河"。

"我晕……"

郝一舟赶忙将嘴里的东西咽下去，清了清嗓子道："喂。"

电话声音不大，韩舍听不到通话内容，只听见郝一舟说："什么？我去装？哦……"他突然看了韩舍一眼，韩舍知道准没好事。果然，郝一舟报出韩舍的电话号码。

"你找他，他会。"说完他便挂断电话。

韩舍眯起眼："你又把我卖给谁了？"

郝一舟耸耸肩。

没过两分钟，韩舍的手机上有电话进来，一接通，一个娇柔的"喂"声传来。

是蓝星河。

她似乎是在纠结对韩舍的称呼，正准备叫韩老师，韩舍就说道："叫我韩舍。"

蓝星河便叫了声韩舍，在那头说："我的蚊帐装不上。"

韩舍当即关了电脑，起身往外走的时候用力捶了郝一舟一拳，关上门时又说："等我。"

郝一舟吸了一口面，满足地躺在椅子上摸肚子："啊，我终于解脱了。"

少年班的宿舍与普通大学生的宿舍离得很远，蓝星河、韩舍和郝一舟虽同属数学系，但教学楼和宿舍一南一北，每次出行她都感觉不太方便。

她担心韩舍会找不到宿舍，就往前走了一点。

韩舍是骑自行车过来的，他看到蓝星河时按了车铃。蓝星河呆愣愣地站在那儿，也不知道打招呼。

韩舍依旧一脸讨人喜欢的笑容，单脚支地，用眼神示意后座："我带你。"

蓝星河很不给面子地摇了摇头。

"好吧。"韩舍只好下车，推着车和她一起往宿舍走去。

他下车的时候才发现蓝星河的脖颈处有好几个红包，再一打量发现她的手臂上也有。

韩舍直接问她："是被蚊子咬的吗？"

蓝星河伸手摸了摸脖子，点了点头。

这么多红包，大小不一，有些一看就是被咬好几天了。

晋城的夏季长，蚊子还特别毒，她可是真能忍啊。

到了宿舍楼下，韩舍跟宿管阿姨说明情况后，便在阿姨的陪同下一起去了蓝星河的寝室。

蓝星河的寝室就在一楼最里面那一间，她是独自住的。房间很干净，估计是想着有人要来，早早地把床铺上了床单，以防被弄脏。

韩舍二话不说就开始动手装蚊帐，蚊帐是白色的，还带着蕾丝，十分柔软精致，一看就是家里人给她准备的。这个蚊帐的安装方法并不复杂，大概十分钟韩舍就给装好了。他又拉扯了一下，确认都固定好了。

蓝星河面无表情地说了一句："谢谢。"

韩舍点点头，心想：这个丫头不是发自内心地感谢啊。

宿管阿姨不让他多待，临走时韩舍快速扫了一眼寝室，发现窗外有许多杂草，难怪蚊子会那么多了。

韩舍离开女生宿舍后便骑车去了学校外面的药店，买了止痒消肿膏，还有花露水和电蚊香，回到学校后又从老师那儿借了一把镰刀。

他身上出了很多汗，快速蹬着自行车以享受片刻的凉爽。

韩舍绕道去了宿舍楼后面，三下五除二就把那些茂盛的杂草给割了，扎成一捆堆在旁边。随后他敲了敲窗玻璃，正在看书的蓝星河听到动静后走到窗边，就看见满头大汗的韩舍。

虽然是一楼，但楼层构造比较高，幸好韩舍的身高也足够。他微微仰头，递给蓝星河一个塑料袋，说："驱虫的，用完记得要洗手。"

蓝星河脸上有诧异的神色一闪而过，她一开始没接，韩舍又说："拿着吧。"

他额头上闪烁的汗珠，还有脚边的杂草，很明显，是在帮她。

蓝星河突然转身走了，韩舍一愣。没半分钟，人又回来了，递出来两张红票子。小姑娘一本正经，倒是弄得韩舍哭笑不得。

"不用这么多啊。"

"割草的。"

韩舍："……"

我谢谢你啊。

4

蓝星河当然觉得不能亏待了韩舍，毕竟韩舍的大名她也是有所耳闻的。

班上的女生很多，几乎每个人嘴里都念叨过韩舍和郝一舟的名字。他们都是聪明的人，再加上有一副好皮囊，自然受万众瞩目。但蓝星河不跟大家一起八卦，同学们对她也保持着观望的态度，毕竟嗑得好好的 CP 突然要换人了。

事情的起因是郝一舟交了个女朋友，刚确立关系不久，正是浓情蜜意之时。不过他比较低调，大家还沉浸在“一舍”的瞎想当中，并不知道郝一舟有女朋友了。

郝一舟的女朋友当时心里是有些不舒服的，试问哪个姑娘愿意开展地下恋情？两个人经常去校外的一家饭店吃饭，第一次碰见蓝星河，郝一舟的女朋友就觉得有些不对劲。

蓝星河独自坐在那儿吃着饭，看到郝一舟时喊了一句：“老师。”

于是人家女朋友就问了：“谁啊？”

郝一舟压根儿没放在心上：“老乡。”

女朋友忍了，谁知第二次又碰见，蓝星河还主动过来搭话，连郝一舟都没有想到。

蓝星河吃完饭要付钱时发现自己的手机和钱包都忘带了，于是极其自来熟地去找郝一舟：“老师，我忘记带钱了。”

郝一舟“哦”了一声：“没事，我待会儿一起付，你走吧。”

蓝星河走后，女朋友“吧嗒”一声把筷子拍到桌上，虽然没说话，但脸色不好看。

直到第三次，这对情侣和蓝星河在同一时间进入饭店。

郝一舟隐约感觉到女朋友对蓝星河没什么好感，就客气地说了一句：“我们也吃饭，星河要不要一起？”

郝一舟怎么会不知道蓝星河孤僻的性格，正要说“那我们就先过去了”，谁知蓝星河却沉沉地来了一句：“好。”

什么叫搬起石头砸自己的脚？

郝一舟顿时留下了悲伤的泪水。

蓝星河午饭前在教室里听到有同学说：“食堂今天有烤鸡翅，要不要叫蓝星河？”

另一个同学就说：“不用叫了，她又不合群。”

她不是不合群，而是太过慢热。

那一刻，蓝星河心里有些难过。

所以在郝一舟发出邀请的时候，她立刻答应下来，随后三个人坐在一起静悄悄地吃饭。蓝星河无话，女朋友是气得不想说话，郝一舟就只剩尴尬和无语了。

这顿饭不仅是蓝星河交友的饭局，还是郝一舟和女朋友的散伙饭。

女朋友说："既然你喜欢她，又何必来招惹我？你就是想一脚踏两船！郝一舟你这个人渣！"

郝一舟："啊？"

韩舍知道后，毫不掩饰地取笑他："活该。"

郝一舟很郁闷，手托着下巴嘟囔："蓝星河到现在都还没把饭钱还给我……"

"你可要点脸吧，人家还是个孩子。"韩舍玩着游戏，还不忘分心跟郝一舟唠嗑。

郝一舟越想越郁闷，问道："是不是我哪里得罪蓝星河了？她故意来整我？"

"她要是真想整你，可能要比这个惨多了。"

韩舍也是无意说的，郝一舟突然把脸凑过来，眉毛一挑："是吧，你也觉得这个孩子不简单吧？得罪谁都不能得罪这种人。"

"什么叫这种人？"

此时，韩舍的队友发来消息：我去吃饭了。

韩舍跟着下线，关了页面后转过身来说道："你又是哪种人？你就不想想为什么总能在饭店碰到她？"

郝一舟这才反应过来："就是啊。"

韩舍起身拿起外套，说要请郝一舟吃个饭，安慰他受伤的小心灵。

不出意外，他们又在饭店碰到了蓝星河。她点了两菜一汤，后来韩舍和郝一舟加入，又加了三个菜。郝一舟饿了，光顾着埋头刨米饭，韩舍和蓝星河吃得慢，夹到同一块藕片时，韩舍先缩回手，浅浅地笑了笑。

蓝星河似乎爱吃酱汁类的菜，味道不辣，还偏甜。她不小心把酱汁沾到了嘴角，吃着米饭还认真地看着眼前的菜肴，在想接下来吃哪个。

韩舍莫名被她可爱到，他是想笑的，但硬是忍住了，化为一声轻咳。

蓝星河抬头看他，两个人的视线交缠。韩舍递给她一张餐巾纸，这时她才终于明白对方眼里隐约的笑意。不知道为何会那样在意，蓝星河说了一句："我去一下卫生间。"

郝一舟在她走后"嘿嘿"地笑："不错，还知道付钱。"

韩舍看他一眼："你付钱。"

郝一舟怒道："不是说好你请的吗？"

"对啊，我请你付钱。"

"韩舍我拜托你做个人吧……"

5

韩舍提出要去看电影，郝一舟当然说好了。他刚准备跟蓝星河说拜拜，就听韩舍说道："星河一起吧，正好带你认一下商场的路，以后买东西也方便些。"

多么冠冕堂皇的理由啊，年少的韩舍也相当不简单。

于是蓝星河就跟着韩舍和郝一舟，像条小尾巴一样在后面晃。哥哥们走到哪儿她就跟到哪儿，也不主动说话，都是问一句答一句。

在电影院买爆米花的时候，郝一舟看到韩舍只买了一桶，便问："我们两个人，你只买一桶谁拿着吃啊？"他显然把蓝星河自动排除在外了。

蓝星河确实不吃，郝一舟为显公平，就将爆米花交给了蓝星河。

她抱着爆米花桶坐在两个人中间，这样两个人就都能吃上了。

幼稚鬼。

蓝星河微微蹙眉，显然不太理解两个大男生的乐趣。

三个人看的电影是科幻片，激烈的战争过后是男女主深吻的镜头。韩舍去拿爆米花的手突然就停在蓝星河面前，缓缓向上挡住了蓝星河的视线。

她嗅到了韩舍手腕上淡淡的果香味。

虽然周边灯光暗淡，但还是能窥见韩舍细长的手指。他的手看起来很软，让人忍不住想捏上一把。蓝星河盯着那双手未出声，直到少儿不宜的画面结束，她又重新看见了光亮。

韩舍并没有什么不自在的表现，相反却把纸筒底下的最后一点爆米花给抓走了。

郝一舟摸着那些渣渣，斜眼看了看韩舍，掠过蓝星河的时候讪讪一笑。

电影结束后，韩舍去了卫生间，郝一舟和蓝星河站在大厅等待时，好巧不巧看到了前女友。

郝一舟是被迫分手的，仅存的求生欲让他鼓起勇气上前解释："如果我说不是跟她来看电影的你信吗……"

前女友转身就走，压根儿不听。

"我觉得哪怕分手了，也得为自己正名。"郝一舟意味深长地看着始终沉默的蓝星河，随即又说道，"毕竟挨骂的人是我。"

等韩舍回来的时候，郝一舟去追前女友了，只看到蓝星河一个人站在那儿。

不等韩舍开口问，蓝星河适时地回答："看到前女友，追去了。"

韩舍眉眼生动地笑了笑，想来自己错过了一场好戏。他带着蓝星河回学校，两个人搭乘公交车。窗外霓虹闪烁，夜色微凉，一个坐着，一个站立。

韩舍抓着扶手看向窗外，行驶的公交车突然一个急转弯，他没留神，身体的惯性让他向前倾，想去抓蓝星河的座椅靠背却不小心将手按在了她的肩上。

这本是一件无须在意的小事。

可那一瞬间，蓝星河不知出于何种本能，在韩舍落手的同时抓住了他。

柔软的小手和那双带着果香的大手重叠在一起。

蓝星河看着韩舍那灼灼的目光，竟也没有躲闪。

韩舍先抽回手，重新站定，眼中的炙热早已消失，化为一汪柔软的清泉。

他轻声道：“不好意思啊。”

那种淡漠和疏离，像一把无形的量尺，在两个人之间隔出距离。

蓝星河垂下双眸，摇了摇头算是回应。

回宿舍的路上，两个人也没有说话。快走到宿舍楼下时，韩舍轻咳一声：“那个……”

蓝星河停下脚步，转身就看见韩舍手挠着头，纠结了几秒：“蓝……星河。”他似乎不好意思直接称呼星河，就连名带姓一起叫了。

“嗯。”

韩舍将手指向一个方向：“学校那边还有个食堂，是小食堂，那里的饭菜比大食堂的好吃。我一般都是在小食堂吃饭。”

蓝星河不知道还有个小食堂，她点点头，内心却在思忖，韩舍这是看出了自己在挑剔食物。她其实是无所谓的，但既然韩舍都提出来了，她此刻有点想为自己辩解的冲动。

韩舍摆摆手：“那我先走了。”

蓝星河欲言又止，她想说大食堂的饭菜太辣了，她的扁桃体一沾辣就容易发炎。

可她终是没有说，韩舍离去的背影也越来越模糊。

为何要指望一个外人来了解自己呢？

这个世界上从来就没有人愿意走进她的心，问一句“还好吗”。

她的目光随同携风而来的夜色一同暗淡，直至被淹没。

6

蓝星河对韩舍彻底改观，是在秋日的一个午后。

数学系有个知名教授开课，大一和大二的学生都可以去听，上课的教室不大，但来的学生特别多，所以每次上课前的一两个小时，大家都会在门口排队。

等待的时候，蓝星河抱着书本站在人群之中，隐约觉得别人在议论自己，于是她抱着书本的手指紧了紧。那半个多小时里，几乎人人都要看她一眼，包括她的同班同学。

十几岁的少女，终究还是感到有些无措。

她不知道大家的眼神中为什么带着讥诮，于是翻开书本佯装看题。就在此时，她的肩被人轻轻拍了一下。韩舍带着温暖的笑容出现在她眼前，那双单眼皮眸子泛着光。

“嗨。”

蓝星河还没回应，就发现韩舍有哪里不太一样。

他的外套是翻过来穿的，衣料的拼接口全然露在外面，最醒目的标签还在脖子后面和腰侧两处招摇着，似调皮地告诉众人：看我多有个性。

蓝星河当即就开始审视自己的衣着，果不其然，她看见自己的白色纱裙边上缝着标签。这条半身纱裙是赵文君给她买的，总共有两层，里衬和外面都是柔软的白纱，她出门前没怎么看就穿上了。

不知该如何形容此刻的心情，蓝星河突然将头低了下去。

她咬着嘴唇，试图将自己的课本再翻一页。

就在教室门即将打开时，蓝星河将书本合起来，与人流反向而行。韩舍将外套脱下，在她转身的时候围在了她的腰间。

蓝星河浑身僵硬，不敢相信地看着他。

韩舍浅浅一笑，如明月浩瀚。

“你的裙子真好看。”

他一定是从暖风中走来，身上还闪耀的光芒。

蓝星河的心蓦地变得柔软，她没有拒绝，任凭韩舍将衣服围在自己腰上，再打了一个结。

随后韩舍看到她红润的小脸上透着惊慌、无措，还有故作镇定。他当然不在意，还自然而然地给她把马尾正了一下。

“头发怎么歪了？”

他就像个大哥哥一样爱护弱小，不带任何异样的情愫。

蓝星河第一次主动跟别人说：“谢谢。”

整整一天，蓝星河都心绪不宁。回到寝室，她倒出热水瓶里的凉水，头埋进去好好冷静了一下。

这水可真凉啊！

蓝星河突然从水中抬起头，将凌乱的头发甩了甩。感觉心头的火还在燃烧，她很焦躁，凉水也冲不走韩舍的影子。更厉害的是，她有点想见他。

做了这个决定以后，蓝星河擦了把脸，就拎着那个不保温的热水瓶出门了。

她走到男生宿舍楼下，又站在花丛旁犹豫不决。来来往往的男生看到漂亮的小妹妹都会忍不住瞧上两眼，有个胆子大的男生还朝她喊道：“妹妹找谁呀？”

蓝星河正准备走，只见韩舍推门而出。

他一个眼神扫向那几个男生，对方忙挥了挥手：“学长好！”说完就开溜了。

韩舍小跑过来，勾起嘴角：“是找我吗？”看着蓝星河疑惑的目光，他指了指楼上，“我看到你了。”

严格说起来是郝一舟看到的，他晾衣服时看到蓝星河站在楼下，当即弯下腰，钻进屋里：“事来了，事来了……”

韩舍对于这个“事”再了解不过，他从上铺利索地翻下来，出门时又在桌子上摸了一个苹果，再指了指他给自己泡的面说：“连水加面总共730克，我回来少一克就把你的头拧下来。”

“韩舍你……”郝一舟缩回自己的魔爪，“你是蛔虫吗？！”

此时蓝星河看到韩舍，自知想躲也来不及了，就把之前想好的话说出来：“这个热水瓶不保温了。”

“买了多久了？”

“一个星期。”

韩舍接过那个热水瓶，拔开塞子在耳朵边听了一会儿，又问她：“在哪儿买的？”

蓝星河指了指学校的小超市，韩舍将塞子塞上，拎在手里：“跟我走吧。”

学校小超市的老板做人不怎么地道，很多老学生都是知道的。

韩舍带着蓝星河找了过来，老板当然也是会看人的，便指着角落说：“自己去换吧。”

韩舍带着蓝星河在一排花花绿绿的热水瓶中挑选，韩舍问了她一句：“你喜欢什么颜色？”

蓝星河犹豫了一下，还是指了指粉色。

小女生的公主色。

韩舍笑了笑，取下一个粉色的，随后将热水瓶的尾部拧开，露出银色的内胆。他指着突出来的玻璃尖说：“一定要检查这个地方是不是完好的，出现裂口都不行。”

蓝星河乖巧地凑过脑袋看了一下，点点头。

韩舍又把瓶塞拔出来，示意她看瓶口：“塞子和瓶口也要吻合才行，这样密封性会比较好。”他抱着暖瓶看着蓝星河，“还有最重要的，就是要听。”

韩舍颔首：“过来。”

他将热水瓶的口子对准蓝星河的耳朵，轻声道：“有没有听见‘嗡嗡嗡’的声音？”

蓝星河睁着亮闪闪的眼睛，冲他点点头：“很响。”

“越响越好，响声小的或是不响的，基本上保温效果都很差。”韩舍将新挑的热水瓶拎在手里，对蓝星河说道，“那我们走吧，我带你去装点热水。”

7

他们就着不太明亮的路灯光往水房走去，一路上韩舍都走在前头，踢开路边的石子和枯枝。蓝星河特地不去踩他的影子，规规矩矩地走着。

水房此时没有人，韩舍打了一壶热水，再把塞子塞上。到这里，其实事情就算是办完了。

谁承想韩舍刚塞好的塞子，因为热胀冷缩的缘故，砰的一声飞到空中，划出一个弧，再十分完美地掉到下水道里面去了。

这时，韩舍和蓝星河都傻了眼。

两个人动作极其缓慢地看向对方，竟不约而同地笑出声来。

蓝星河没有憋住，因为塞子的调皮抑或是韩舍尴尬的样子，反正她就是很开心。

韩舍扶额，觉得有些丢脸，但他仍保持镇定："我去看看。"

两个人都蹲在下水道跟前往下看，韩舍打开手机的电筒照亮地面。下水道里没有污渍，只有枯黄的叶子，而那个塞子正巧落在了叶子上。

韩舍撸起袖子，准备徒手去捞。这时，他感觉到口袋里圆鼓鼓的东西，又把那东西拿出来，递给蓝星河："吃吧，在你吃完前我一定把塞子拿出来。"

那是一个圆润的大苹果，蓝星河接过来闻了一下，香气扑鼻。

她一口一口咬着，苹果甘甜适中，果肥汁多，好吃得不得了。她就蹲在那儿啃着苹果，韩舍耳朵听着咔嚓咔嚓声，哼哧哼哧地捞着塞子。塞子多次被她夹到手指间，可最后还是掉了下去。

"呼……"

韩舍无意间抬起头，就看到蓝星河已经将苹果啃完了。

"你吃……吃慢点吧。"

蓝星河捏着苹果核愣怔地看着他，是吃相太难看了吗？

可吃都吃完了……

蓝星河将那个果核扔进了垃圾桶，随后在韩舍的旁边蹲下，言简意赅："我来。"

她说着便扯下头绳，柔软厚重的黑发散落在肩头。她将头绳打了个小结，微微倾了倾身子，将绳结靠近塞了。

蓝星河专心致志地去钩东西，长发从肩头滑落，韩舍一把抓住，避免头发和灰尘接触。

微弱的灯光下，画面一度十分和谐。

少年握着小姑娘的长发，认真地护在手心里。小姑娘心细手快，没一会儿就将塞子给钩了上来。她刚起身，就被一股力给拉扯得偏了偏脑袋。

韩舍竟然还抓着她的头发，导致拉扯到了发根。

听到她“嘶”了一声，韩舍赶忙道歉：“对不起，对不起……”

蓝星河揉着脑袋，无力地说了一句：“没关系。”

塞子捞上来以后她拿热水洗了洗，又递给韩舍。韩舍将塞子塞好后，再拎着热水瓶，陪蓝星河一起回宿舍。

今天注定是不平凡的一天。

蓝星河做了很久的心理建设，才对韩舍开口：“今天早上……”

韩舍连忙温和地安慰她：“不用谢，没关系的，不要太在意他人的看法。”

蓝星河看了他半晌，眨了眨眼说：“今天早上的笔记能不能借我看看？”

韩舍：“……”

今天也是万分尴尬的一天。

蓝星河接过热水瓶，内心十分愉悦，这下换韩舍话少了。

天边冒出了几颗小星星，在可爱的少男少女心上晃呀晃，世间万物于此刻变得更加美好。

“韩舍。”她突然唤他的名字，“我能邀请你做我的朋友吗？”

韩舍看着她，小姑娘正勇敢地尝试踏出自己的象牙塔，面对这个精彩的世界。

她小声呢喃：“我没有朋友……我想要朋友。”

想要一个属于自己的朋友，在恰好的时刻，一见倾心，使之愈合。

第六章

我喜欢你

同一颗心，两串脚印，
仿佛还能相遇屋顶上的长风和星海。
比糖还甜，比蜜还浓。

1

蓝星河以为交了朋友后就能一起去图书馆，一起听课，可现实是她的朋友带她逃课、吃烧烤，甚至还——偷东西。

农学系在校园里单独有一块实验地，地里种满了水果和蔬菜，深秋之后硕果累累，长势喜人。韩舍是爱吃水果的，他高大的身型在菜地里藏不住，拔了两颗白萝卜和一大把圣女果，被看管的大叔的震天嗓一吼，拔腿就跑。

蓝星河从来没有做过这样的事，抱着好不容易才拔出来的莴苣，奔跑在韩舍身后，并撒了一路泥巴。那颗莴苣特别大，足足有小腿那么粗，嫩绿的叶子比她的脸还要大，拿在手中掂量最起码有五六斤。

“为什么……要偷人家的东西？”蓝星河觉得自己的肺部像着了火一样难受。

韩舍很自然地伸手拍在她的背上给她顺气，露出一口洁白的牙齿：“偷来的东西才好吃呢。”

于是那天在篮球场外的座椅旁，蓝星河吃到了偷来的美食。

那时天边挂着艳丽的晚霞，目光所及满是青春蓬勃的少年。少年们打球的呼喊声和观众卖力的掌声，在她的耳边不断响起。

蓝星河正捧着一本书看，没一会儿韩舍就朝她跑来，声音比人先到：“别看了，伤眼睛。”

韩舍背着双肩包，穿着黑色连帽衫，胸前还有一颗可爱的绿色仙人掌，衬得他青春蓬勃。他在蓝星河身边坐下，拉开书包拉链说：“看我给你带什么好吃的了。”

食物都用饭盒装好了，两个热乎乎的酱肉包是最先拿出来的。蓝星河特别爱吃，当即就拿在手上吃了起来。酱肉包是咸甜味的，里面是肉末和少量的蘑菇、青葱，不但没有肉腥味反而很香浓，她很快就吃完了一个。

韩舍将一个圆形的碗的盖子小心翼翼地打开，里面是白萝卜炖的汤，奶白色，上面飘着一点香葱，除此之外便什么东西都没有了。

蓝星河端起碗，“咕咚”一口气喝完汤，只剩了萝卜在碗底。

韩舍只是埋头从包里拿东西的工夫，再抬头时汤碗就见底了。他微叹气，像开玩笑似的说道：“小朋友，享受美食可不可以斯文点？”

她可不管，捧起第二个大包子继续吃，顺便看着韩舍手中其他的饭盒。她看到有一盒是翡翠绿丝状的，不知道是什么东西。

“这是什么？”

韩舍拿出筷子，像是献宝一般，将那翡翠绿的蔬菜在她眼前晃了晃：“你拔的莴苣。”

莴苣要是做凉拌菜，都要加香油再拌盐的。但韩舍的做法很小众，他挑了点放到蓝星河手里的包子上，她咬了一口，觉得酸甜清爽。

这道莴苣是刨成丝后加点香醋拌开，随后加白砂糖。白砂糖的量要比香醋多几倍，吃起来甜中带着一丝酸。总而言之，更像是水果和蔬菜的结合。

蓝星河是第一次吃，被甜莴苣的味道勾起了胃口，接过韩舍的筷子又吃了几口。

“好吃吗？”

蓝星河点点头：“好吃。”

韩舍将饭盒摆在两个人中间。给蓝星河的食物他一般都是不吃的，不过今日他还带了些圣女果，一个接一个地吃着。

“这个是不是……”蓝星河看着他手中的圣女果，刚开口问，韩舍就直接塞了一个到她嘴里。随着她果肉被咬破，一股特有的口感弥漫，她蹙了蹙眉，“西红柿？”

“算是吧，不过它的营养价值比西红柿要高。”

蓝星河慢慢嚼着，表情有些不自然。

韩舍本来还有些奇怪，没过三分钟，他就发现蓝星河的脸至脖子，开始起大片的红疹。她忍不住挠了挠，抿了抿嘴唇，这一抿可不得了，双唇立马肿得跟烤爆了的香肠一样。

“糟糕，你这是过敏了！”韩舍急了，扒拉着她那张惨兮兮的脸来回看，“是莴苣吗？还是西红柿？”

蓝星河觉得自己的双唇不听使唤，说话都漏风。她摆了摆手示意他不要慌，没事。谁知韩舍拉着她的手就往医务室跑，一边跑还一边说：“别怕，我们去找医生。”

蓝星河无语，她其实想说：我不怕，不用找医生，我有药。

小时候，她第一次吃西红柿，立马就过敏，险些连命都没了。后来她慢慢长大，随着免疫力的提高，就算是误食了西红柿，顶多也就起起疹子、肿肿嘴唇，致命的危险倒是没有。

校医看到蓝星河那张脸时，哎哟了一声：“小姑娘长得挺别致啊。”

蓝星河面无表情地让校医检查，她知道自己现在的样子比电影《东成西就》里梁朝伟的角色还要夸张。她时不时地别过头去，不想让韩舍看到自己这个样子。

韩舍还不厌其烦地扳正她的脸，指给医生看：“鼻子这边怎么全是？”

医生说：“可能疹子有自己的想法吧。”

蓝星河：“……”

郝一舟接到韩舍的电话，立马去了篮球场，把书包和饭盒收拾了以后直接来了医务室。他没想到蓝星河过敏会这么严重，倒吸了一口冷气。

“天哪！韩舍，你怎么把她弄成这个样子了？你知不知道蓝家就这么一个孩子，简直比金猪还要金贵啊！如果她死了我们俩搭上命都不够赔的！”

蓝星河：“老师，我还没死。”

她甚至就在眼前好不好。

韩舍瞪向郝一舟的眼神有些不满，后者当即闭嘴。说错话了怎么办？在线求解。

2

自那场过敏风波之后，韩舍一度不敢给蓝星河吃东西。

在小食堂碰上时，蓝星河正端着一份蛋炒饭在吃。韩舍远远看见饭里的红粒粒还以为是西红柿，扑过来按住桌子盯着托盘看。

吓得蓝星河被呛了一口。

韩舍这才松了一口气："是胡萝卜啊。"

随后韩舍买好饭坐在蓝星河对面，郝一舟也很快过来了，三个人说着话，不怎么在意周边人的目光。其实蓝星河早就发现了，不管她和韩舍还是郝一舟两个人之间的谁坐在一起，都会引起别人的注视。

外人她可以不管不问，但班里的同学对她明显开始变得不友善。他们的年纪都不大，即使再早慧、成熟，在人际关系的处理上终究有些欠缺。

蓝星河班上有个女同学比她还小，但那个女同学的模样极其成熟，跟男生们也比较处得来。

她应该是讨厌蓝星河最明显的一个了。

无论是在课堂上还是在生活中，那个女同学总是可以煽动别人不跟她玩。再加上蓝星河不讨好的性子，很多人都选择了站在女同学那边。

孤单的蓝星河也只是微微有些不开心，因为大家互相看不上。

你不喜欢我，我还讨厌你呢。

班级组织去植物园时，女同学就摆了她一道，告诉蓝星河集合的时间跟别人的不一样，导致她落了单，没有车回学校。

当时一帮人都在植物园参观，工作人员说每个人可以采摘点水果回去，于是同学们便开始摘橘子、木瓜和百香果等。唯独蓝星河不同，她砍了一串香蕉，果实围了四个大圈，足足有一百多支，重量大概有三四十斤吧。

"傻子。"有同学偷着乐。

因为没有坐上大巴，蓝星河就拖着那几十斤香蕉，徒步走了好几公里才拦到车。她累得满头大汗，脸颊因热气而泛起红晕。她坐在车里，紧紧抱着那串香蕉。

香蕉还是青色的，得放些日子才能吃。蓝星河在宿舍楼下跟韩舍说这香蕉是没有打农药的，可以放心吃。

韩舍看着眼前瘦弱的小姑娘，有些担忧："你怎么弄回来的？"

蓝星河淡淡地说道："坐学校大巴，一起带回来的。"

“我会好好吃的，谢谢。”

“不客气。”

两个人一本正经地交谈完后，蓝星河走出好远才敢打喷嚏。她吸了吸清水鼻涕，回到寝室便昏昏沉沉地入睡了。

蓝星河光荣地感冒了，接连两天都没有去上课，而且感冒还引发了扁桃体发炎，她现在已经说不出话来了。

韩舍是在新生系的帖子中发现蓝星河被同学给排挤了的，即便大家都没有点名，可他仍然知道是谁，毕竟他天天关注少年班的动向。他将页面拉至一处留言，看到ID小狐狸说：她是有多没吃过香蕉啊，也太丢人了！我建议大家组团给她捐款，给她买一屋子香蕉！

很多人说话不咸不淡，唯独小狐狸总是在煽风点火。

韩舍在电脑前双手环胸思考了一会儿，随后将这个ID调出来，在程序中输入指令。不出十分钟，他就查出了这个人是谁。

这个女同学叫方智慧，经常在外面玩得很晚才回来，韩舍是在回宿舍的半路上等到她的。他站在明亮的路灯下，百无聊赖地踢着小石子，显眼的身高和不凡的衣品十分引人注目。

方智慧发现此人是韩舍时，难免有些兴奋，想也不想就冲上前去跟他打招呼：“哥哥好，我是大一数学系的方智慧。”

韩舍闻声抬头，脸上带着意味不明的笑：“我知道啊。”就在方智慧欣喜的同时，他又说，“我等的就是你。”

方智慧更激动了，绞着手还有些羞赧。她问：“哥哥找我什么事情呀？！”

韩舍听着这个称呼，有些无奈。眼前的这位女同学浓妆艳抹，他挠挠眉心，说道：“别叫我哥哥，差辈分。”

“我知道你，你比我大不了多少，将来我找男朋友就要找哥哥你这样的！”

韩舍轻轻呵了一声，踢走了脚边的小石块，突然弯腰说了一句：“小小年纪就那么多心思啊。”

言语中颇有来者不善的意味，这让方智慧愣了一下。

韩舍看着她，敛去笑容："方智慧是吧？听说你很有天赋，想着父母送你来这里也是希望你能学业有成，可你经常夜不归宿……"

方智慧只觉得头皮一冷，眼前的韩舍与女生眼中的阳光少年大不相同。

"不仅如此，你还经常逃课、诓骗老师，你应该清楚少年班的规定，触及其中一条，你就有可能得离开Q大。"

方智慧可不怕吓，因为有不少同学跟她一样，胆大，从来没出过事。

"这都不是问题，我想说的是……"韩舍想起蓝星河的困境，连心尖都觉得冰凉，"你爱怎么玩都不关我的事情，但蓝星河不行。再让我知道你欺负她，我可就不客气了。"

他直言点名，一点也不像在开玩笑。

女生的自尊心娇弱，方智慧咬着牙不吭声。韩舍又想起什么，说："你知道郝一舟是学生会主席吧，他可喜欢摆官威了，就爱给别人穿小鞋。忘了说，他曾经也是蓝星河的老师。"

远在寝室里埋头偷吃香蕉的郝一舟，打了个响亮的喷嚏。

方智慧显然没想到蓝星河还有这些关系，她一直以为蓝星河是用了某些手段，才和两位学长关系这么好的。她已经无话可说，不想为此得罪更多的人。

韩舍看了看时间，真像个邻家大哥哥一样："小朋友，早点回去睡觉吧。"

方智慧瞪着圆圆的眼睛看着韩舍离去，他将手插在口袋里，一派悠然自得。

不知为何，她脑海里突然就冒出一种形容——披着羊皮的狼。

3

关于韩舍和蓝星河处到一起，郝一舟对此抱有很大的不满。以前是分别受到来自他们俩的揶揄，可现在他们俩都联合起来排挤自己了，这让他觉得有点慌啊！

三个人每每出去吃饭、看电影，都是郝一舟付钱。蓝星河买了两碗仙芋圆，他就单纯地问了一句：“没有我的吗？”

蓝星河一脸无情：“你也吃？”

韩舍连忙在旁边说道：“他不想吃的。”

郝一舟：“呵呵……”

他是不配吃还是咋的！

蓝星河对韩舍说：“3D眼镜有一块镜片模糊。”

“没事，给后面那个人用，他穿透力强。”

“……”

后来放假回了沪城，赵文君向郝一舟道谢，说有劳他的照顾，要是蓝星河有做得不好的地方还望包容。

郝一舟嘴角上扬，露出标准的八颗牙齿：“没事，我特别能包容。”

蓝星河上了大学以后的改变，旁人看不出，但赵文君可以感受到。

蓝星河要外出那天，站在楼上冲着在大厅接待客人的赵文君招了招手，当时一家之主蓝启明也在。

赵文君以为是有什么重要的事情，上楼以后只听见蓝星河指着摆在床上的几套衣服问：“妈妈，你觉得哪套好看？”

她长这么大，从未在意过穿着打扮。

赵文君什么也没问，温柔地拿起一条米黄色棉布裙，在女儿身上比了比：“你从来没穿过这条裙子，要不试试？不过天冷了，得再加件大衣。”

蓝星河主动说了自己要跟郝一舟和韩舍去天文馆。

赵文君哦了一声，佯装随意地问了一句：“他们俩好像是特别好的朋友呢。”

“嗯。”蓝星河想都没想就又说，“韩舍比郝一舟聪明多了。”

说到这儿，赵文君看了女儿一眼。她正站在镜子前来回比对衣服，最终决定听从妈妈的建议。

蓝星河是从后门走的，赵文君还将司机叫过来，在其耳边说了什么。

蓝启明对于蓝星河的外出颇为不满，蹙着眉，俨然一家之主的气派：“她为什么不跟我说一声？”

赵文君抓着他的臂膀，面不改色心不跳：“主要是她初中老师临时来的电话，要她去参加聚会，我看你忙就让她去了，好多同学都去呢。”

蓝启明是从江湖场子混起来的，眼前人有没有说实话他一眼便知。赵文君突然像年轻时那般撒起娇来，一下一下晃动着手：“晚上想不想吃笋子炖肉？我给你蒸条鱼，再做个扣三丝？汤你想喝年糕汤还是白菜汤？要不就做个鱼唇汤吧，你喜欢……”

不知为何，蓝启明突然觉得脸上有些热，他嗯了一声。

赵文君的嘴角上扬，美妙又动人。

蓝星河在妈妈的掩护下去了天文馆，和两位大哥哥会合。这几日天文馆在办展览，进去是要门票的。韩舍手中拿着三张票，待检完票后，他们就进去了。

蓝星河从来没有来过天文馆，看着四周的陈列和设计，倒是有种新奇感。她只是随意摸了摸眼前的铁球，啪的一下打出电，她疼得叫了一声。

韩舍回头，看到小姑娘缩着手，眼中似乎都有泪花了。

郝一舟笑得毫不收敛：“哈哈哈——”紧接着他就被一胳膊肘撞到肋骨上，口水突然呛到喉管里，弯下腰猛咳。

韩舍越过他，走过去问道：“没事吧？”

蓝星河摇摇头，随后指了指铁球，有点委屈：“有电。”

“这是静电球，做实验玩的，好多地方都有。”韩舍将手掌打开，放置在金属球表面，很快，他的头发就全竖了起来。

蓝星河当然看懂了原理，但电流打得手好痛啊。她摸了摸手心，全是汗。

“像我这样将指尖分开放上来，不要犹豫。”韩舍看出了她的害怕，却鼓励她再放上去。

蓝星河其实一点都不感兴趣，但韩舍想让她试，她就还是照做了。

由于摸了带电的球，所以身体里聚集了电荷，同种电荷相斥，头发自然就竖起来了。

蓝星河的头发又长又密，竖起来的时候很像一只大型的变异海胆。

郝一舟本来笑意就没止住，这下直接笑岔气了。

蓝星河感觉到自己的变化后，连忙下了台子。她胡乱抓着头发，试图让其柔顺下来。韩舍就站在旁边，给她竖起大拇指："真厉害，其实我都是摸了好几次才敢上手的。"

郝一舟保持着"电灯泡"的职业操守，跟韩舍的眼睛对视的时候，无声地说：装。

4

韩舍似乎对这里特别熟，他去询问台拿宣传折页时，蓝星河问了一句："你们经常来吗？"

"经常啊，韩叔叔就是做这个的。"郝一舟看蓝星河还没反应过来，抬头示意上面的星空天花板，"韩舍的爸爸是天体化学领域的科研人员，从恒星、行星系统到星系，再到整个宇宙，都是他们工作的地方。"

蓝星河认真地听着关于韩舍爸爸的事情，直到韩舍回来。

郝一舟想起什么："我说，咱们好不容易放假，你爸又出差了，你过个生日好歹也甩张红票子啊，门票是什么意思啊。"

"看不看？就你话多。"

一旁沉默的蓝星河忍不住开口插了一句："你生日？"

韩舍还没回答，郝一舟便抢答："对呀，要不怎么叫我们出来呢？孩子可怜得都没人给他买蛋糕。"

"嘶！"韩舍作势要拿宣传单打他，然后推着郝一舟往前走，又回过头来叫蓝星河："我们去看星星。"

他没有回答之前的问题。

蓝星河也没有再问。

三个人去了馆里单独设置的一个空间，那里摆着不少望远镜，不过都被保护了起来。唯独开放的一台，前面排了好多人。

等待的时候，蓝星河还在想着韩舍今天过生日的事情。

韩舍和郝一舟两个人在聊天。

郝一舟问前面的望远镜多少钱，韩舍说："那种算是高端的，要一两万。不过我见过更贵的，发烧级别，要十几万。"

"哇，看几颗星星要花这么多钱。"郝一舟抖了个机灵，"能买多少泡面吃啊。"

郝一舟是最先去看望远镜的，轮到韩舍的时候，韩舍冲蓝星河招了招手："你先看。"

这台天文望远镜看到的远不只有星体，简直就是一幅美卷。

蓝星河从来没有见过这样的星空，不是无望的黑，而是幽蓝的天幕。一颗颗小巧发亮的星星蜿蜒而上，还带着烟波缥缈、小溪天上流的梦幻，温柔而有力地击中心脏。

她认真地看着，忍不住轻轻哇了一声。

韩舍半弯着腰，目光未从她的身上移开。

"漂亮吗？"

蓝星河闻声收回目光，便撞进韩舍温柔的眸子里。

韩舍轻声说道："这是你的名字啊。"

浩瀚星河，灿若其中。

蓝星河心一热，这种炙热让她忍不住血液翻腾。她扯着韩舍的衣领，将他往下拉了拉。

韩舍的身子又沉了沉，就听见小姑娘对他说："不，不是……我的名字，叫小风。"

我叫小风，是不管你去哪里都想追随你的那股风。

在他生日这天，她终于说出了自己的名字。

妈妈说，只要听到小风，一定是最爱的人在叫你。

蓝星河只觉得喉咙发烫，指尖颤抖，居然还敢说："你……你叫。"

韩舍笑得多好看啊，他垂了垂眼睑，看向她的时候，万物沉寂：“小风，你好。”

那天晚上，蓝星河跟着韩舍爬上了一个很高的屋顶，他教她如何找到北极星，在黑暗中找寻方向，还用木吉他给她弹了一首欢快的曲子。

蓝星河喝光了自己的香蕉牛奶，再把韩舍的半罐啤酒偷喝完时略微有点上头。

韩舍不忍嗔怪她，有些心疼：“这是哪家的小野猫啊，还偷喝酒，等长大了再喝好不好？”

她盯着韩舍好看的眸子愣了半晌，哑然说道：“韩舍，你弹首生日歌吧，我给你唱。”

韩舍回应她，轻轻拨拉了几下琴弦，轻快愉悦的旋律随即响起。他浅浅地笑了，看着蓝星河清了清嗓子，小姑娘估计没有唱过歌，刚哼了几个字，就有点……严重跑调。

韩舍忍不住笑出声来，抱住吉他抿了抿嘴唇：“对不起哦，重来。”

好听的乐曲，跑调的歌词。

蓝星河硬是憋足了劲要把生日歌唱完，韩舍卖力地鼓掌，笑弯了眼角：“好！好听！谢谢啊，我很快乐。”

他是真的快乐，所以她也开心。

屋顶上明明很冷，可他们却感受不到一丝风。

蓝星河的心一暖，看着万家灯火，突然觉得从未活得这般有劲，浑身充满了能量一般。

借着少许酒意，她轻声问韩舍：“你说，人活着的意义是什么？”

韩舍想了想，转头看向她：“想要知道活着的意义，就得先找到自己的价值。”

自己的价值。

她和韩舍并肩看向远方，韩舍的价值不知，但她的价值……就在身边啊。

5

十六岁这年，蓝星河喜欢上了一个人。

没有什么天崩地裂、海枯石烂的瞬间，就是平凡的某一日，阳光是暖的，风也温柔，她看着那个人的身影，就觉得很快乐，很心安。

这大概就是喜欢吧。

她谁都不敢说，日记也不敢写，只有藏在心里，她才觉得是自己的。

但喜欢的开端，一般都是从暗恋开始的。

蓝星河笨拙地在网上搜“怎么去暗恋一个人”“暗恋是不是一种病”“论暗恋的职业素养”……

经常与蓝星河打游戏的队友叫“小房子”，性别标记着男，就是不知道现实中是不是男的。但没关系，反正是虚拟的世界。

在某种意义上，“小房子”算是自己交的第一个朋友。她问：小房子，你有没有暗恋的人？

小房子：算有吧。

蓝星河的 ID 叫小风，她继续问：暗恋容易暴露吗？

小房子：容易。

他的话特别少，小风只能主动点：你一般怎么暗恋？

小房子：细水长流，待时而动。

蓝星河似懂非懂，盯着屏幕上的八个字思考开来。而网络的另一端，“小房子”同样盯着屏幕在看——“暗恋的人”，这字眼看得让人有点糟心啊。

在同样都是高智商的人群里，蓝星河算是一朵奇葩了。

她极其认真地吸取了过来人的经验，经过一些时日的认真思考，打开许久未用的软件，灵活的手指在键盘上跳跃，发出“滴答滴答”的声响。

很快，她便攻入了一个人的电脑。

韩舍在发现自己的笔记本电脑出现红色警告提示的时候，觉得很不可思议。就在他要反攻给对方一点颜色瞧瞧的时候，发现了那个熟悉的 IP 地址，他便再没有其他动作。

攻入的那一方浏览了他电脑里所有的东西，学习上、生活中，所有载体的文件都被拷贝了。韩舍竟然松了一口气，心想，幸好没有下载什么乱七八糟的东西。

后来韩舍发现，他在任何地方都能碰到蓝星河。

小食堂、教室旁、天文社团研讨会，甚至是厕所……

韩舍就觉得坏了。

原先他和郝一舟带蓝星河出去吃饭的时候，郝一舟吃了一瓣蓝星河剥的橘子，韩舍还怀疑过蓝星河暗恋的人是不是这个傻瓜，瞪得郝一舟有些莫名其妙。

所幸蓝星河还有点眼光。

但是，韩舍的心沉了沉，反问一句：是自己吗？

蓝星河在小食堂的时候，韩舍就在几步之外。她打走了最后两个卤蛋，有个学姐拦住她，笑眯眯地说道："妹妹，给我留一个吧。"

蓝星河几乎想都没想："我要吃。"

学姐尴尬地勾了勾嘴角，她身边的人看蓝星河的眼神也变了味，有啧啧声传来。

蓝星河转身去找位子，她们就聊了起来："好像是少年班的，到底是小孩子，心智不全啊。"

"长得挺漂亮的。"

"别看了，人家还是祖国的花骨朵儿。"

"真没礼貌。"

韩舍把自己打的卤蛋给了那个学姐，大家才停止议论。

他眉眼生动："都是自家学妹，咱们多包容点。你是英语系的吧，我好像见过你。"

本来学姐还觉得被拂了面子很生气，一听韩舍如此说，便爽朗地笑道："对啊！我英语系的，我也见过你。"

帅哥谁会不认识啊！

为了不在帅哥面前丢了气魄，学姐朝大家挥了挥手：“别说了，别说了，不觉得我们学妹很可爱吗？有这样的学妹是我们的福气呀！”

众人：“……”

韩舍坐到蓝星河面前时，斟酌再三，说：“小风，懂得分享是建立双方情谊最快捷的办法，你想拥有更多的好朋友吗？”

蓝星河戳着其中一个卤蛋，深深地看了韩舍一眼。

随后她默默地将那个卤蛋放到韩舍的碗里，韩舍略有些动容。

“不想。”她这样说。

我不要更多的好朋友，只要你一个。

6

蓝星河年少的时候并不觉得自己的经历跟旁人有所不同，但总是能感知到一些疏离、淡漠的不安感。在很多同龄人或是稍微大一点的人当中，她虽智商超前，却错过了该有的年龄所赋予的快乐。

郝一舟跟韩舍说：“像她这样的小孩，在人生最重要的几个阶段缺乏生活与情感经验，将来注定与这个社会不合群。”

韩舍看了他一眼，面上带着不屑：“全世界就你合群？”

“韩舍啊，我怎么发现你现在越来越护着蓝星河了？”郝一舟突然觉得自己有些吃味，哼哼了两声，“她明明是我的学生……”

郝一舟对蓝星河的感觉还停留在“警觉”阶段，他给她当家教老师时，蓝星河才刚上初中。初中生啊，郝一舟想想都觉得可怕，一个心智不全的孩子把他整得死死的。

首次去她家，郝一舟拿着身份证在门口处刷呀刷，内心还在感慨这安保都比得上警察局了。

蓝星河背着书包出现在他身后，冷冷地说了一句：“让开。”

她就往那儿一站，屏幕扫过她的眼睛，门开了。

高科技！郝一舟顿时紧张起来。

后来在她家吃饭，饭前有一碗鲜香的银红色的汤，郝一舟就问了一句是什么，蓝星河态度好了点，说："漱口的。"

有钱人家就是不一样，郝一舟兴致勃勃地端起汤就漱口，但不知道是吐回碗里去还是要吐到垃圾桶里，于是站起来急着找东西。

赵文君从厨房出来，就看到了这副场景，还以为他是有哪里不舒服，郝一舟还特地摆手说自己是在漱口。

赵文君看看坐在桌边安静吃饭的女儿，再看看郝一舟，淡淡地一笑："其实，这真的是用来吃的。"

郝一舟肠子都快悔青了，他好想把那个小孩拖过来打一顿。

在那半年多的家教时间里，蓝星河总是会出其不意地给自己制造"惊喜"。

诸如拿了某支笔一按，墨水直接从上面溅自己一脸，插个电插头把别墅的总闸都给弄跳闸了，饮水机永远在他要用的时候不出水……他甚至还在蓝启明面前被突如其来的喷泉水给淋了个透，红色的内裤若隐若现，简直想死的心都有。

可是都这样子了，郝一舟也没被蓝家给开除，至今他也没明白为什么蓝星河就那么不待见自己。

多年后的今天，蓝星河也长大了，郝一舟觉得重提旧事显得自己有些小气。好不容易脱离了苦海让韩舍接手，但显然现实不是自己所预想的那个样子。

他倒不是真吃韩舍和蓝星河的味儿，就是觉得她要整把韩舍也给整了呀，凭什么就他一个人受罪？真想画个圈圈诅咒这两个人。

所以放眼现在，要是韩舍真的能把蓝星河的公主病给治一治，倒也算是做了件好事。

韩舍意味深长地看着他笑："她从来不会无缘无故对一个人表现恶意。"

"什么意思？"

"可能你是酸菜鱼。"

"啊？"

“又酸又菜还多余。”

“哼！”

蓝星河自从看了学校的八卦帖子以后，就每晚都会上去翻一翻。看到郝一舟的直接过，遇见韩舍夹在其中的，就仔细找寻新消息。

贴吧里什么人都有，把韩舍和郝一舟给硬配成一对的，说郝一舟和少年班学妹的，其实就是指蓝星河，她连个眼神都不给，无所谓。

但是有一种谣言，她很在乎。

关于自己和韩舍的。

她只要看到帖子讨论韩舍和少年班学妹，那都是逐个标点符号那样看过去。

有人问这两个人走得特别近，是不是有什么不为人知的关系。

一楼：不要胡说，韩舍大大是我家一舟的，抱走不谢。

二楼：她叫蓝星河！我知道的！皮肤特别白！

三楼：什么鬼哦，听说三个人都是沪城的，几百年前就认识了。博主你是不是有毛病啊？况且人家是少年班的，韩舍才不会下手呢。

四楼：连少年班的人都不放过，硬拉什么CP啊，“一舍”组合他不香不甜吗？一帮子人比腌菜还闲！给我把“一舍”的大旗扛起来！

于是继续加瓦盖楼，各大战队就此激烈地争吵开来。

蓝星河坐在椅子上蜷着腿继续往下看，实在扒不到新消息了，又把从韩舍的电脑里弄过来的信息翻看了一遍，目光最后落在课程表上。

时刻把握住先机，是不是就是“小房子”说的待时而动？

她能做的，也只有假装和韩舍偶遇了，再多余的表情和话语都不敢有。

蓝星河知道，她和韩舍之间存在一个最现实的问题，那就是年龄。

她从来没有这样急切和焦虑过，真希望明天过后就是十八岁，就能拥有说喜欢的机会。

说我喜欢你的机会。

7

蓝星河没有想到自己独享的秘密会被人发现，也怪自己不够谨慎。

方智慧往讲台上交练习册的时候，也不知怎么的就鬼使神差地翻了一下蓝星河的那一本。蓝星河冲上来时被凸起的台子绊了一跤，半跪在地上。

“给我。”蓝星河一反常态，神情略有些焦急。

“就不给你。”方智慧早就憋了一肚子火，她抡起那本册子直接从窗口扔了下去。就在蓝星河转身要出去时，她突然又举起手来，掌心半握，“是要这个吗？”

蓝星河停住脚步，仍耐着性子：“给我。”

“蓝星河，你要装模作样到什么时候？别人不清楚你们我还不知道？一个两个都不是好东西！”方智慧咬牙切齿地道。

只见蓝星河突然上前一步，问：“谁不是好东西？”

“我说你和……”

蓝星河扑过去的时候，方智慧简直惊呆了。她紧紧抓住方智慧的那只手，一个逼迫一个反抗，两个人从讲台上撕扯到讲台下，那么长的学生桌椅竟被两个人出奇的大力气给撞翻了。

教室里本来没几个人，一看这动静，也不劝架，就在旁边观看，后来索性跑出去喊人进来看！她们打架是真的猛，下手也没个轻重。尤其是女孩，头发绝对是首当其冲。

蓝星河就像一头发了狠的小狮子，浑身散发着戾气。她年龄较长，算是占了上风，攥着方智慧的衣领，险些让其喘不过气来。

方智慧也是愤怒到了极点，突然就将手中紧握的三寸照片给塞进嘴里，嚼了两下，含混不清地说道：“我吃了！看你能怎么着！”

谁都没想到蓝星河更狠，从教室监控的位置能够很清晰地看到，她单手撕了落在脚边的书本塞到方智慧的口里。

这下可不得了，方智慧吓得哇哇大哭。

而事后所有看过监控录像的人，都向蓝星河投以警觉的目光。

蓝星河顶着一头乱糟糟的头发站在那儿，旁边就站着方智慧。她的嘴角被划伤了，有些红肿，哭声从进办公室起就没停过。会哭的孩子永远有糖吃，所有的矛头都直指蓝星河。

辅导员、班主任，就连系主任都来了，只听方智慧说蓝星河谈恋爱，但男朋友的照片被自己吃了，再问男朋友是谁，方智慧哪敢说是谁，只道是不认识。

从头到尾，蓝星河都没有吭声。

事情说小不小，说大不大，辅导员性子好，就安慰蓝星河，说道："你年纪还小，还没到喜欢人的时候，是不是那个人骗你？告诉老师，老师去找他聊聊。"

班主任很生气，拍着桌子道："胡闹！半大的孩子喜欢什么喜欢！错了还不认！都给我把家长叫来，我看你们认不认！"

系主任在旁边冷哼了一声。

方智慧又哭开了，抹了一把眼泪，倒真像个孩子："老师我认错，呜呜，别叫家长。"

蓝星河还是沉着脸，随后看向班主任，一字一顿："我、不、认。"

辅导员一惊，晃了晃她的手，低声劝道："啧，快点说错了，快点。"

"我做错什么了？"蓝星河的声音冷到刺骨，缓缓说道，"错在我钦佩他、敬仰他、喜欢他，还是错在没有你们这般世俗的眼光……我只是喜欢一个人，有什么错？"

她从来没有说过这么多话，带着几乎不近人情的寒凉："或者，是错在我不该算了……"

她当即转身抓住方智慧的领子，频频抵到桌边。所有人大惊失色，只听到她恶狠狠地道："她今天要是不把照片给我吐出来，那她就吃到吐为止。"

蓝星河的举措太过匪夷所思，若不是有人抓住了她的手腕，她真的会继续往方智慧嘴里塞东西。

韩舍握着她细嫩的手腕，都不知道她有这么大的力气。

“星河，听话。”

她像是听到了风声，那种对自由的无限向往。

阳光顺着他的目光照进来，连浮尘都变得柔软。蓝星河心中升起委屈，当即就红了眼，忍了忍，却还是什么都没说。

蓝星河的态度恶劣，不思悔改，学校以此为由通知了家长。

赵文君是开车过来的，那个时候已经很晚了。郝一舟接到电话后在校门口等着，韩舍也在。等待的过程中，郝一舟突然叹了一口气：“我真该感谢蓝星河当年对我的不杀之恩啊。唉，你说平时跟我们玩得那么好，谈恋爱的事情倒是藏得挺严实。不知道是哪个臭小子，我这心里很不是滋味呢。”

韩舍把手插在口袋里，脚踢着石子。

送蓝星河回宿舍的路上，他曾问过她：“照片上的人是谁？”

蓝星河就是不开口，方智慧当着老师的面没说，韩舍来了以后就更不敢说了，于是所有人都对蓝星河的“男朋友”甚感疑惑。

她孤孤单单地站在那儿，没看韩舍的眼睛，直到头顶上方有声音响起：“就那么喜欢他吗？”

蓝星河点了点头，神色黯淡，不知道是在跟韩舍说还是在自言自语：“他们说我……反社会，我是个反社会的人……”

韩舍如鲠在喉，看着那个低沉的小脑袋，似乎在等待暴风雨的来临。

“你不是，他们根本就不懂你，你只是在生气。”

如果此刻蓝星河能抬起头来，或许会发现不一样的韩舍。

他轻轻顺了一下蓝星河蓬乱的头发，轻声说：“别怕，不管何时何地，我都会护着你。”

韩舍几乎没有停留，果断地抽手离去。

书里说，人生漫长转瞬即逝，有人见尘埃，有人见星辰。

蓝星河在那一刻明白，她所有的孤独与迷茫，无非是为了在拨开云雾的时候去看韩舍一眼。

而去喜欢他，是她做的最勇敢的一件事。

第七章

巧用计谋

你是我迷失在黑暗中的一颗引路星。
在北边的最上方，一闪一闪，
照亮回家的路。

1

时间回到远在千里之外的十里镇。

蓝星河永远记得韩舍说过的话。

她以为生死历劫能感动他，谁知他变得更冷漠无情了。

韩舍手叉腰站在大本营的大厅里，狠狠地拍了一下桌面，发出砰的一声巨响。

天文台的所有人集体颤抖了一下，包括蓝星河。

西关和言泠站在韩舍背后，相互对视一眼，都没说话。

“你以为我陪你们是闲来无事闹着玩的？立马都给我收拾了东西滚蛋！”

沙尘暴也影响了刘教授那边的营地，东西还被吹得到处乱滚。镇长让人去营地周边再搜刮一圈，天文台的人则先带着重要设备返回大本营。

刘教授感到很内疚，但毕竟是自己的人犯错在先。艾艾已经在镇上的医务站接受了治疗，为了安全起见，后来还是直接转到市区医院去了。

蓝星河一言不发，李君泽倒是来了火气，把过错推到自家队友身上不是他们天文台的风格，于是他就找由头对准了外人：“谁让你们三个人招呼都不打一个就不见了的？我们还不是担心你们！”

西关扑哧一声，摊手道：“你这是在怪我们吗？”

言泠面无表情地挽起袖子，西关装模作样地拦住：“别吓着人家小朋友！”

目前知道韩舍在沙漠深处猎陨的只有刘教授和蓝星河，刘教授不想耽误了韩舍的正事，却也有自己的想法。

刘教授让天文台的人都出去，想跟韩舍单独说话。

为了防止有人偷听，两个人又回房间去了。

蓝星河等一众人各自散开。她坐在门口的一块枯木上，李君泽则蹲在菜园子旁边生着气。之前一直组队的小汐心大，当时被沙尘暴卷得昏过去了都没怕，此时摘了个细长的紫茄子，只在衣服上擦两下就咬了一大口。

小汐咂吧了一下嘴，说：“真好吃，真甜。”

李君泽朝着她吼：“什么东西都能生吃吗？也不怕有毒！”

小汐回头白他一眼：“干吗冲我发火呀？又不是我要你们进去的。”

“艾艾现在受了伤，我们都要被撵回去了，你还有心思在这儿吃东西？”李君泽站起来，手指着菜园子，“你有本事把这一片都给吃了，不吃我瞧不起你！”

“神经病。”小汐惹不起躲得起，走的时候还在嘟囔，“回家不好吗？非要在这里被西北风吹到头秃才满意……”

李君泽还想继续吐槽罪魁祸首艾艾，但看到蓝星河沉默的神情，显然也很不开心，想想还是不要给她添堵了。

蓝星河接到通知时，大家已经陆续在收拾东西。为期一个月的猎陨工作提前结束，他们找到陨石已经算是相当好运。但刘教授、李君泽和小汐要再待一个星期，镇长安排了他们去其他地方考察。

蓝星河都不用问就知道为什么会是小汐留下来。

她冷静了一下，吃过晚饭后去小汐的房间聊了五分钟不到，就回房间睡觉了。

回程的那天早上，小汐收拾了行李说要跟大部队一起回家，说最亲的三姐不行了，要回去见最后一面。她表现得特别急，恨不得立马飞回去。

刘教授犯了难，小汐指了指背着背包，乖乖站在一旁的蓝星河说：“星河可以留下啊，她本来各方面就比我要好。”

李君泽闷闷不乐的心情此时突然高涨起来，猛点头：“对呀对呀，星河可以留下，我们俩搭档特别完美！教授，你赶紧让小汐赶回去见三姐最后一面吧！”

刘教授总觉得有哪里不对，还来不及想，李君泽又说：“那我也要回去，没有搭档干活不得劲……”

蓝星河什么话也没说，一副全听安排的模样。

刘教授举棋不定，李君泽望天“要回家”，小汐直哭“三姐啊”，刘教授脑容量不够了，一挥手："小汐立马回家，星河留下！"

临走时，小汐哭唧唧地抱着包，回过头来冲蓝星河眨了眨眼，完美。

蓝星河那晚去到小汐的房间，拿着手机点了点，然后将屏幕递给她看："是你喜欢的那套化妆品吗？我先定了十套，下半年这个品牌的所有新品我都包了。前提是，我留在十里镇。"

小汐本来就不想留在这儿，又有这么好的事情，都没问为什么，当即便应允了。

她哪有什么三姐，分明是三件套的谐音。

2

蓝星河留了下来，韩舍有些没想到。但刘教授要去的地方离大本营有些距离，只要分开，多留几天也能接受。

况且她表现得很平静，并没有过来质问自己什么。

韩舍觉得，小姑娘的自尊心大概是受到挫折了。

西关和言泠都是吃瓜群众，乐呵呵地想看接下来的剧情，无奈瓜刚切开就傻了眼。首先是言泠，在厨房准备大显身手时，蓝星河前来造访，话不多说，直言让他带自己去沙漠深处。

韩舍他们是因为蓝星河等三人被困才匆忙结束工作的，必然会重新出发。

言泠假装什么都不知道的样子，一脸无辜："不知道你在说什么。"

蓝星河看看他，随后沉静地将一张纸打开，举起来，递至他的眼前："带我去。"

言泠随意一扫，瞬间瞪大眼睛。这是他的地图！还手绘得比自己的那张更加详细！天哪！日防夜防家贼难防！他简直气坏了，这要是让韩舍知道，自己这个线人可就没脸再当了。

蓝星河带着戏谑，微微挑眉："带不带？"

言泠从今日起不得不对她另眼相看，十分小心。

西关这边，蓝星河是没什么威胁可言的，她只是伸出手："把钱退给我。"

“哪有退学费的道理？”钱进了西关的口袋就别想拿出去，他紧紧捂住口袋，“不给。”

“你的教学成果和学费不成正比，我有权要求退钱。”

“要退多少？”

“全额退。”

西关当然不乐意了：“好歹我也教了你几招啊，我现在是没时间，马上要出野外了……”说到这儿他当即闭嘴，又说，“要不你等我回来行不行？”

“不行。”

“别过分了啊，你想怎么样？”

蓝星河好整以暇地看着他，淡淡一笑：“带我去，就行。”

西关和言泠后来互相安慰，西关抹了把气出来的眼泪，义愤填膺：“这丫头绝对不是好人，我打从第一天见她起就没好事。”

“你也不想想她是谁带出来的。”

两个人深深地对视一眼，异口同声：“一丘之貉。”

韩舍在收西关和言泠为线人的时候，也发生过类似的事情。西关家境不好，自身又爱调皮惹事，跟别人打架后是韩舍拿钱解决的。韩舍要收他当线人的时候，西关眼鼻朝天就是不愿意。

韩舍只淡淡一句：“现在就把钱还给我。”

西关：“……”

都是阴谋啊！阴谋！

言泠就比较简单了。他跟韩舍是在外地遇见的，当时他们在森林里迷失了方向，韩舍提出谁先出去谁就可以向对方提一个要求。

言泠作为“行走的GPS”，这个要求简直就是在侮辱他。谁知道后来他输了，韩舍提出要他当自己的线人时，言泠跟西关的表现一样，老子才不干呢。

韩舍说：“那我就只好把你输了比赛的事情公之于众了。”

言泠为保名声，委委屈屈地从了韩舍。

两个线人忆起往昔相当痛心疾首，随即共享了韩舍和蓝星河的八卦资源，聊得热火朝天，短暂地忘了那些丢人的事情。

西关和言泠先商讨了一番，然后才跟蓝星河说计划。刘教授的出发时间比韩舍要提前一天，言泠详细地在地图上标注了坐标，还给了她一把车钥匙，说是先到地点去等他们。

车子是林小源的，言泠要借车的时候他心疼得不行。

言泠安慰他："是你星河姐姐要用车，她可有钱了，说回来给你按一天一千块算。"

"她真这样说？"

"嗯……你就这样要……"

西关多嘴问了蓝星河一句："你会开车吧？"

蓝星河也没撒谎："会，就是有点不熟。"

西关摸着下巴想了想，算了算日子："我有办法。"

3

韩舍是不想在大本营待着的，所以他从西关和言泠手中接了去粮油店的任务。他往车前走去时才发现蓝星河坐在驾驶座上，只听西关在后面喊了一句："老大你让她去吧，天气热得很，你别中暑了！"

韩舍手叉腰转过身，远远地冲他翻了个白眼。

车上的蓝星河发动引擎，淡淡地问道："你要去吗？"

韩舍觉得自己想要逃离她的身边有点不现实，想到她一个人开车要走那么远后，还是上了车。

车子走远后，言泠冒出脑袋尖尖问："老大怎么也去了？"

西关轻哼一声："他能不去吗？"说完摩拳擦掌，"等着吧，口是心非的还在后头呢。"

韩舍一上车就做好了蓝星河要发问的准备，她太过执拗，他已经习惯了。

现实却是韩舍想多了，蓝星河今天其实是来练车技的，不是来纠缠他的。

崎岖的山路总是坑坑洼洼，车子速度时快时慢，要不是底盘过高，连续的“哐哐”几声巨响，这车早就报废了。

韩舍右手抓着上方的扶手，左手在自己腿上和手刹处游荡。他紧盯着前方的道路，上车前那种沉闷的情绪荡然无存。

前方一个大坑，蓝星河一个紧急刹车，复又加速，只听见车子底下又是一声巨响。韩舍咬牙紧闭双眼，身子有片刻的失重感，随即胃里有些翻腾。

如若身边的人不是她，韩舍早就开骂了。

韩舍头上缓缓流下汗珠，沉声说道：“离合器踩到底，松油门，挂三挡。”

女司机永远都觉得自己很优秀，有主见，蓝星河也不例外。她“咔咔”两下提到五挡，车子明显抖动了一下，速度直接飙起来。

前方算是平稳的路了，蓝星河开着黑色悍马，像一支离弦的箭一般穿过花海、青原，破开明晃晃的积云。阳光照射在玻璃上，也落在他们的心尖。

韩舍看着蓝星河绝美的侧颜，长长的睫毛扑闪着，温柔得让人一点脾气都没有。

可是怎么办啊！

看着她，他什么原则都没了。

到达粮油店时，韩舍的腿都软了。对于后来蓝星河表现出的狂妄的车技，他是半个字都不敢说。

他一只手扶着车门，另一只手揉着自己难受的胃部，看着蓝星河跳下车，一甩头发，十分潇洒地往店里走去。

韩舍往车上搬了很多蔬菜，还有两条大羊腿，水果全是葡萄，种类多到应接不暇。

蓝星河蹲在篮筐前，老板指着里头青青紫紫的葡萄说：“这里吃得比较多的是无核白、克瑞森无核、木纳格、红地球……特别紫的这个是赤霞珠，韩老板拿回去酿酒的。”

言泠是美食专家，每年的这个时候都要酿一些红酒，再做些果酱。

韩舍一筐一筐往车上搬着，蓝星河拎了一串符合自己口味的无核白，颗颗晶莹剔透，翠绿喜人，吃到嘴里又甜又脆，关键是没有籽。她很快就拿起第二串。

粮油店老板给韩舍搭手时笑了笑，说："你女朋友是不是饿了？吃东西很快。"

"遇上喜欢吃的她就这样。"韩舍解释了一句，又笑着说，"她不是我女朋友……"

"媳妇啊？"老板乐呵呵，一副"我知道"的样子，"我就说嘛，上次我看到她坐在车里，就觉得你们俩特有夫妻相。孩子要了没？现在可以生二胎了……"

韩舍："没呢。"

"那得抓紧了，她看着小，好生，我媳妇当时就是二十多岁要的孩子。我跟你说……"

老板太过热情，聊完以后还抓着韩舍的手，非让他们吃碗拌面再走。蓝星河看着韩舍被拽进屋里，两个人对视无言，蓝星河也就跟了进去。

韩舍之前还说："我们不饿，不用麻烦了。"

随后拌面上桌，蓝星河埋进盘子里的头就没抬起来过。

韩舍："……"

蓝星河不吃辣椒是因为太过刺激肠胃，但现在这碗滚辣皮子肉拌面里的辣椒带着甜味，吃起来肉肉的，香气很浓。

辣椒是线椒的品种，晒得很干，食用的时候用温水泡发，切成小段和上好的牛肉放在热油里滚一滚，加上葱姜蒜爆炒，带点汤汁留用。面条是手工拉出来的，面粉里放了鸡蛋和少许盐，煮好之后过一下凉水，盖上炒好的滚辣椒和肉，吃起来软糯弹牙，十分有嚼劲。

韩舍对吃的不挑，他看着蓝星河吃完两碟又加面，老板端着碗颇为震惊："这是真饿了啊。"

韩舍对于这个"媳妇"的饭量也是诧异，第一时间反思在大本营给她的饭是不是少了？

老板扒拉几口后说再去煮点面，韩舍刚想说不用，却又怕蓝星河还没吃饱，只张了张嘴，没再说什么。

见蓝星河碗里的拌菜没有了，韩舍一声不吭地将自己碗里的拌菜扒拉给她。

她没有拒绝，因为没有吃饱，她也不会没事找事。

4

回大本营时是韩舍开车，倒不是他有多心疼车，而是觉得蓝星河吃这么多估计会犯困。果然，上车没多久，她便沉沉地睡了过去。

这样也好，避免了要对话的尴尬。

韩舍无所顾忌地看着身边人，阳光照在她的脸上，泛起一些红晕。她微微动了一下，随即脸上的光线没有了。

有人替她放下了遮阳板。

韩舍一路上都在想，蓝星河回到沪城以后，两个人几乎再无见面的可能，对于小姑娘跋涉千里也要寻个说法，终究还是伤了她的心。

她爱他，他念她，可他们俩必须得分开。

这个结果就像一块巨石，狠狠地压在韩舍的心头，搬不开也挪不动。

蓝星河不再逼问自己，似乎从风暴归来之后她看清了什么。韩舍虽然心中还有些沉闷，倒也松了一口气。

就在那晚，韩舍从浴室出来看到蓝星河，才觉得这件事根本没完。

蓝星河好整以暇地双手环胸站在那儿，看到韩舍裹着浴巾出来被自己吓得打了个哆嗦。他试图把浴巾往上提一提，别过脸去不敢正视蓝星河。

“你……”你就那么喜欢看我不穿衣服吗？

韩舍一个硬汉，也算是见过世面的人，光着身子本来没什么，但得看站在自己面前的人是谁。

蓝星河慢慢朝他走过去，韩舍就往墙边挪了挪。他一动，脖颈处的水珠就顺着锁骨往下流，经过胸膛，再到硬实的腹肌，最后滑落到浴巾里。

“我是来谢谢你的。”

韩舍被她逼得寸步难行，后背都已经贴到墙上了，只觉一阵凉意。

他沉了沉眸子，声音有些喑哑地问：“谢什么？”

“谢你中午拨菜给我。”

韩舍看她一眼，蓝星河神情自若，语气也很平淡。

“不客……”

“所以该你道歉了吧？”

韩舍的话被打断，蓝星河见他不明所以，挑开了说：“你因为私人恩怨让刘教授调我回去，看来韩队长特别喜欢用这种方式来逼别人就范啊。”

韩舍顿了顿，说道：“你擅自脱离队伍，队友因此受伤，难道不应该承担起责任吗？你既然不愿与大家共处，留在这儿又有什么意义？还浪费公众资源来为你保驾护航，更为你的任性无休止地埋单。”

“第一，我没有擅自脱离队伍，你知道的。”蓝星河来了脾气，语气有些清冷，“我再怎么想见你，也拎得清自己。第二，我愿不愿意跟大家相处是我的自由，谁都管不着。最后……”

蓝星河想到了什么，几乎是咬牙切齿，黑亮的眸子死死地盯着韩舍，突然将他往墙上一推，小小的拳头抵在他的胸膛，温热又激愤。

如果在这里把他暴揍一顿，他会还手吗？

即便明知打不过他，但真的好想揍他啊。

蓝星河气红了眼，压着韩舍的身体，却被男人的气息反向包裹。韩舍忍不住抬起手想要推开她，却又不敢去触碰她。

“说什么保护我的大话……算男人吗？”

她的话并不是没由来，早在少年时就被“我保护你”所感动，说的人真切，信的人虔诚。韩舍承认自己心软了，他的手无法控制地朝着蓝星河发红的眼睛伸过去。

沿着她修长的眉毛缓缓划过，带着无尽的深情。

说保护你是真的。

爱你，也是真的。

韩舍的手离开她的眉毛后，抓住了放在自己胸膛的手，只是轻轻一拽，便将两个人的位置换了过来。蓝星河怒火未消，韩舍俯身在其耳畔，情不自禁地咬了咬她的耳垂。

“对不起。”

蓝星河被他突如其来的亲昵打扰了心境，她感受到了韩舍的力量，一个深爱之人说守护她的力量。哪怕两个人之间还有扯不清的羁绊，但眼下的气息太让人贪恋，忍不住想要留住，哪怕只有片刻。

韩舍喘着粗气从她的耳垂一路向下，蓝星河一开始还有些害怕，后来搂住他的脖子，手指插进他湿漉漉的头发中，跟着有些急躁起来。

“如果还能再见，就听我解释好不好？”

韩舍的头抵着她的额头，小声地说着。分别是难忍的，他自私地要索取一些念想。

“不好……”蓝星河有些哽咽。

“乖。”

韩舍又吻住她的嘴唇，欲火过重，无法自持。如果不是身后传来响声，险些出事。

蓝星河第一时间将脸埋在韩舍的胸前，牙齿咬着下嘴唇，心跳得很快。

韩舍转头就看到西关险些滑倒，手扶着门框一脸震惊，随即啊了一声：“我的眼睛好痛好痛，哎呀！好痛啊，我长针眼了吗？”

西关掉头就走，门口还传来言泠询问的声音：“怎么，你看到啥了？”

“看到……不，我什么都没看到。”

“我看看。”

“不，你别看……”

里面的两个人此时已经分卅，蓝星河的脸颊又红又烫。她几乎是捂着脸跑开，在门口处还打了个趔趄，看得韩舍的心又是一紧。

最后浴室里就剩韩舍一个人，他有些懊恼地抓了抓头发，转身进了隔间，准备再洗一个澡。

5

那天，蓝星河、刘教授和李君泽出发得很早。李君泽觉得不用面对韩舍心情很爽，再看到蓝星河收拾东西的速度比自己还快，就更开心了。

镇长要带刘教授他们去一百多公里外的探测站看看，有一些关于其他涉密方面的项目想请他协助做个研究。

车子大概开了三十多公里后，言泠开着林小源的车追了上来。

言泠对镇长说："镇长，老板说需要一个天文台的人回去看看设备。"

"什么设备？"

"我就是一个领路的，不知道什么设备。"言泠认真地想了想，"还有一大堆报告。"

"电话里不能说吗？"

言泠摇摇头，很乖巧："老板说不能。"

镇长就看向后座，蓝星河处于沉默中，李君泽警惕地坐起身来："什么设备报告的，我怎么不知道？等我们回来再说吧。"

言泠没理他，对镇长说："能给我们安排一个人吗？话少干活快的，要是弄得快之后我单独开车给您送过去。"

镇长看向刘教授，刘教授再看向蓝星河和李君泽，李君泽飞快地举起手："我去！"

这个人话太多，说不定还会打起来。

刘教授想了想，看向蓝星河："星河你去吧，弄完了早些过来。"

蓝星河嗯了一声，下车后取了背包。她上了言泠的车以后，李君泽还在"哎哎哎"，却也"哎"不出个什么来。言泠将车掉了个头，隔着玻璃对李君泽比了根中指。

两辆车分开一段距离之后，言泠把车开到一个分岔路口后便停下了。

蓝星河换到驾驶座以后，问了一句："刘教授那边你打算怎么说？"

言泠撇了撇嘴："你只管走就好了，车上有导航还有无线电话，后备厢里有户外装备和食物，到了约定地点等我们就行了。"

"好。"

"无线电话费很贵的，不管接打都是八块，你省着点。还有……"

只听"轰隆"一声，蓝星河踩了油门，挂上挡就飞了出去。

言泠吐了吐嘴里的沙尘："还有慢点啊！在沙漠里小心陷车！"

蓝星河前几天练了几次车，所以开起来还算顺手。这次扎营地点有些远，她可能要花一些时间。多次确认过坐标以后，她便专心致志地开车。

除了中途休息十五分钟吃了点东西，她一路向西，扎进了沙漠深处。

上空的太阳白得有些刺眼，有彩色光带在周边围成一个圈，形成了日晕。天气并不是很好，蓝星河想得多，担心出现上次沙尘暴的意外，便提了速。

距离言泠给的位置还有十几公里时，蓝星河从后视镜里发现后面有两辆车。她刚开始以为是韩舍他们，但细心一看才发现车子没有车牌。

他们的车速很快，在蓝星河后方时多次提速还想超车。蓝星河一开始让了一下，后来发现对方根本就是故意的。她被别了一下，驶出了原有的线路。虽说这里土地广袤，哪里都是路，但被人挤了，心里总是不爽。

尤其是新手司机。

蓝星河那么淡定的一个人，当即挂挡就要别回去。

如若不是对方降了窗户，露出脸来，她铁定是要追着挤过去的。

蓝星河一眼扫过去，就确认了他们是跟韩舍起过争执的那群外国人。但驾驶座上的那个人脸生，耳郭边还有文身。他笑了笑，一脚油门从蓝星河的车头前擦过去。

蓝星河自始至终没有降下车窗，估计对方也没看清她的脸。再次被他们别出道时，蓝星河的车子突然一个前倾，接着视线变短，熄火了。

那两辆车扬长而去，看来只是随意起了性子，就想别一下别人。

蓝星河连忙下车，看到前面两个车轮被沙子给埋住了，底盘瘫在了沙子上，很明显，这是沙漠陷车。沙漠陷车不比其他地方，这里的气候变幻莫测，再加上前不着村后不着店，一个人落单的话很危险，也容易出意外。

她跪在车轮旁边开始刨沙子，把两边都刨开一些后，就上车发动。可没踩几脚油门，车子又陷了下去。随后她又下去刨，发动车，再陷。如此折腾一番，坑越刨越大，轮子越陷越深。

说不慌是假的，很多专业的司机遇到沙漠陷车都上不来，更何况是一个小姑娘。

蓝星河靠在车旁想了想，紧咬着嘴唇，脑子不停地在转。她从车里拿出卫星电话，找到言冷的电话，刚拨过去连忙又挂断。

不能在这个时候打，万一被韩舍知道了，又该撵她回去了。

蓝星河将身上的外套拉链拉到最上方，戴上衣帽，弯腰紧了紧鞋带。她走到后备厢前，将那些设备清理出来。她倒不是打算徒步过去，因为这很不现实。其实，她是想找工具。

车子的后备厢里确实有工具，防沙板就在最上面，有凹凸的纹路，面积不大，很是轻巧。但板子只有一块，蓝星河又扒拉了一下，翻出了言冷的一个铁锅。

蓝星河清理好行驶方向的沙子，就将防沙板垫在了左轮下，再把铁锅垫在了右轮下。随后她上车缓慢行驶，随着一个重力，左轮上去了，可右轮没有，车子大幅度地倾斜，熄火的时候车身还晃了一下。

随后左轮以肉眼可见的程度又陷了下去，这就罢了，蓝星河发现言冷的那口锅瓢了。

铁锅啊，也不知道哪个刁钻的角度就把它给压瓢了。

蓝星河只得再次去后备厢里翻找工具，把所有工具都拿下来摆在地上。她固执起来也是要命，不管耗到什么时候，这车它都必须得上来。

天色微暗的时候，蓝星河已经精疲力竭。她“咕咚咕咚”喝下半瓶水，额头上全是汗。

后来她把千斤顶也用上了，但使用不当，自身也没发觉到。最后只剩一个绞盘时，她坐在那儿研究了半天。

车子的大灯早已打开，在这无边无际的寂静之处亮如白昼。蓝星河也没有心思看远方，身边是亮堂的，便以为天色还早。

殊不知在远方等待的两个人。此刻齐刷刷地抖着腿，十分紧张。

西关手摸着下巴："该不会出什么事吧？"

言泠挠了挠太阳穴："难道陷车了？"

两个人悄悄回头看向韩舍，他坐在火堆旁发着呆，也不知道在想什么。

西关忍不住问言泠："你说老板是不是在想蓝星河？"

"是不是在想蓝星河我不知道，我只知道再过一个小时不见人，我们就该去想蓝星河了。"

6

绞盘是蓝星河自救的最后一个办法了，再不行，她就必须打电话求助了。

蓝星河将车后的备胎取下来，鼓足了劲拖拽到前方五六十米处。她将绞盘的绳索扣在轮胎上，随后便开始挖，挖一个能把备胎埋进去的大坑。

挖坑时用上了言泠的铁锅，蓝星河的衣服快湿透了，索性脱了外套，只穿了件短袖干活，中途打了好几个喷嚏。

因为地理环境受限，没有类似大树或是建筑来固定绞盘，只能将这个备胎埋到沙子里作为锚点。

一切准备妥当之后，蓝星河再次坐到驾驶座上发动车子。有力量拖动车身，轮子减轻了很多负担，车子十分轻松地回到了平稳处。

蓝星河将所有东西一一归位时看了一下时间，已是凌晨一点半，距离她陷车已经过去了八个小时。

当她出现在目的地时，篝火已经烧得很弱了，寒冷的空气伴着潮湿，让人浑身不舒服。

西关和言泠正打算跟韩舍摊牌，看到来人后，他们松了一口气。

紧接着一口气再次提起。

韩舍看到蓝星河时的表情难以用语言来形容，西关和言泠只觉得头皮发麻，四肢无力。到底是老油条，西关最先“哎呀”一声，极其做作：“天哪！看看这是谁啊！你怎么会在这儿啊！我的妈呀！”

言泠跟着附和，但演技太差：“我的，妈呀！”

蓝星河已经累到要虚脱，面对韩舍复杂的目光，连解释的力气都没有了。

韩舍上前拉过她就往一旁走去。

西关看了两眼，觉得危机暂时解除了，随后就和言泠去车上把帐篷拿出来组装。

刚抖开内帐，就再次听到西关矫揉造作的“哎呀”声：“天哪，断了。”

言泠发现西关手中的杆子弯了，挥了挥手说：“我会弄。”

“弄什么弄啊。”西关朝他翻了个白眼，“都断了。”

西关一边说着一边徒手折断，练家子就是不一样，拿起其他几根堪堪折弯。

“这样，某些人就得睡在一起喽。”

言泠听闻此言，瞪大眼睛，不敢相信地看着西关：“你这个人怎么这么……”随后缓缓竖起大拇指，“关哥优秀啊！”

韩舍和蓝星河对视上，他已经气到不知道该说些什么了。

想起之前在浴室里说如果还能再见……

这脸打得，有点悲伤啊。

蓝星河果然先开口：“你要跟我解释什么？”

“我……”韩舍太理亏了，就连想质问蓝星河为什么会出现在这里都没有气势。

“如果你不想解释，就让我先去休息吧，我有点累了。”

蓝星河裹了裹身上的外套，夜风吹在脸上很冷。

韩舍知道现在说什么都没有用，一切都只能等天亮后再议。

回到帐篷处，西关一脸无奈跟真的一样：“老板，她竟然带了个坏帐篷过来。”

言泠搭腔：“蓝同学，你的心思难猜啊。”

两个人不去唱双簧真的可惜了，蓝星河淡淡地扫他们一眼，没说话。

韩舍蹙眉想着什么，西关将东西胡乱塞回车里，拉着言泠说："那这样，我跟言泠一个帐篷，你们俩凑合一下。晚安，拜拜。"

他们钻进其中一个帐篷，蓝星河看着另外一个，没动。

韩舍对于蓝星河的出现本就十分震惊，现在还要他们睡同一个帐篷，要让他相信这只是一个意外，鬼都不乐意。就在韩舍要把那两个兔崽子拉出来质问的时候，空中落下了雨滴。一开始还很小，紧接着"哗哗"一阵，犹如瓢泼。

蓝星河还是没动，似乎在等待韩舍允许。

韩舍立于黑暗之中，看不清神色，只听到他略微低沉的声音："你去睡吧，我看看装备。"

其实哪有什么装备可看，他无非是想确认一下周边的情况，把放锅碗瓢盆的帐篷给盖得严实点。

蓝星河有些疲惫，进了帐篷后发现只有一个睡袋。她犹豫了一下，后来还是钻了进去。

他会进来睡吗？

这是一个严肃的问题。

外面的雨越下越大，帐篷里也并不是很暖和，蓝星河把身子蜷起来，还在思考韩舍会不会撵她走。目前肯定是不会了，在大雨中赶人走那也太不是人了。

但是他会进来一起睡吗？

蓝星河的头顶上方有盏照明灯，光线微弱，但是能看清帐篷内的大致情况。她想等等看，如果他不进来睡的话……自己还是识相地让位吧。

十分钟不到，蓝星河便沉沉地睡去了。

她是真的太累了，从来没有出过这么多汗，也没有扛过重物，睡前四肢还因之前用力过猛有些抽搐。现在有个能躺下的地方，意志力什么的就都跟着一起休息了。

7

这场大雨下得韩舍是不进帐篷也得进。

他从蓝星河开来的车上翻出睡袋，想着小姑娘害羞，肯定还在傻等着。他也给自己做了心理建设，想着进了帐篷后要好好跟她谈一谈。

可当韩舍真钻进帐篷时，却发现蓝星河已经在自己的睡袋里睡着了。

他带着雨水和寒气进来，赶紧将帐篷的拉链拉好，再将淋湿的外套脱下放至一旁。

韩舍身上还穿了件绒衣，盯着蓝星河看了看，随后也脱下叠起来放在她的枕头前，挡住了往里钻的冷风。他以极其微弱的动静将睡袋铺开，刚躺下又坐了起来。

韩舍将蓝星河放在外面的手臂轻轻地放到睡袋里，随后缓缓躺下，再也没发出半点噪音。他在蓝星河的身侧躺平，盯着头顶上方微弱的灯光，听着雨水打在帐篷上的声音，没有一丝睡意。

蓝星河听到雨声，翻了个身。韩舍侧过头看去，她正对着自己睡着，安静乖巧的模样敲碎了他的心。韩舍忍不住跟着翻身，目光落在她的脸上。

这个小姑娘，可真能折腾啊。

早知道会有今天的局面，当年就该更绝一点。

但是，他舍得吗？

韩舍伸出手指在她的鼻翼点了点，触碰到那股温热时才发现自己又有些控制不住了。他恋恋不舍地收回手，枕在头下，肆无忌惮地盯着她的脸看。

这是安静的时刻，也是无眠的夜晚。

大概凌晨三点多，也就过了两个多小时，韩舍听到几声重重的呼吸，当即睁眼转头看向蓝星河。她翻了几次身，手抵着眉心，在含混不清地呓语。

这不像是做梦，韩舍经验丰富，第一时间伸手去测她额头的温度。

额头滚烫，是发烧无疑了。

外头雨势渐小，韩舍没顾得上拿外套，穿着短袖就钻出了帐篷。

西关最先听到动静，迷迷糊糊探出头来，被冷空气吹得缩了缩脖子：“老板，怎么了？”

韩舍就站在车旁，打着手电筒在取医药包：“她发烧了。”

西关钻到帐篷里，回到暖和的睡袋中。言泠眯着眼，也迷糊着：“发烧了？”

“没事，继续睡吧，又不是我们发烧。”

言泠哼哼了两声：“有道理。”然后倒头睡下。

韩舍回到帐篷以后，唤了两声蓝星河，得到一点反应。他让蓝星河把口腔温度计含住，耐心地等了几分钟，拿出来对着手电筒一看，三十九度四。

他把早已放在手心的退烧药喂到她的嘴里，让她就着保温杯里的温水吞下去。或许是药片有些苦，蓝星河第一下没咽下去，卡在了嗓子那儿，险些被药味刺激得将药给吐出来。

待她咽下去之后，才觉得喉咙仿佛被针刺了一般痛，说了一句：“谢谢。”

其实也听不出她的声音来。

蓝星河吃了药又继续躺下，高烧让她头晕目眩。她试图睁开眼睛，却只觉困意难挡。

韩舍好像在她旁边说了什么，她也没有听进去。

迷迷糊糊之中，蓝星河感觉额头上传来一阵凉意，那是韩舍给她贴了退热贴。随后他拿着酒精棉继续替她进行物理降温，擦拭手心和脖颈，还有脚心。

他轻轻地擦拭着，眉头紧锁。在野外待了那么多次，感冒发烧是很常见的一件事情。有不吃药就可以扛过去的，也遇到过引起其他疾病威胁生命的，但无论是哪一种，生病时的那种痛苦和孤寂，他懂。

更何况此时生病的人还是蓝星河。

“韩舍，走慢点……”

蓝星河还在呓语，只是这一次韩舍听清楚了。

他的手一顿，听着蓝星河带着哭腔的哽咽，心瞬间被撕裂开来。

“我求你了，还不行吗……”

第八章

分手真相

我从来没有想过要离开你，
却也不敢承认还爱你，
未曾想来日方长就是天各一方。

1

蓝星河是被一阵争吵声吵醒的。

言泠的嗓门从来没有这么高分贝过，吼得上气不接下气："我就想知道她把这个锅给怎么了？！"

西关极力劝说："怎么就跟你说不通呢？不要在一口锅上炖死，有咱老板在，你就能拥有整个钢铁厂。是吧，老板！"

韩舍在火堆前看着小锡锅里的白米粥"嘟咕嘟"地滚动着，又香又糯。

"我就想知道她把这个锅给怎么了？！"

西关简直想踹他："你是复读机吗？"

"我就想……"

刚想着，蓝星河就掀开帐篷钻了出来。许是睡久了，她没站稳，一屁股又坐回了地上。

韩舍起身过来拉了一把，蓝星河跟着他坐到火堆旁。

她缓了一会儿，看向身侧的两个人："我赔。"

韩舍什么话也没说，拿了个饭盒舀了一勺白米粥，再倒了点咸菜，随后递给蓝星河。

蓝星河接过粥时眼睛都不敢直视，余光盯着他的那双手数秒后移开。

西关和言泠都坐过来，言泠手里还拎着那口倒了血霉的铁锅。

言泠很不高兴："你赔得起吗？"

西关打哈哈："别理他，他这个人怪得很，把锅碗瓢盆看成自己的命根子。主要那个锅是他祖祖辈辈传下来的，跟了他十几年了。"

言泠煞有介事地瞪着蓝星河："要是我祖宗在天有灵的话，一定会来找你的！"

蓝星河喝了两口粥，感觉胃里一阵温热。此时已是日晒三竿，休息够了身体自然好得快。她伸了伸腿，惬意地看向言泠："人体一旦消亡，意识就会跟着消失，根本不可能存在于宇宙中，更别说来找我了。"

言泠爱做饭，爱探路，就是不爱学习，这会儿被蓝星河噎得说不出话来。

西关轻咳一声，佯装挠鼻子，侧过头跟蓝星河哼唧：“咱一个 Team（团队）的，别吵……”

蓝星河是真没听见他嘴里到底在哼什么，问了一句：“什么？”

西关挫败，两个猪队友！

韩舍看着面前的三个人，突然插了一句：“言泠你的锅为什么会在她的车上？”

三个人：“……”

西关：“哈哈哈——就……就是啊。”

言泠：“喀，喀喀喀。”

蓝星河没说话，端着饭盒看着韩舍。她知道醒来就该面对现实，好在已经给自己做了心理建设。他要是在言语上刁难她脸皮就厚点，他万一绑着自己回大本营，那就把车轱辘全卸了……

“下次注意点。”韩舍说着扒拉了一下火苗，把小锡锅中剩余的一点白米粥倒到蓝星河的饭盒里。

事件中的三个人都很诧异，韩舍一没发脾气二没撵人。大家很满意地在空中对视一眼：同志们，胜利了。

2

韩舍是真不让蓝星河走了，也很用心地在照顾她。

刚下过雨的沙漠比往常要湿润，颜色也更重，看起来倒是另一番别致的景象。

几个人午饭吃的是胡萝卜牛肉，蓝星河刚喝过白米粥还不是很饿，就跟着吃了两小碗。

言泠一直是按量做饭，现在看来明显不够了。

在沙地里洗碗的时候，言泠还在嘟囔：“看着那么小的一个人，怎么这么能吃呢？不是还在发高烧吗？”

西关在旁边啃苹果：“人家就弄坏你一个锅，你怎么那么小心眼啊？亏人家之前还救过你呢。”

“这是两码事。”言泠把碗一扔，摔进沙子里，“我爸临死前再三跟我强调，这个锅是我爷爷的爷爷的爷爷传下来的，有半点差池就会组团来找我，我现在哪还敢睡觉！”

“噗……”西关被苹果呛住，抹了把嘴，“那你想怎么办呢？”

“我就是不知道该怎么跟祖宗交代。”

“要不，我给你想个解决办法？”

言泠斜眼看他：“什么办法？”

“我想想啊。”

“滚！”言泠看他吊儿郎当的，一脚踹开了他。

蓝星河远远地看着两个人打闹，轻声说道：“你们相处得很好。”

韩舍回应：“都是好兄弟，在一起时间长了。”

“所以时间不长，感情就不会好了？”

蓝星河淡淡地说着，从远方收回目光，与韩舍的视线纠缠在一起。她勾起嘴角，那是谁也无法夺走的勇敢。她又说：“但是韩舍，我相信你。”

韩舍看着她，渴望就此天荒地老。

“我相信你还爱我，我能等，等到什么时候都可以。”

他们就这样一直坐着，看着耀眼的余晖落入地平线。天空依旧高远，云彩仿若在身旁。

沙漠夕阳，人间绝色。

这一晚他们休息得很早，韩舍还是和蓝星河同一个帐篷。两个人静静地躺着，气氛有些微妙。蓝星河热烈的情绪不减，不动声色地拉开了睡袋的拉链。

是的，夜深人静，她总想办些什么事。

韩舍还没有进睡袋，枕着手臂在想着什么。等他听到细微之声时，蓝星河已经扑到他的身上，年轻人就是冲动。

“你……下去。”韩舍极力控制音量，听着倒像是禁欲般的呐喊。

他也是怕被隔壁帐篷里的人听见，蓝星河竟然还一本正经地安慰他：“没事。”说罢看着韩舍帅气的五官，挑了个温软的地方贴了上去。

她很快就离开，终于有些不好意思：“那个，我就亲一下你。”

“蓝星河。”韩舍有些咬牙切齿，感觉好失败，“别过分了。”

蓝星河抿了抿嘴唇，保持着趴在他身上的姿势。她将手臂压在对方的胸膛上，认真地计较了一句：“过分的限度是多少？我看我能不能再迈几步。”

她真当自己无害，是一头好说话的绵羊吗？

韩舍若有似无地扑哧一声，突然一个用力旋转，将她压在身下的同时手扣住了她的后脑勺。帐篷里发出沙沙声，急促又短暂。

“可别哭着求我……”

韩舍想都不敢想自己会对她说出这样的话来，俯身咬住她的脖颈。蓝星河下意识地发出轻吟，然后又吓得赶紧咬紧唇瓣。她睁着一双湿漉漉的眸子看着韩舍，他半垂着眼睑，呼吸在颈间缠绕，心越跳越快。

“怕了？”韩舍一脸不可餍足之色，欲望来得快，他同样害怕又期待。

他的手已经探入衣服里，触摸到柔软的肌肤。姑娘家的腰十分柔软，让人忍不住一路往上。随着蓝星河又一声细微的娇喘，韩舍的防线顿时土崩瓦解。他适时地吻上那柔软的唇瓣，将她的身体用力向自己贴近。

他只要沿着柔软勇往直前，再解开自己的裤子……

突然，帐篷口有人大喊：“老板！老板！”

嗓门之大犹如贴在耳畔，吓得在帐篷里做坏事的两个人“噌”的一下弹起来。韩舍瞬间清醒过来，看到蓝星河衣衫不整、惊慌失措的模样。他艰难地吞了口口水，别过脸去。

西关兴奋得不行，都开始拉外帐的拉链了：“快快快！都出来看流星！”

看流星……

韩舍喘了口粗气，抹了把脸，心想：看个锤子流星啊。

于是四个人一字排开，坐在沙丘上等流星。

言泠说今天会有英仙座流星雨，西关觉得独乐乐不如众乐乐，就把隔壁的两个人都叫了出来。但是两个人什么话都不说，好像不太高兴？

西关咧嘴大笑：“来啊，嗨起来啊！”

韩舍黑着脸看他，反正也看不清，但脑电波传送到了，西关的大笑以干呵呵收尾。

四个人等了将近一个小时后，有两颗流星穿过银河，闪亮地划过。

言泠赶紧闭眼抱拳，西关在一旁问：“两颗也算是流星雨吗？”

“将就，将就。”言泠说。

西关跟着闭眼抱拳，过了几秒后睁开眼，看到韩舍和蓝星河都无动于衷，便催促道：“许愿啊。”

韩舍没说话，蓝星河倒是问了一句：“你许的什么愿？”

西关嘚瑟起来：“一夜暴富。”

蓝星河波澜不惊：“我有钱，不用许。”

西关的嘴角抽了抽，突然有点想打人。言泠在一旁嗔他：“愿望怎么能说出来呢？我就从来不跟人说我许事业有成……”

蓝星河挑了眉，把这感情好的两兄弟一网打尽：“我也不用许事业有成，我回家继承就好。”

感情好的两兄弟齐刷刷地指着蓝星河，冲着韩舍大叫：“老板，你管管她！”

韩舍对于蓝星河这种富家子女是了解的，她的起跑线就是别人的终点。但小姑娘的烦恼也不少，愿意说出来的更是少之又少。

今夜星光清冷，银河璀璨，韩舍的声音打破这万籁俱寂的无垠之地。他眼如明月，情深万重：“你也许个愿吧，只要看到星星，什么愿望都会成真。”

蓝星河的目光同样灼热，她微微点了点头，双手合十，虔诚地在心上落下愿望。

西关好奇心旺盛，问她：“许的什么愿啊？”

“不能说。”

言泠啧啧两声：“我们都说出来了。”

蓝星河犹豫了一下，稍微透露了一点：“关于你们的。”

这倒是吊起了两兄弟的胃口，他们凑过脑袋异口同声地问：“关于我们什么啊？”

“不是说愿望不能说出来吗？”蓝星河勾了勾嘴角，“你们的肯定都不灵了，今天总得有一个人愿望实现吧。”

这姑娘真狠，两兄弟愤恨地扭过头去。

韩舍笑出声，蓝星河也跟着笑。她轻声说了一句，算是回答韩舍之前的话：“愿望那么多，星星忙得过来吗？”

她本没有信仰，也从来不会做这样的事情。

可爱上一个人以后，仿佛懂得了所有。

是因为你。

我才信这个世上有来世，对着流星许愿会成真，哪怕是深陷泥潭，也信这黑暗是你给的保护伞。

3

蓝星河留在营地与韩舍等三人一起工作，韩舍没有提让她回去的事。

三个大男人还从来没有跟女孩合作过，倒是为这枯燥的猎陨增添了一些趣味。

中午要生火做饭时，言泠把从戈壁滩捡来的枯树枝放在地上，西关在旁边拿着小刀在木头上挖了一个缺口，然后拿取火棒在里面快速转动以产生火苗。

言泠从口袋里掏出压得碎碎的核桃和一些干叶子渣，放在旁边做燃烧火绒。他倒是个捧场王，西关在卖力地转动，他就大喊“加油”。

“小眼睛看哪里？看老师这里！老师要给你们表演了！”

蓝星河面无表情地看着他们两个人，估计是淋过雨的枯枝上还带着水汽，任凭西关怎么转都没有冒出火苗来。

言泠磨刀霍霍地接替上手，最终的结果也是一样。

“没事，我们就当是实战训练，换种方式试试。假设现在是远古时代，没有火可怎么办呢？”西关还演上瘾了，“是生存还是灭亡，人类能否挑战自身极限……”

“吧嗒！”蓝星河拿打火机把火绒给点燃了。

她看着表演还未尽兴的两个人，吐出一句：“快点，饿了。”

西关、言泠：“……”

男生果然只能跟男生玩，女孩什么的，一点意思都没有！

言泠做饭时，那个女孩从不过来帮忙，吃起来倒是不客气得很。他翻了翻带来的食材，叹了一口气：“以肉眼可见的速度在消亡啊。”

蓝星河之前没有跟他们单独在一起待这么长时间，除了韩舍，西关和言泠算是明白之前天文台的人为什么不爱跟她玩了。

有些时候她的低情商是真的会让人很生气。

西关背着韩舍对言泠说：“你有没有发现蓝星河不吃一样东西？”

言泠做了很多顿饭，这点眼力见还是有的，脱口而出：“西红柿？”

“想不想搞点事？”西关坏坏地一笑，“教教她怎么跟别人说话，更为你老祖宗的铁锅讨个说法！”

教人说话言泠没兴趣，给铁锅讨说法很有必要！

于是那天傍晚，众人一无所归地回到营地，收拾好设备后，言泠做了一顿美味的炸酱面。这顿炸酱面不是鲁系菜肴，菜码是胡萝卜肉末，咸甜味，正是蓝星河吃惯的口味。

她一如既往吃得比别人多，根本就尝不出西红柿的味道。

西关十分佩服地给言泠隔空竖了个大拇指。

二十分钟都不到，蓝星河的反应就起来了，除了起红疹加瘙痒，还伴随着呼吸急促。她跌跌撞撞地跑到一旁大力地呕吐起来。

韩舍当即就觉得饭菜有些不对，那两个人显然也没想到她居然会有这么大的反应，都愣住了。

“我问你是不是有西红柿？！”

韩舍的怒吼让言泠拉回神，他啊了一声：“那个……是有点……”

“有多少？”

“全……全部吧。”

能用西红柿做出胡萝卜味，果然高手轻易不出招，一出手就要命。

韩舍快速跑到车上翻医药包，看到里面只有一小瓶用于食物中毒时的催吐药。他拿上后赶紧让蓝星河喝下去，在那十几分钟时间里，可怜的小姑娘连胆水都吐出来了。

蓝星河的生理反应极重，眼泪止不住地往下流，呛到喉咙再往外呕，一呕泪水就流得更多。如此反复，她的双目极红，脸色苍白得吓人。

西关用力抓脑袋，不知道自己该做些什么。言泠在旁边颤抖着声音问：“她不会死吧？”

“她要死了你也就完了。”

“凭什么我完？是你让我给她下毒的。”

西关目眦欲裂：“那是西红柿不是毒！”

“对于她来说西红柿就是毒！”

“你什么意思！”

“就是你完了的意思！”

“……”

4

蓝星河躺在帐篷里休息的时候，三个男人召开了隆重的会议。

确认蓝星河没有危险之后，西关和言泠总算是松了一口气，紧接着诚恳地道了歉。

韩舍跷着二郎腿，双手环胸盯着两个人：“跟我道歉是什么意思？”

西关搓了搓手：“我们也不傻，她原不原谅还得看您的意思。”

韩舍歪了下脑袋，略带揶揄的意味：“这日子是不是不想过了，想改过那种一觉睡到自然醒的？”

失业，不敢想。

言泠很忧伤："请您再给我们一次机会！"

"我当然可以给你们机会，但别怪我没提醒你们，机会也得有命拿。"韩舍若有所思地望天，不知道想到什么，突然叹了口气，"你们好自为之。"

好自为之是什么意思？两兄弟表示很慌。

他们继续面对苍天和大地反省，言泠指着前方那个毛笋般大小的沙雕，之前下过雨后两个人堆好的，还用胶水固定了一下。这才过了几天，就塌了一半。

"你就像那个沙雕。"

"你怎么骂人呢？"

"呵呵，你真是个沙雕。"第三声。

"你才沙雕！你全……"一想起言泠是个孤儿，西关愤恨地说，"你全身上下都是沙雕！"

吵了一会儿，两个人耷拉着脑袋，嗯，我们现在都是沙雕。

两兄弟一直想着韩舍的好自为之无外乎两点——扣工资和甩脸色，但目前都没有，韩舍仍一如往常地对待他们。

蓝星河第二天才恢复过来，西关很好心地不让她动："你好好休息，多巩固一下毒素，啊呸，巩固一下身体！"

"没事。"蓝星河背上背包，将口巾和帽子戴好，准备和西关一起出发。

他们探测的范围依旧是固定的，但今天的行程是一整天，早上出发，傍晚回归。

蓝星河和西关一组，往另外的方向探去，一路上西关都很照顾她。

蓝星河倒没表现出什么来，她一向如此。

他们一天下来没什么收获，却在往回走的路上发生了意外。

在他们离营地还剩四五公里时，西关走在蓝星河的前头。突然，他的身体倾斜，像失重一般。

蓝星河在看到他的双脚都陷入沙地里时，快速后退几步。

西关经验丰富，当脚下陷时就已将背包取下来，身体向后倾斜让四肢尽量分开，随后躺在沙面上，以此来保持力量均匀分布。

他一点都不慌乱，也不急躁，流沙一点一点没过他的膝盖，就再也没有动了。

“星河，扔条绳子给我。”

西关是后脑勺对着蓝星河，蓝星河闻言绕过那片沙地到了前方，然后继续往前走。

“星……星河？蓝星河！喂！妹妹你去哪儿？！蓝星河！蓝同学！蓝老大！姑奶奶！妈！”

西关犹如晴天霹雳，他终于深刻地体会到韩舍的那句警示之言，这就是好自为之啊！

蓝星河到底不是一个心胸宽阔的姑娘，信奉人生宗旨：有怨报怨，有德凭心情。

晚上，饭刚上桌，言泠远远看见一个光影往这边狂奔，正是西关亮着的手电筒。那流沙并不怎么危险，没到膝盖不见动了以后，西关的动作极其轻缓，耗着时间一点一点自救出来。因为是躺着挪动位置，他跟仰泳了两个小时一样累。

西关一到安全地带，撒腿就跑，边跑边喊：“老板！救命啊！杀人啦！”

西关硬是憋着委屈没敢告状，只跟言泠说了这件事。言泠听完汗毛都竖了起来，妈呀，对付西关的手段都如此惨烈，那要是自己……“细思极恐”。

第二天吃早饭时，言泠给蓝星河多煎了两个鸡蛋。

蓝星河盯着眼前的三个荷包蛋说：“都给我？”

“是的。”言泠弯腰做了个“请”的手势。

蓝星河看着他，眨了两下眼睛：“那口锅还要我赔你吗？”

“祖宗给我托梦了，说锅坏得好。”他保持着“请”的手势。

“那扯清了？”

“您说了算。”他再次弯腰。

西关做了一晚的噩梦，醒来后顶着个鸡窝头愤恨地看着毫无下限的言泠，不要脸。

今天是四个人同行，顶着烈日休息时，他们撕着干馕卷辣牛肉干吃，蓝星河吃不了辣，就卷着榨菜吃。

言泠吃的时候被噎着了，问韩舍要水。

韩舍轻飘飘地看他一眼："唾液咽一下就行了，要什么水？"

随后他拧开一瓶水递给蓝星河，语气温和："喝点水，别噎着。"

蓝星河明白韩舍的意思，喝了水以后对韩舍说："放心，我没有想要为难他。"

聪明人之间的对弈两头猪永远也不懂，只配躲在一旁抱头安慰。

韩舍说："他们虽然智商不高，但人心不差，过敏的事情已经让他们长记性了。嗯……星河，西关要是真出了意外……"

"他不会出意外的。"

"嗯？"

"我把他脑袋往里按才会出意外。"

韩舍："……"

女大十八坏啊！

蓝星河也没有真的那么狠心，西关脚下的流沙跟自己那日遇见的完全不一样，再加上他熟练的操作，想要脱离只是时间问题。

蓝星河还在沙丘后面盯着看了好一会儿，确保不会威胁到他的生命才离开。

只不过自此事过后，西关和言泠咬死都不愿意和蓝星河组队了。

此时言泠对所划分的区域都已经探过路了，开会的时候提出一个问题："目前我们一直没有发现陨石坠落的踪迹，除了天文台那些人找到的碎片。所以我们是否需要再扩大一点范围？"

韩舍边思考边问："中途有发现其他人的痕迹吗？"

西关知道他是在说谁，摇摇头回答："没有。"

"如果我们扩大范围，一周内能结束吗？"

言泠看了看地图，抬起头说："可以，但这需要我们离开营地，徒步进入。这样就得有一个人留下来守着车辆和物资，做后援储备。"

蓝星河就坐在远一些的地方，听不见他们讨论的内容，但可以感受到他们看过来的目光。

"西关你留下，她跟我们走。"

对于韩舍的决定，西关只想了两秒，当即点头："好的。"

言泠也明白其中的深意，他看向那个一无所知的人，心中喟叹，这是怕她留下会遇到危险啊。如果能在他身侧，还有命帮她搏，而看不到的地方，才是真正危险的地方。

5

韩舍心里明白，那些人一定会跟上他的脚步，露出痕迹的。

他要做的，就是耐心等待。

整理好个人行囊后，他看了看在做检查的蓝星河。即使知道说了也是白说，但他还是走过去问她："能开车找回去大本营的路吗？"

蓝星河头都没抬，当即回道："找不到。"

看吧，她肯定是不会走的。

韩舍在口袋里掏了掏，拉了一下她的胳膊。蓝星河不客气地甩开，只听见沉沉的一句："别动。"

她这才起身回头，韩舍直接把手上的东西套到她的脖子上。

那是一个老旧的六五式军用罗盘，也就是指北针。

蓝星河摸着铸铝合金的外壳，没有什么手感，想来是用的时间久了，有肉眼可见的划痕横在了绿色翻盖上。这个指北针高精度且多功能，是专业野外工作者的刚需装备。

"老规矩。"韩舍再次跟她强调，"永远相信你的指南针，而不是自身的感觉。哨子吹三次以上意为求救，急救药包绝不能丢，水更重要。"

韩舍有些无奈，抬手就想戳她的脑袋："还有，远离野生动物，它们是不会跟人类做朋友的，尤其是带幼崽的。”

“我知道了。”

见蓝星河乖乖答应，韩舍微微有些动容。这丫头，永远是答应得爽快，事后麻烦。

三个人就此与西关分开，徒步进入沙漠更深处。

蓝星河的体力不如男生，落后了一些，但她也没想要休息，而是鼓起劲跟上。在沙漠里徒步行走十分吃力，到达身体极限时，双脚重如千斤，双膝发软，头晕目眩。

三个人的吃食都是压缩饼干和干馕，就着清水就算是一顿饭了。晚饭的时候吃了点肉，是言泠带的牛肉罐头，说是进口的。

言泠把蓝星河的罐头特地放在沙子中热了热，又加了点胡萝卜和白洋葱碎末，大大地减少了膻味。然后他殷勤地递给蓝星河：“请！”

蓝星河接过，盯了三秒：“多少钱？”

言泠哎呀一声：“好端端的谈钱多伤感情……要不给我也加个零？”

韩舍正舀着罐头，咳嗽了一声，顺手抓了把沙子，言泠吓得抱头就跑。“电灯泡”离开后，他们沉默了半晌。韩舍突然低头说了一句：“在这里不管遇到什么事都别慌也别怕，按我的指令行事。”

蓝星河嗯了一声，服从领队这是出野外工作必须遵守的铁律。

那天晚上他们到达了所需前往的地点，搭建好帐篷后，言泠用自带的小煤气罐给大家做了夜宵，一锅热腾腾的部队火锅。因食材缺失就做的简易版，但里头的芝士香浓软糯，倒是极其美味。厨子到哪儿都是厨子，永远在吃的上面讲究得很。

星空之下，满目明亮。

蓝星河吃着面条，沉浸在香气中。韩舍和言泠聊着以前的一些事情，中途狂笑不止。她乖乖听着，瞧着火光下韩舍俊朗的脸庞，那是从未有过的心安。

都说四方食事，不过一碗人间烟火。可是没有身边的人，哪能叫烟火，无非是过活罢了。

蓝星河今晚很满足，吃完东西后便进了帐篷休息。她基本没怎么睡好，好几日的奔波劳碌让她流了很多汗，因为条件有限又无法洗澡，虽然简单地擦过身体了，但还是觉得黏黏的。她翻来覆去好不容易才有了点睡意，却又被一阵窸窸窣窣的声音吵醒。

估计是四五点钟的样子，天还没亮。蓝星河刚坐起来，韩舍就进了帐篷，带着一股强烈的清冷之气。

“待在里面别出来，也别出声，西关给你的刀在身上吗？”

蓝星河一开始还没反应过来，点头的时候，韩舍快速拍了拍她的脑袋：“乖，等我。”说完他又快速地钻出去。

蓝星河在帐篷里听着逐渐远去的脚步声音，还有言泠和韩舍的简要对话——

“如果对方人多，我们可能不是对手。”

“我有办法。”

“要通知西关吗？”

“别，暴露位置。”

6

韩舍和言泠藏身在隐蔽的沙丘处，发现今日这群外国人当中有一个面生的。他围着褐色魔术巾，鸭舌帽压得很低，宽大的墨镜遮住了唯一辨识。哪怕看不清他的样貌，从身型来看，此人也是第一次见。

他们一行有三个人，言泠拳脚功夫不行。就在韩舍思考时，他突然瞥见那个人在整理魔术巾，耳郭下方有醒目的倒三角文身。

韩舍一瞬间气血上涌，怒不可遏，当即拔了刀飞速奔去。

言泠显然没有想到韩舍在没有给他任何下指令就会行动。他俯身躲在原地，冲也不是，站也不是。他清楚自己是个半吊子，怕忙没帮上倒是会给老板拖后腿。但看韩舍如此激愤，他咬咬牙还是冲了上去。

韩舍的目标很明确，就是全副武装的那个人。即便他在没有防备的情况下被韩舍扑倒了，但很快他就翻身防守，一看就是个精明的练家子。所有人齐喊一声“Boss（老板）”，韩舍就知道自己没找错人。

多年的悲痛积压在心头，韩舍几乎是红了眼，扑上去便是一番打斗。

韩舍不想伤他，刀锋多次面对要害都没有下得去手。对方钻了空子，落败的局势逐渐扭转。另一边则很没有悬念，言冷被人狂揍，他极力想接个三五招，奈何现实太骨感了。

天边泛起鱼肚白，韩舍紧握匕首，死死地抵在那个人的喉咙上。他想扯开这个外国人的面巾，却被紧紧遏制住手腕，索性加大了控制匕首的力度。

有那么一秒钟，韩舍想要了这个人的命。但理智和尊严时刻在提醒他，这不是个好结局。

韩舍拖着此人往后，言冷连滚带爬地跟过去，另外两个人不敢动，用英文咒骂着。

一直未开口说话的男人在韩舍的威胁下轻笑出声，轻蔑地吐出一句：“你姓韩吧？”

韩舍手一紧：“我就知道是你。”

“So（所以）？”那个人改用中文回答，字正腔圆，“想要我的命？”

韩舍咬牙，狠狠地道：“你说呢？”

那个人笑声不止，丝毫不为眼前的威胁所迫，面巾差不多遮住了他的五官，光从声音来判断，年龄在四十岁左右。韩舍知道自己想带这个人走十分困难，就在言冷放了信号弹以后，一个熟悉的身影出现在面前。

蓝星河慢慢地踱步向前，韩舍浑身紧绷，浓黑的眉毛拧在一起。

另有一个外国人控制着蓝星河，说话简明扼要：“放人。”

“不能放！”说话的竟然是言冷，他满头大汗，捂着腹部焦灼得口不择言，冲着韩舍喊，“老大你不能放！不行你杀了他！我替你去坐牢！别放！”

蓝星河始终沉默着，她所面对的威胁对于韩舍的抉择来说，一定是痛苦的。而自己苦苦寻求的说法，也许更是韩舍舍命也要坚守住的诺言。

她从未想过要成为韩舍的任何羁绊，除了爱情。

“我没事。”蓝星河毫不畏惧。

韩舍远远地看着她，手竟有些颤抖。言泠还在怒吼，身边的男人在笑，众人的目光皆带戏谑，他终是败下阵来。

“我叫 King。”

被韩舍所控制的男人突然自我介绍起来，他的语气很轻松，像是聊天一样说起了这次火流星事件。King 微微抬起下巴示意右前方的沙地，四周明显高出不少，圈成了一个圆，中心有塌陷过的痕迹，直径约有一百多米。

“那里就是陨石的坠落地点，不过很可惜，它已经被埋没在了深处。或许等个几百年，它又出来了呢。”

King绝不是单纯地想分享猎陨结果，紧接着又说：“韩舍，你是想找陨石，还是想找我呢？没关系的，失去了这次机会，我们很快还会再见。”

看来他是算准了韩舍会退让。

“言泠，带她走。”

韩舍看了一眼言泠，言泠很不甘，但他读懂了韩舍的意思——前往安全阵营。

言泠只能按命令行事，他走到蓝星河面前，众人没有阻拦，任凭其带人离开。

言泠带着蓝星河头也不回地往前走，他们快速穿过沙丘，远远地看见两辆车驶来。

蓝星河和言泠都没有说话，言泠心里憋着火气，狠狠地用手挥了挥空中的沙尘。等车子驶近，蓝星河才终于看清来人。

林小源和镇长从车上下来，言泠一点也不惊讶，指了指事发地：“老板找到那个人了。”

镇长手握卫星电话，看了看，没有信号。林小源正要问韩舍，就看见了沙丘后的人影。他连忙挥手：“韩队！这里！”

韩舍是独自一人，他跑得很快，过来时蓝星河还能看到从他的鬓角滚落下来的汗珠。

胸口像堵着一块大石头，让她很难受。

“言泠上车！从两边包抄！”

韩舍快速开门上车，言泠则上了另一辆车。车轮扬起滚滚黄沙，在地上碾出几道深深的印子。

林小源叫了两遍蓝星河的名字，她才回过神来，凝眉道：“能追上吗？”

韩舍并没有追上那些人，他们明显留有后路。

林小源的驻扎地是韩舍留有的安全营，大家分散着坐在四处，沉浸在某种忧虑之中。西关是两个小时后赶过来集合的，眉骨上有伤，说是那群外国人把他给揍了一顿。

这是赤裸裸的挑衅，大家本来就有气，看到西关倒霉的样子，更是气到没话了。

韩舍和镇长在一旁说话，蓝星河的目光从未离开。他微微低着头，踢着脚下的沙坑。他才是最失望和心痛的那一个。

蓝星河想到两个人分手时他也是这副模样，即便过去这么多年，都难以释怀。她收回目光，细细地想着。

韩舍从一开始就在借用天文台猎陨来掩盖自己的某些行为，与其说是找人，倒不如说是翻旧账。镇长是公家人，很明显是在帮韩舍，那么这个旧账也许是旧案。而涉及韩舍的旧案，只有一个人。

西关一边靠在车旁对着倒车镜处理脸上的伤口，一边愤怒地咒骂着：“这帮孙子不知道打人不打脸的吗？别让我逮着，一个个往你们脸上抽……”

“那个人是不是很重要？”

身后突然响起蓝星河的声音，吓了西关一跳。

蓝星河盯着西关的眼睛，说出一个人的名字：“韩思忠。”

西关的瞳孔一缩，咽了口口水：“你……你知道了？”

“是的。”蓝星河面不改色，快速说道，“镇长跟我说已经在各路设了关卡，我们一定能抓住他们的。”

“但愿吧。”西关叹了口气，靠着车门跟蓝星河倾诉，“你是不知道我们老大有多苦，他去了很多地方找当年逃跑的那个人。虽然杀害韩叔叔的团伙被抓住了，但罪魁祸首其实另有其人。他们是一个组织，据目前查到的可靠消息，要辨识领头人是有一个图腾的。”

蓝星河的目光一暗：“什么图腾？”

“一个倒三角，像是某种爬行动物纠缠在一起……”

西关还在找动物形容，蓝星河早已热血沸腾。她红着眼睛转身离去，一步一步都像踩在刀刃上。

7

所有人都回到了十里镇大本营，镇长暂未收到拦截到人的消息。直到最后一个人来报消息时，无意中说了一句：“估计他们已经往北逃了。”

镇长说：“为什么？”

“你们不知道吗？阿苏里出现了火流星啊！”

韩舍这才反应过来为什么 King 会说再见，他已经很明确地告知了方向。

他再次确认：“什么时候发生的？”

“就在你们进沙漠的第三天。”

那这个消息已经传出去好几天了，想必很多人都已经赶到了落陨地点。

韩舍当即起身，对言泠和西关说：“走，整理一下，我们回家。”

阿苏里是西关的故乡，也是对韩舍极具意义的地方。他们快速收拾好行李，打算一早就出发。

晚上，蓝星河敲开了韩舍的门，西关和言泠都在里面各自忙碌着。

韩舍知道自己顾不上她了，而且镇长已经安排好，要送蓝星河去探测站跟刘教授和李君泽会合。他看着蓝星河日渐消瘦的脸庞，心里很不是滋味，说话的声音也特别柔和：“照顾好自己。”

蓝星河在他转身时拉住他的衣角，眼里泛着水光：“带我去。”

韩舍怎么可能带她去，任凭她怎么撒娇怎么哀求都没用。所以蓝星河才想了这个办法，带着沉重的威胁性。

她抬头望着眼前的人，咽了口口水："我知道King长什么样，你带我去，我就给你画出来。"

此话如一记重弹，房间里的几个人震惊得都说不出话来。

韩舍更是难以置信地看着她，蓝星河再一次说道："我见过他，我知道他长什么样。"

西关和言泠回过神来，从韩舍的桌子上拿过笔和本子递到蓝星河面前。西关急坏了："你知道不早说！赶紧画！"

言泠把笔硬塞到她的手中："快点！"

蓝星河没有动，她依旧看着韩舍，心像是被刀子剜一般。

"我说了……带我去……就画。"

她这是踩在韩舍的心上啊。

韩舍的情绪十分激动，却还是有些不敢相信："你知道？你什么时候见到过？"

"就在我独自开车去找你们的时候，我遇到过他们。"蓝星河指了指左边耳郭，"就在这儿，倒三角的文身。"

韩舍陡然握紧她的手腕："画。"

蓝星河咬咬牙："我说……"

"我叫你画！"韩舍大吼，一双眼睛通红，死死地盯着蓝星河。也许是被他突如其来的火气给吓住了，蓝星河缩了缩脖子，泪水再也忍不住地往下掉落。可就算这样，她也还是咬紧牙关，坚决不动手。

西关和言泠都没想到蓝星河的性子如此坚硬，两个人对视几眼，西关为了大局考虑，劝道："要不就把她带上吧。但是星河，你得保证一到那儿就把King给画出来。"

蓝星河缓缓点头，韩舍的喉结滚了滚，突然发出一声轻笑："你爱画不画。"

蓝星河心里"咯噔"一下，西关都急坏了："把她带上吧！"

"不、带。"

韩舍的决定不容置疑，几个人一时之间无言。他松开蓝星河的手腕，也不再看她，只是淡淡地说了一句："请回。"

西关和言冷极其懊恼，双双挠头，继续收拾东西，用拳头打，用脚踹，把气都撒到物品上。

韩舍要关门时被蓝星河挡住，她还带着哭腔，不死心地问："为什么？为什么不能带上我？

"为什么……"

韩舍看她哭红了眼，就知道她拿这件事来威胁他是下了多大的狠心。

"我为什么不带上你，你不是知道吗？"韩舍没有回避内心的炙热，一字一字剖开真心，"因为我爱你，我要你平平安安；因为我爱你，我更害怕自己保护不了你，一点半点的失误都不可以。"

蓝星河的双手在颤抖，她艰难地挪动脚步，缓缓投入他的怀抱。

韩舍的泪水落在她的黑发里，只听怀中人哽咽着说道："那你知道我为什么不给你画吗？你的回答，就是我的答案。"

你如此爱我，我也深深地爱着你。

蓝星河在下决心之前给郝一舟打了个电话，她本想问些关于韩思忠的事情，但说到最后，觉得再论什么都是无力的。

郝一舟欲言又止，韩舍是他最好的朋友，韩舍做的所有决定他都是无条件支持的。

哪怕要他生生撕扯掉自己身上的肉。

蓝星河之于他，早已融入骨血。

郝一舟还是决定告诉蓝星河："韩舍绝对不是因为叔叔的意外而跟你分手，是你的妈妈拿了你来做赌注，韩舍才被迫放弃你。"

本是两向物，何必求一生。

蓝星河觉得自己日日活在苦痛之中，可韩舍才是那个真正求而不得的人。

她紧紧抱住韩舍，立下誓言："让我跟你走，往事种种，一笔勾销。等圆了你的心事，我一定不再纠缠你。"

第九章

唯一值得

书上说，当你独自穿过了暴风雨，
就不再是原来那个人了。
可我一次又一次前进，还是无法舍弃你。

1

赵文君是第一个知道蓝星河心意的人，她并不是不赞成，而是看不透韩舍。

当年蓝星河和少年班的同学方智慧打架的事情闹了一阵，她问赵文君：“你要告诉爸爸吗？”

赵文君笑笑：“当然不会。”

当时蓝星河除了膝盖磕破了皮，其他都无碍。本着友好解决事情的态度，赵文君想跟方智慧去道个歉。谁知道第二天，学校就因为接到大量举报信息而将其开除了。听说举报方智慧的都是她平时玩得最好的姐妹们，诉其私生活十分混乱。

蓝星河看着那些女孩脸上笑容灿烂，特别和蔼可亲地跟自己打招呼，还冲赵文君喊“阿姨好”，她连正眼都没给一个。以往方智慧刁难她时，这些人可没少捅刀子。

赵文君回沪城那天，拉着女儿的手说：“这个世上的人形色不一，妈妈从不愿你能八面玲珑，面面俱到。但是小风，有一种人会让你推翻对人生的认知，让你尝尽甜蜜与酸楚，更会让你困于一方天地而无法与自己和解，这样子……你不怕吗？”

蓝星河看着温柔的妈妈，心中了然。她的问题也相当于答案：“我可以喜欢别人吗？”

赵文君满目慈爱：“妈妈就问你，不怕吗？”

“不怕。”

韩舍和郝一舟一起去送的赵文君，两个少年都没怎么说话。赵文君虽然看着年轻，但毕竟是长辈，再加上她与生俱来的那种温柔的威严，他们都不敢造次。

“韩舍，我总觉得在哪儿见过你。”这是赵文君临走前跟他说的一句话。

当时韩舍只是笑笑。

事后郝一舟还疑惑地挠头：“什么意思？”

韩舍一歪脑袋，眨了眨眼："我这该死的帅气啊。"

"脸是个好东西……"

说说闹闹，玩玩笑笑，时间一晃而过。蓝星河读大二了，基本上已经适应了Q大的生活环境。与其说是她适应，倒不如说是周边的人适应了她。

同学们依旧不冷不热地和她打招呼，除了必要的学业交流，大家私下与她没有往来。

蓝星河加入了一些社团，这倒是让人很惊讶，有高数、天文学、跆拳道，还有一个信息安全。她的交流圈子在不断扩大，然而还是一个朋友都没有。

韩舍在天文学的课堂上看到她时，小姑娘正趴在桌子上睡得很沉，她估计早早就来占位子了。

韩舍没有跟她坐在一起，因为有个男生抢在他之前坐了过去，拿了几本书，挡住了她的脑袋。整整一节课，她都没有挪动一下。

韩舍就在她的左后方坐着，只要微微抬头就能看到那张惹人心疼的小脸。

只有在沉睡时，她才能收起防御的刺。

韩舍本来握着笔在写字，余光看到坐在蓝星河身旁的男同学又有了小动作。他伸手将她鼻翼上的碎发拿开，几乎是同一瞬间，韩舍的笔尖"咔嚓"一声断了。

蓝星河吃饭时也有些心不在焉，韩舍问了她一句："最近很忙吗？"

"马上就是寒假了。"

蓝星河的回答很模糊，是因为寒假让人忙？她看起来确实有些急躁。韩舍不是那种一探到底的性子，见她快速吃着饭像在赶时间，也就没再问了。

晚上玩游戏时，韩舍的队友小风也在。

小风发来消息：我就休息二十分钟。

小房子问：忙什么？

小风：没什么，做题。

游戏很快结束，小房子一窝端的"斩杀"技术依旧那么风骚。

小房子说：还有八分钟，你可以多休息休息。

韩舍很清楚，他所在的社团蓝星河都参加了，唯独信息安全社。

寒假时，蓝星河没有跟韩舍和郝一舟回沪城，而是跟着社团去参加比赛了。

郝一舟就像是发现了新大陆一样瞪大眼睛：“什么？她去参加 CTF（夺旗赛）比赛？智商 140 的人就是不一样啊。”

韩舍没有说话，全身心看着手机。

郝一舟挤过来，硬要跟他聊天：“你怎么不去参加？走别人的路让别人无路可走，这不是你一贯的做人宗旨吗？”

凭韩舍的技术确实轮不到他们，但有蓝星河在，他可不想技压一头。

“你说蓝星河什么时候对这种比赛感兴趣了？”

“不知道。”

“你明明就知道，却不肯告诉我！”

韩舍被他缠得受不了，把手机放下，神情冷漠：“滚！”

郝一舟咽了口口水，不好，眼前的人好像有点生气。

韩舍确实是生气了，他不再理会郝一舟，后来索性将手机关机，谁都不理。

2

蓝星河所参加的 CTF，英文全称“Capture The Flag”，中文翻译是“夺旗赛”，在信息安全领域中指的是网络安全技术人员之间进行技术竞技的一种比赛形式。

CTF 网络安全大赛一般分为两种模式，解题模式和攻防模式。比赛过程十分接近真实世界的网络环境，其意义就在于提升攻击技术和防御本领，守卫真实世界的网络安全。

蓝星河的出发点似乎不在这里，她所在的 Q 大战队在国内 CTF 排名中只在前五十名出现过，但听说 Q 大有位大神，学校怎么邀请都不来，说是抛头露面的事不爱干。

队长和队友们都极度渴望荣誉，蓝星河加入的时候，大家天天跺脚喊口号。

队长叫司歌，人不丑，脑子也挺灵活，就是情绪过于高涨。第一次见到蓝星河的时候，他握紧拳头给自己打气："星河，欢迎你加入神仙战队。来，跟我一起喊神仙神仙，勇往直前……"

蓝星河淡淡地看他一眼，吐出一句："白痴。"

司歌："啊？"

蓝星河和司歌提了一些要求，后来就加入了神仙战队，代号 Wind。

CTF 的训练是枯燥的，神仙战队除了指导老师，有六名队员。蓝星河作为唯一一位女性且年龄较小，却从不抱怨，其他人为此没少挨骂。

队里曾有男生不服蓝星河，公开挑战，后来被姑娘惊人的手速和反应碾压，一连好几个月都给她端茶送水。大家想跟她多接触，但人家高冷的神情已经说明——你们不配。

司歌还是挺护着蓝星河的，大家每次聊天说污段子、抽烟、喝酒、骂脏话，都会被他给拦截。他还"啧啧"不平："人家还是个半大的孩子！一个个都给我注意点形象！"

司歌发现蓝星河特别喜欢去上天文学的课，多次跟在她身后。直到发现了韩舍的存在，他才隐约觉得有哪里不对劲。

韩舍和司歌是同一年级的，年龄又一样大，互看那肯定是不顺眼的。

司歌又一次抢在韩舍之前坐在了蓝星河的旁边，还给了她一个黄澄澄的大橘子。蓝星河之前是从来不接旁人的吃食的，可这次她收下了。

下午在跆拳道社时要两两分组，教练的话音才刚落，蓝星河就跑到韩舍跟前。

韩舍看着她，长发被高高束起，有点歪，同时歪的还有她的腰带。

"带子歪了。"韩舍的声音莫名低沉。

蓝星河弄了一下，垂下的眸子里带着一丝明亮。她突然又解开，然后反着扎上。

“错了。”

韩舍果然忍不住开口，指着带子说要正过来，蓝星河面上一副无辜又无知的表情，抬起头来。

韩舍叹气，只能上手帮她重新弄。

两个人靠得很近，蓝星河又嗅到了好闻的果香。他身形高大，像山一样稳，那种安全感不言而喻。她只想时间停留在这一刻，停在他的指尖。

韩舍觉得蓝星河长高了许多，以前才到他的胸前，现在已经到了肩头。

他抓着她的胳膊的时候，就觉得小姑娘长成了大姑娘。蓝星河只是轻轻靠近他的后背，韩舍就像被电给击中了一样，只觉得浑身难受。

他一个过肩摔就将蓝星河撂倒了。

蓝星河觉得屁股好疼，坐在地上抬起头看向他，一脸的委屈。

“对……对不起。”肢体比脑子的速度还快，韩舍单膝跪下的时候将手放在她的腰间，“是这儿疼吗？对不起啊。”

即便是长成了大姑娘，但身子还是那么轻，他下手确实有些重了。

韩舍有些懊恼，不断地道歉：“小风，对不起。”

蓝星河突然掉下一滴眼泪，这简直把他给吓坏了，单膝跪地变成了双膝。他是真慌了，急忙问：“哪里受伤了？我现在就带你去医院好不好？你别哭……”他真的是心疼死了。

蓝星河自己站了起来，摇了摇头，带着点鼻音说：“没关系的，我能坚持。你渴不渴？我特地拿了一个大橘子给你，吃完了继续摔。”

韩舍那颗疼死的心直接碎了。

韩舍几乎天天去找她，再不像之前那样刻意躲闪。天文学课上，他毫不客气地将书摔到桌上，看也没看一旁神色诧异的司歌，冷冷地说道：“从今往后这里就是我的位子。”

而对于蓝星河去信息安全社的事情，他也再没有过问。

她日复一日地训练，韩舍是知道的，所以到寒假比赛时，他也没有去打扰。只不过一想到司歌总在她身边，他心里就有些不舒坦。

蓝星河参加的那场比赛是国内赛事，奖项很多，来自全国各地的相关机构、高校、个人团体的战队高达一千多个。这场比赛耗时近三个月，从寒假到开春，蓝星河一天天地熬着。

蓝星河简直就是CTF的一匹黑马，以雷厉风行之姿在圈内留下名号。到最后总决赛的时候，她的代号在个人榜上居高不下。

按理来说，有这样惊人的成绩应该高兴才对，但蓝星河却有些暴躁。

总决赛的参赛人数规定是三个人，司歌带着蓝星河还有另一个男生。在跟敌方对手面对面坐的时候，他主动笑了笑，可对方队伍里却有个人很不屑地翻了个白眼。

总决赛现场有网络直播，还有巨大的显示屏，韩舍窝在书房里看着电脑，只见镜头突然对准了蓝星河——因为她对着刚才那个翻白眼的男生突然竖起了拇指，继而又往下倒。

现场一片躁动，就连解说员都在频繁念出神仙战队里的wind的名字。

“简直就是龙卷风啊！”

“暴躁又狂野！”

凡是这个圈内的人都懂，能进入决赛圈的都是顶级战队，而顶级的又属于神仙打架。Q大的战队用了神仙的名字，再加上还有个傲娇的宝藏女孩，真的是太高调了。

两分钟还不到，蓝星河的信息资料就在圈内火速爆开。

韩舍手撑着脑袋，低头笑了笑。他这个小姑娘啊，果真是长大了。

3

又过了几个月，大二学期结束了。暑假待在家的时候，韩舍在爸爸韩思忠的远程逼迫下去天文馆做了志愿者，给前来参观的小学生进行科普讲解。

他戴着工作牌站在展区内，面对一拨又一拨的孩子，重复笑着说：“同学们好呀，欢迎来到陨石科普展……同学们真可爱，同学们真棒，同学们太棒了。”

画风一转，他“咚咕咚”地喝着水，擦了擦嘴角后吐出一句：“一群熊孩子。”

韩舍不喜欢小孩子，他童年时期的小伙伴个个顽皮，哪个惹了祸都来找韩舍兜尾，要不然就哭爹喊娘地让他顶包。这全是因为韩舍没娘，爹又长年在外，有和没有一个样，倒也无所谓。

韩思忠难得去开一次家长会，最后还迟到，气喘吁吁地找到韩舍的教室后，语气还特别凶：“你怎么换了学校啊？不是三中吗？怎么跑到二中了？”

韩舍幽幽地看他一眼，说：“爸，那是三小，我今年都读初一下学期了，您知道吗？”

韩思忠其实也是经常联系儿子的，只要有什么文件要编写、递交、跑章子，一个电话韩舍就得立马动身。要是不给父亲办好事情，那他的生活费可就不好说了。

韩舍由衷地跟亲爹诉说：“您真的应该富养我，万一将来我受不住外面的花花世界和有钱人家小姐姐的诱惑，那可就糟糕了。”

“清醒点吧。”韩思忠说，“你都长成这样了，有哪个小姐姐会喜欢你？”

从幼儿园起就一直霸榜校草位置的高颜值帅哥，在父亲眼里就是负值，还嫌弃得不行。

小小的韩舍被迫扛起了大人的重责。

少年时期的韩舍其实也会犯错，跟同学发生口角，最后动手。

老师没办法解决，对方家长就直接给韩思忠打电话：“你家孩子对我们家孩子……呜啦呜啦。”

韩思忠太忙了，只说：“您说了算。”

对方家长心里那个气呀：“你怎么能这样子呢？他不是你儿子吗？你是不是不打算要了？”

韩思忠终于沉默了，半晌来了句反问：“您要不要？他跑腿快，还好养活，现在生活也能自理，省一省花不了几个钱……”

对方家长果断挂断电话，看着少年，眼里满是同情：“韩舍是吧，走，上我家吃饭去。”

就在这样没娘也没爹管教的环境下，韩舍的三观竟然没有歪，四四方方立在那儿，还尊老爱幼，成绩优异，是个不可多得的优秀的“留守儿童”。

回忆想多了就都是坚强。

韩舍继续认真地工作，跟新来的孩子们讲解：“陨石大多来自火星和木星之间的小行星带，少量来自火星和月球的表面。同学们，我们来看这张图，哪个是火星，哪个是木星……”

韩舍立身于巨大的星空展示图旁，听着闹哄哄的孩子们踊跃发言。好几次他的脸都被举起的手给戳到。

指定的工作完成后，韩舍终于能松口气，换好衣服往外走，就看到了等候已久的蓝星河。

天很热，她把头发盘成个丸子，露出嫩白的脖颈。她穿了件白T恤，配上淡粉色的百褶裙，那双细长笔直的腿就是元气美少女的代表性标签。

韩舍佯装在锁手机屏幕，其实屏幕早就黑了。他摁亮又关上，这才抬起头来。

蓝星河是拖着一个行李箱来的，离得近了才发现她的额头上冒出汗珠，脸颊热得绯红。她先开的口：“老师说你在这儿。”

郝一舟曾多次让她改口叫名字，可蓝星河就是不肯。

她很认真地保持自我：“不可以乱了辈分。”转头就叫韩舍的名字。

郝一舟龇牙咧嘴地喊：“他比我还大两个月！叫他大爷！”

韩舍看她拖着一个大箱子，很好奇：“你这是要？”

蓝星河突然又不说话了，抓着箱子拉杆的手紧了紧。她看着韩舍俊朗的面庞，有些支支吾吾。

这倒不像是她的作风，韩舍似想到了什么：“你不是要离家出走吧？”

“不是。”

“那是什么？”

“有东西……给你。”

是什么东西要用大箱子拖？韩舍看她一眼，满心疑惑。

“我怕你家里没人签收，就带过来了。”蓝星河像是要脱离烫手的山芋一般，把箱子拉杆塞到韩舍手里，“你拿回去吧。”

“现在打开。”韩舍的预感从来没有出过错，他盯着蓝星河躲闪的目光，再次说道，“打开。”

蓝星河只好照做。她将箱子放倒，慢慢拉开拉链。箱子里是大大小小的纸箱子，上头贴着很多英文标签和勿摔标志，其中最熟悉的莫过于一个黑白色的望远镜小 logo（标识）了。蓝星河蹲在旁边，抬起头看向他。

想来是太阳太过热烈，韩舍只觉口干舌燥。耀眼的光圈在蓝星河的眼角散开，漂亮得一塌糊涂：“祝你生日快乐，这是迟来的礼物。”

韩舍当时就明白了，为什么 CTF 总决赛的最后，蓝星河抱着奖杯面对记者的提问：“是什么契机让你如此喜爱网络安全，是兴趣，是技能，是荣耀……”

镜头前的那张小脸显得极其无辜：“是钱。”

4

郝一舟在韩舍的书房里摸着那台架好的天文望远镜，“啧啧”惊叹：“你说这个要多少钱？”

“十六万。”

郝一舟的手一僵，不敢相信地回头，单挑右边的眉毛：“多……多少？”

韩舍望着他，有些头疼，手扶额，点了点头。

郝一舟暴怒：“凭什么啊！凭什么我过生日就给我送六块钱的小蛋糕！你过生日就加一串零！同样都是人，谁缺了胳膊还是大腿不成！”

蓝星河不是一般人，她的祖上翻到民国都是富豪，这点钱对她来说毫无压力。却也因为不是一般人，她的每一笔开支家里都是有记录的，所以她不方便从里面过账。

韩舍的生日是在寒假，早在寒假前，蓝星河就已经加入了神仙战队。她入队时就跟司歌说了，新一季的赛季奖金她要三七分。这场比赛她打了好几个月，等望远镜从国外发货又等了好几个月，这样算下来，距离韩舍的生日已经过去好久了。

郝一舟也不是傻子，抱怨完后颇有深意地看着韩舍："兄弟，每一个辜负姑娘的男人最终都是要遭雷劈的。尤其这个姑娘，还是心上人。"

旁人或许不清楚，郝一舟心里如果再没点数也就白做"电灯泡"这么久了。

韩舍也没打算瞒他什么，情绪略有些低沉："她还小。"

"我看着这心眼和脾气可一点也不小……"

韩舍本就有些烦躁，听郝一舟这样说，顿时不高兴了："你的心眼和脾气就大了？大到世界都在你的脚下！我这座小庙哪能容得下您这尊大眼佛？"他指着门口，"请吧，郝大主席！"

果然暗恋中的人都是忠言逆耳。

郝一舟拍拍他的肩："希望你抱着我哭的那天能晚一些到来。"

蓝星河送望远镜的时候，韩舍原本是拒绝的。小姑娘急得连忙翻手机，说："你是觉得便宜了吗？有个四十八万的，但是好像不发往这边……你要是不急，我去国外看看……"

哪是他急啊，急的是蓝星河。

她已经错过韩舍的生日许久了，再等几个月都要过下一个了。

连蓝星河自己都没发现，她咬着下唇，眉头微锁，一脸讨好的意味。韩舍心里明白，他要是拒绝这份礼物，无非就是把心事挑明了。但是蓝星河……

如果自己拒绝了她，她一定会难过死吧。

韩舍接过礼物的时候，蓝星河的目光比银河还要闪亮，它们一点一点在某人的心头凝聚，成为守护的强大力量。那是他的怜惜，更是爱的光芒。

都说地外天体坠落是在执行宇宙定律，各自身怀自然使命。所以他们说星星只分为两种，一种在天上，一种坠入人间落下为陨石。韩舍认为不尽然，还有第三种，在夜空闪耀且比陨石珍贵，他的心上人。

韩舍和蓝星河的情感关系只隔一层薄薄的窗户纸。

十六岁的蓝星河遇见韩舍是心动，十七岁的此刻拥有无限眷恋，憧憬着十八岁时的勇敢告白。喜欢这种东西，如同朝拜一般神圣。

女孩终究比男生要敏感、柔软，蓝星河不止一次想过自己与韩舍的差距。除了年龄无法超越，在任何方面她都愿意去改变。

她以前从不愿意跟别人来往，现在看到熟人还会主动点头打招呼，也会借笔给同学，帮同学占位子。她发现笑容可以让人更亲近，便天天对着镜子上扬嘴角。

蓝星河认定，这就是韩舍喜欢的模样。

郝一舟算是个老江湖，蓝星河和他聊天的时候曾多次佯装无意地提起男生审美的话题。恰好一个学妹路过，穿着超短裙，头发烫成大波浪，高喊："一舟哥哥！撒浪嘿哟！"同时双手举起放在头顶，做了个爱心的动作。

这个学妹性子太跳脱，倒不是真的喜欢郝一舟。郝一舟摆摆手算是打了招呼，随后看着蓝星河，突然就冒出一个想法来。

他老神在在地望天感叹："唉，这才是我们男生喜欢的类型，一定要腿长声音甜，会红脸也会撒娇……"他看向沉思的蓝星河，又道，"还得要勇敢，当机立断，先扑再说，机不可失，时不再来啊。"

5

蓝星河上大三的时候，韩舍已经开始实习了。他成绩好，又懂编程，在一家金融机构做数据分析。他同时也跟着学校导师做科研项目，郝一舟知道韩舍其实是想当老师的。

"当老师有什么好的？我三舅家妹妹的大姨夫被学生撅断手指到现在还在医院里躺着呢！"

郝一舟说这话的时候，还看了一眼专心致志喝奶茶的蓝星河。

韩舍笑道："到底是手断了还是腿断了？"

他一边说，一边捏了一下蓝星河奶茶的吸管，把那颗堵住的珍珠给弄下去。

他们有多随意，郝一舟的眼神就有多戏谑。

郝一舟故作叹息："上大学有什么用，成绩好有什么用，学数学又有什么用，最后还不是没女朋友，干了个设计。"他这是在说自己，他对设计很感兴趣，满心憧憬自己能成为大设计师。可现实就是现实，每天起来第一件事就是问候甲方爸爸全家，熬夜改图，连上厕所都全是咖啡味。

"星河，你将来打算干什么？"

面对郝一舟的提问，蓝星河这才抬起头，也不看他，就对着韩舍说："继承家产。"

韩舍点点头："抱负远大，努力加油。"

郝一舟："……"

装什么装。

那天中午说好了晚上继续聚餐的，郝一舟发了工资，嚷嚷着要带兄弟、妹妹出去见见世面。

韩舍没当回事，以为就吃个火锅再看场电影。可到了现场，看到豪华的KTV包间里摞得跟山一样的啤酒杯，他只觉得太阳穴突突地跳动。

蓝星河坐在一群大老爷们儿中间摇，一开蛊，众人惊呼："怎么又是你大！"

郝一舟跷着二郎腿，带着指点江山的飒爽："怎么样，我带的学生还可以吧……啊！疼！"

韩舍从后面揪住郝一舟的领子，不小心扯到了他乌黑的秀发，心情一下子就不美丽了。他怒嗔："天天改图头都要秃了，你能不能手下留点情啊！"

韩舍更不高兴了，指了指玩得入迷的蓝星河："你干吗把她带到这种场合来？"

"这种场合怎么了？"郝一舟手插在口袋里，洋洋自得，"我这个老师都没说什么，你又是以什么身份来管教呢？"

"你……"韩舍知道他是故意噎自己，甩手道，"我记着你了。"

韩舍往人堆里走去，蓝星河抬起头，发现郝一舟悄悄对自己比了个“OK”的手势。今天来玩的都是韩舍和郝一舟认识的同学，人是正经人，就是有些聒噪。

大家也算是一脚迈入社会的人了，对学校还是有些不舍，推杯换盏间都有些上头。

蓝星河也红了脸，起身举杯的时候被人挤了一下，脚步不稳地跌到韩舍的怀里。

韩舍拧眉，拿过她的杯子抿了一口：“不是说果汁吗？怎么有酒精味？”

“果……酒……”

郝一舟早跑得没影了。

韩舍是开车过来的，自他实习以后就没再住在学校里。韩思忠在晋城有个朋友，跟他一样常年在外工作，就把空着的房子给他住了。

韩思忠还说：“工作了，车子也得有，爸爸的宝马让你开走。”

韩思忠眼中的宝马就是停在车库里落了一层灰的三菱。

韩舍从沪城往晋城开的时候，刚遇上第一个红绿灯车子就熄了火，然后就再也打不着了。

韩舍自掏腰包把车给整修了一下，用来代步。

蓝星河坐到车上的时候还有些晕，上了后座就直接卧倒。

韩舍透过后视镜看她，问了一句：“是不是哪里难受？”

“嗯。”她软软的一声传来，然后就没说话了。

他本来是往学校开的，看蓝星河有些意识不清，便往自己的住处开去。路过一家药店，他停好车后往店里走去。

蓝星河就是在这时冒出脑袋尖的。她扒着车窗玻璃往外看，韩舍已经在结账，待他转身的时候她又火速躺下。

直至到了韩舍的住处，蓝星河还是一动没动。后车门被打开时，她听到韩舍发出一声叹息，紧接着就听到脱衣服的声音。蓝星河紧闭的眼皮一抖，这就要……开始了？

温热的外套盖在了她的腰上，韩舍手扶着门问："你在这儿休息一下，我上去给你冲药，或者你要不要……"

韩舍以为她听不见，谁知她突然坐起来，点着头说："要。"

"那……上楼去休息吧。"

蓝星河下车的时候没踩到踏板，脚一个落空险些栽了跟头。韩舍接住她的时候，手心都出汗了。因为不是装的，就更显自然。既是自然，蓝星河一咬牙，索性将额头抵在韩舍的胸口。

"怎么了？"韩舍的温柔像是投入春水中的石头，泛起涟漪。

蓝星河闭着眼睛，像是在说酒话一般："要抱……"

小女孩撒娇像猫咪一样柔弱，在心头抓呀挠的，又痒又麻。韩舍没有轻举妄动，似乎在想该怎么办。蓝星河索性搂住他的脖颈，将头靠在他的肩上，做出"我头好晕快不行了"的样子。松手是不可能的。

韩舍看她牢牢地圈着自己，只能认命地将外套系在她的腰间，遮住她那短得不能再短的小白裙。蓝星河很轻，韩舍抱在怀里几乎没有感受到什么重量。他进入电梯后按下楼层键，即便是半分钟的等待也觉得十分难熬。

韩舍没说话，蓝星河就更不能开口了。

他住的地方不大，但收拾得很整洁干净，沙发上铺着洁白的格子布，只有一个简约的抱枕。

韩舍将那个抱枕垫在蓝星河头下，说了句"你先休息"，就去厨房了。

烧水的声音传来，蓝星河睁开眼睛，看到韩舍就站在水壶前，双手环胸盯着。

水烧开后他本想撕开一包解酒剂，顿了顿，还是先去冰箱拿了蜂蜜出来。

韩舍多聪明啊，小姑娘根本就没喝醉酒，她是醉翁之意不在酒啊。

蓝星河本来想弱弱地吐出一句"喂我"，想想不妥，再装就有些过了，连自己都要恶心了。她到底低估了自己在某人心中的地位，哪怕不说喂，说个拼音首字母，某人也会心甘情愿，自入圈套啊。

"情不自禁"这种东西，发现时已然是深爱。

6

韩舍就坐在她身旁，还能闻见熟悉的果香。他低头看手机，说了一句：“好点了吧，我送你回去。”

他说着就要起身，蓝星河连忙抓住他。

韩舍跌坐在沙发上，她一个翻身又按住韩舍的肩膀，腿还压着他的大腿。

韩舍吓坏了，喉结滚了滚，体内升起一股异样的灼热。

蓝星河也跟着吞口水，结结巴巴地道：“我……好像醉了……”

对！就是醉了！蓝星河搂过他的脖子，双腿往两边挪了挪，以极其不可描述的姿势贴近韩舍。

韩舍的手紧紧捏着沙发布，声音越发低沉：“蓝星河你干什么？给我下去……我知道你没有醉，趁现在学校还没关门……”

接下来的画面让人头皮发麻。

蓝星河突然对着韩舍的唇贴上去，满目深情：“第一下，是喜欢你。”说着她又吻下去，“第二下，是希望你也能喜欢我。”她的声音太甜了，再次吻下去的时候带着些许颤音，“第三下，可不可以在一起？”

她的唇，比想象中的还要柔软。

韩舍攥紧手下的布，四肢僵硬，眼中透着她挑拨的柔情。怎么自己突然有种欲拒还迎的娇羞感？！属于成年男人的领地突然就这样被人攻占了，韩舍浑身冒汗，微微移开下巴，想躲避那红润的双唇。

“老师说，你只要亲了就会负责。”

又是一枚重弹！

“其实我已经十八岁了，只是身份证报小了。”蓝星河的语气有些急，她扳正韩舍的脸，双腿挪动了一下，身下的某人心又是一紧。

他长长地一声吁叹：“小风，你知不知道自己在干什么？”

“我知道。”蓝星河鼓起勇气，“我可以的。”

你可以什么啊，韩舍又气又心疼：“傻瓜……你是傻瓜吗？”

韩舍在她乱动以前重新调整了位置，搂着她柔软的腰陷在沙发里。蓝星河枕着他的臂膀才发现男人的胳膊有多结实，就像他的胸膛一样。

她抓着他的衣领，一点也不敢松懈。

韩舍在她的耳畔呼出阵阵热气，像雨后的太阳，灿烂无比。

“想恋爱吗？跟我。”

7

蓝星河在秋日收获了一份喜欢，她称为爱情。

在最美好的年纪，去喜欢一个人，谈一场恋爱，这是大多数普通女生的经历。蓝星河从来没有觉得，做一个普通女生会如此幸福。

国庆放假回家的时候，蓝星河就没有出过门。韩舍因为要加班留在了晋城，她只能等晚上的时候跟韩舍视频。

蓝星河的房间是典型的公主房，她举着手机给韩舍介绍：“这是衣柜，妈妈从英国订购的原木，上面有我的名字。你看。”

镜头对准着漂亮的英文，Wind。

她又走到窗边，那里挂着一串漂亮的捕梦网，在灯光的照耀下泛起了光。蓝星河离得近些，指着一颗圆润的黑色石头说：“这是黑曜石，好像是爸爸在墨西哥的朋友送的，说是可以避邪挡灾。”

最后，她在梳妆台前坐下，规规矩矩地对准镜头，笑得十分开心。

韩舍没有见过这样的笑容，他很开心，因为这样的笑容来源于自己。

结束通话后，郝一舟才凑到韩舍跟前，一脸嘲讽：“是谁张口闭口说人家还小的？禽兽啊，把人家十八岁的姑娘就这样给糟蹋了。”

“你再张嘴试试？”韩舍神情冷冷的，极其认真地说，“不要开她的玩笑。”

其实除了那晚的三个定情之吻，两个人真的什么也没有发生。心照不宣之后，韩舍连她的手指都没有碰过。要说他们的关系，是比朋友亲密，可是离情人又有距离。毕竟韩舍比她大六岁，要考虑的事情很多。

郝一舟作为好兄弟，觉得有必要提醒他一下：“我是想不明白你为什么会喜欢蓝星河。要论居家良配，她绝对不是你的首选。一个智商超前却毫无生活常识的小朋友，你跟她谈着该有多累啊。”

“你管我？”

郝一舟还不死心：“你确定要这么做？等你们的事情被蓝启明知道后，我保管你祖上所有信息都会曝光，到那时银河系都没有你的藏身之所。兄弟我可没有吓你，就问蓝家几十辆宾利拦在你面前，一群黑西装的保镖恐吓你的时候你怕不怕？”

“当然不怕了。”

“就这么值得你死心塌地？爱情这个东西啊……”

她值得，她是世间唯一的值得。

蓝星河不知道别人谈恋爱是不是跟自己一样，没有什么过多的肢体接触。但她只要一想到对方就会忍不住憧憬未来，连带着话也多了起来。

有一天，赵文君突然问她：“有没有想过未来要做什么？”

蓝星河没怎么想过。从小到大，许多事情她都是听从爸爸的安排，继承家产那是早就给她灌输好了的思想。她当时正趴在妈妈的腿上看书，想也没想就回答：“听爸爸的。”

“想去国外吗？”

蓝星河翻书的手一顿。果然，只听赵文君说：“爸爸的意思是，下学期就让你去国外读书。”

“妈妈，我不想去国外。我……”蓝星河坐起来，神色不安。她想把心中的小秘密说出来，但那是秘密啊。在这一刻，她突然有点不敢信任赵文君了。

她怕韩舍被蓝启明知道，再没有人比自己更清楚失去喜欢的东西是什么滋味了。

“我觉得Q大很好，一点也不比国外的大学差。我可以硕博连读，爸爸想要我学什么我都可以学，老师们也说我聪明，干什么都行。而且很多人都说国外并不是那么好，爸爸不也不喜欢国外的生活吗？还有他们的做事方式……”

赵文君看了她许久，女儿从来没有说过这么多话，甚至还学会了反驳。

她有恳求，有不愿，还有想挣脱束缚的急切。

母女连心，赵文君都懂，可她却未点破。

蓝星河永远也忘不了赵文君对她说的一句话：“小风，长大就意味着要学会承担，而承担，必将要先失去。”

失去的可以是其他东西，但绝不能是韩舍。

自此，蓝星河变得更加小心。她的手机、电脑，包括一些书本，抹掉了韩舍的所有信息。十八岁的少女，面对爱情如临大敌，谨慎又细致。她只想把韩舍藏起来，藏在心里。她有想过，如果韩舍被蓝启明知道后会是怎样一种结果，她又敢不敢在爸爸面前大声宣告自己的选择，保护她欢喜的梦。

一想到会有分别，她就觉得更离不开韩舍了。

蓝星河在韩舍的公司楼下等了许久，临近韩舍下班的时间才给他发了信息。

韩舍一路小跑下来，看到拐角处站着的小姑娘，当即脱下外套。

“今天风大，怎么不多穿一件衣服出来？”

蓝星河穿好他的衣服，韩舍又把衣服的帽子给她戴上，触碰到她冰冷的脸颊时好一阵心疼。他搓热手掌，也顾不得什么，给她的脸传递温暖。

“韩舍，你喜欢我吗？”蓝星河突然开口。

韩舍一愣。

不等他回话，蓝星河就牵起他的手，踮起脚吻了他。

第一下，是喜欢你。

第二下，是希望你也能喜欢我。

第三下，可不可以在一起？

蓝星河不知为何有些伤感，吻着韩舍的嘴唇说：“第四下，我们永远永远不分开，好不好？”

韩舍将她拉入怀中，紧紧的，满心疼爱。他亲了亲她的额头，有些动情，扣住她的脑袋俯身重新吻上去。

蓝星河清晰地听见韩舍跟自己保证：“好，我们永远不分开。”

第十章

神的花园

待远方的银河亮起，我就要远离四季。
脚下的路碎了一地的回忆。
人间不过三万场，场场是你。

1

蓝星河在阿苏里已经待了两天，他们住的地方靠近红叶谷，有一个叫落桑的村落。

阿苏里，也是韩思忠遇险的地方。

韩舍在这里有房子，很宽敞，因为远离都市，地处山间，房屋构造和陈设极具田园风。屋前的大院子错落有致，种满了向日葵和格桑花。后面则是一大块菜地，各类蔬菜硕果累累。

这里是有人在照料的，韩舍把房子周边的土地给了村子里的一户医生家，让他们种着生活所需的食材。房子也还算干净，三个男人打扫一下就能住了。蓝星河当时就坐在那儿，不是她不动，是韩舍不舍得她动。

言泠和西关凑在一块，没事就给蓝星河飞去几个怨恨的眼神，却都不敢大声说。

言泠用手挡住："我跟你说，她这个人太不地道了，那可是老板的仇人啊。你把钱还给她，咱们不要跟她做朋友了。"

西关犹豫了，捂住口袋，纠结地反问："米其林大厨用的那套用具不买了吗？"

"呃……这得买。"

两个墙头草飘啊飘，最后一致决定："嗯，其实朋友还是能做的。"

蓝星河的房间在韩舍的对面，是韩舍以前住的卧室。还有一间卧室是个上下铺高低床，西关还腻歪地对韩舍说："人家想住大床房嘛……"

韩舍很不耐烦地抬抬下巴："后面的马厩住不住？"

西关尴尬地敬了个军礼，他其实就想活跃一下气氛而已，不过韩舍显然不领情。

韩舍独自睡在客厅的沙发上，裹着一床毛毯，蒙头就睡。他还在生气。

那个夜晚，蓝星河在所有人都睡下后，端着一截点燃的蜡烛在韩舍的旁边坐下。她盘腿坐在地毯上，腿间搭着画本，铅笔是削好的。沙发上的人没有动静，只露出半个脑袋。蓝星河手握着笔，开始勾勒线条。

韩舍当然没有睡着，他闭着眼睛听笔尖划过纸张，发出沙沙的声响。

大概四十分钟，蓝星河停了笔，声音因倦意而变得有些沙哑："画好了。"

韩舍的心沉了沉，掀开毯子起身，烛光下的蓝星河大惊失色。

她举着画本："给你。"

那种无可奈何的委屈就算她不说，韩舍也能感觉到。他想告诉她，自己根本不是在生她的气，而是怨恨自己没有能力，还让她也陷入了困境。

一想到这儿，韩舍就不舍地迷离了。

蓝星河只感觉眼前一晃，就跌入韩舍的怀里。韩舍没有接画本，而是拉过她递来的手，微微一用力就将人带了过来。

两个人的额头紧紧地靠在一起。

韩舍的嘴唇从她的眼角、脸颊再吻到鼻翼，缓缓的，暖暖的。

"对不起。"

蓝星河听到他带着愧疚的抱歉，有种想哭的冲动。可就在韩舍要吻上她的双唇时，蓝星河躲开了。残存的理智告诉她，韩舍的温柔不能白占，占了就得卷铺盖回家。

她别过头去，宣告自己的决定："我不走，我就在这里等着你。什么时候回来，就什么时候结束。如果你不能回来，我就继续恨你……直到你安全回来为止。"

人都说一生其实很短，此前蓝星河没有概念。是在遇见韩舍以后，她才懂得一生的某种意义。他不在，时光会变得无比冗长；他在，这一分一秒都渴望过得精彩。

韩舍默许了蓝星河的要求，留她在落桑村的家中，想来之后出野外也不会带上她。

隔天中午大家吃的是盖浇饭，言泠说是韩舍自创的。韩舍亲自下厨，大家都做好了狂吃三碗的准备。

蓝星河看着米饭上盖着的菜，它其实是当地一道家常美食，类似土豆烧牛肉，也算是硬菜了。

这菜还有一个好听的名字，叫“胡尔达克”。当地人说“胡尔”一般是用于炒的意思，“达克”类似于对肉块的形容。这个名字是个统称，专门用于肉成本多的菜，肉不多的不叫这个名字。

“胡尔达克”是将牛肉、牛油、胡萝卜、洋葱、土豆切成块，加入葱姜蒜爆炒后再炖烂。盛盘的时候一定要多留汤汁，拌着米饭吃会更香。

蓝星河拿着勺子准备开动的时候，韩舍捏着一颗柠檬往她盘中滴了些许汁水，还给她倒了一杯枸杞玫瑰茶。

西关和言泠肯定没这待遇，问都不问了，只管埋头苦吃。

吃饭时，几个人也没什么话说，多少有些尴尬。

韩舍随意说道：“门口的自来水不要用，山里的温度比不了外面，洗漱就用卫生间的水。”

西关口齿不清地插了一句：“我呢？”

“你皮厚，用门口的。”

言泠刚要张嘴，听到这儿，立刻将问题给咽回去。

韩舍又说：“下午宋医生会送来一只动物，无聊了你就牵出去遛遛。”

蓝星河没有说话，只是点了点头。

韩舍欲言又止，手里的勺子在盘子里拌呀拌。刚搁下，西关和言泠已经把盘子舔了个干净，手一伸：“老板再来一碗！”

韩舍怒了，为什么这两个人总要在他烦躁的时候说话？

“手断了还是脚瘸了？”

目光转至蓝星河空了的盘子上，韩舍抿了抿唇，起身说道：“我给你盛。”

这真是尴尬中的尴尬。

2

西关和言泠化身“嘤嘤怪”去看蓝星河的宠物，到了后院一看，不禁哈哈大笑。

“还遛宠物，谁遛谁还不一定呢！”

那是一头跟人差不多高，体长约两米的巨型马鹿，长着酷似马的脸，头上却顶着一对分叉的大角，四肢健硕，浑身赤色。尤其是那双眼睛，忧郁中还带着点狂妄，更为慑人。

蓝星河倒是喜欢得很，试探性地摸了一下马鹿的脊背，问一旁的韩舍：“这是马还是鹿？”

“是鹿，雄性的马鹿有角，药材中的鹿茸便是出自它的角。”

“它有名字吗？”

“没有，它的智商比较低，还有点固执，但对主人很好。”

蓝星河疑惑道：“可我不是它的主人。”

身旁的两个电灯泡被自动忽略，青山远风之下的韩舍无比俊朗。他垂下好看的双眸：“我是它的主人，你也是。”

蓝星河获得的宠爱可以正大光明了。

韩舍在一天之内把屋子里里外外的情况都讲给蓝星河听，他明日就要出发去往火流星的坠落地点，三十公里外的胡杨林。

蓝星河也没有提出同行的要求，她不想给韩舍再增加负担了。

几个人在院子里休息时，韩舍在给几个木桩修补打结。那种结跟一般的结不一样，打上之后就很难解开，除非用利器割断。

蓝星河安静地坐在一旁盯着他的手看，韩舍察觉到以后放慢了手速。

两个人离得近，同是模样俊俏，气质非凡，衬得花花草草、莺莺燕燕，还有那两个黑狗蛋无地自容。许是劳碌前的放松，西关从旁边的草丛里揪了一根比手指稍粗的草本植物，去掉叶子留下茎干，茎干里面是空的，再用小刀挖了四个孔。

这是当地人闲来无事爱做的一种乐器，西关递给蓝星河，一脸得意扬扬：“这可是非物质文化遗产，给你三个月都不一定能吹响。等我们回来，你要能吹响我就把这个生吃了，吹不响你挨个喊我们一声大哥。”

言泠嘴里叼着一根草，蹲在旁边看热闹。

韩舍倒是停了手中的活，准备护短。

蓝星河二话没说就接过来，西关咧嘴笑道："那我们就……"

一声浑厚沉稳的"吁"发了出来。

西关嘴角抽搐，言泠嘴里含着的草也掉了。要知道当初韩舍大老板吹响这根草笛还花了一个多月时间，以此为赌注没少被西关和言泠骗钱。

西关是本地人，他知道这个东西吹响要有多难。

更别提言泠了，他至今都吹不响。

蓝星河看了看手中的草笛，口中还留有青草的味道，略带点涩味。

她一脸无辜地将草笛递给西关："吃吧。"

男子汉大丈夫能屈能伸，西关咬牙道："我就不吃！"

几个人扑哧一笑，蓝星河神清气爽，淡淡地笑道："不吃也行，我有个条件。"她的目光移至垂眸低笑的韩舍身上，"保护好他，就像保护自己的生命一样。"

这一刻，耳畔的风都消失了。

韩舍抬起头来，触碰到心上人的视线，心跳加速。

那天晚上，蓝星河入睡前，韩舍敲开了她的门。他手里拿着一些衣物，说："天气已经开始变冷了，早晚多穿点。我已经跟宋医生说了，有什么问题就去找她。不可以去山上，你就在村里活动。"

蓝星河点点头，将衣服接过去。

"还有，出了你的房间门就要把衣服穿好。"

"为什么？"

韩舍摸摸鼻翼，说道："因为我会看监控。"

"哦。"

随后两个人相对无言，也没有其他动作。

蓝星河不喜离别，因为失去过一次，她更懂得珍惜。所以她会坚守誓言，只要韩舍平安，圆了心结，她一定不会纠缠。

至于那些情分，就随意吧。

清晨的时候，山间有鸟雀鸣叫。

蓝星河失眠了一整夜，躺在床上听着屋外的动静。等到车子的声响再度远去，她才从床上爬起来，望着漏入光线的窗帘，静默许久。

客厅的桌子上摆着早餐，是炖得软糯的小米粥，还有两个水煮蛋，小菜是豆腐乳，咸甜口味。

蓝星河在桌子旁边坐下，看来韩舍知道她醒着，碗底下还压着字条，上面是他隽秀的字迹：吃完早餐再睡。

蓝星河吃完饭回了房间继续睡，这个回笼觉睡得很沉，直到听到持续性的敲门声。

来人是个年轻女孩，长得很清秀。她端着一盘冒着热气的包子，看到蓝星河的时候愣了一下，继而笑道："真是个美人胚子啊。"

蓝星河揉揉惺忪的睡眼，没想到陌生人开口的第一句话就如此热情。女孩指了指木栈道的那一头："我是宋瓷宋医生，韩舍跟你说过吧？"

原来帮忙种地的宋医生是个女的。

蓝星河点点头，哑着嗓子说了句"你好"，也没有让人进去坐的举动。

宋医生端着包子，憋住笑："这个，你端进去还是我端进去？韩舍特别喜欢吃这个包子，你也尝尝。"

蓝星河煞有介事地盯着包子看了看，问道："什么馅？"

"青椒豆腐。"

"不要。"蓝星河果断拒绝，又补充一句，"我不吃辣。"

"一点也不辣，是甜的。"

蓝星河还是不动。

宋瓷像是早料到一般，也不生气，往后退了一步："那好吧，你先休息，午饭我家烧糖醋鱼，你来吃饭吗？"

"不吃，谢谢。"客气且生疏。

宋瓷笑了笑："那好吧，有事情你就来找我，沿着木栈道走十二分钟就能看到我家。"

蓝星河目送人离去，才慢慢关上门。她抬头看了看上方的监控探头，转身回了卧室，继续睡觉。

宋瓷跟韩舍视频的时候，韩舍一脸浅笑："我说了她不会吃吧。"

"她吃的。"宋瓷一副明白的样子，"在吃味。"

韩舍的脸色微变，眉毛拧在一起："你到底是怎么说的？"

宋瓷刚要说小姑娘醋劲挺大，视频那端就挤进来一个脑袋，褐眸浓眉，还使劲挥手："阿瓷阿瓷，我大概三四天就能回去了。我昨天去你家找你，邻居说你出诊去了。"

"西关你怎么黑成这个样子了？但是很帅，我喜欢。"说完她还比了个爱心。

西关啊了一声，捂住胸口，表示爱心收到，再回了个眼神。

身旁的言冷挤不到镜头里，看到西关那副浪荡的样子冷哼了一声，决定断了他午饭的口粮。

几个人闲聊了一会儿，便关了视频。

宋瓷受韩舍所托，要对蓝星河多加关照。

临近黄昏，宋瓷给院中的草药浇水的时候看到蓝星河牵着一头马鹿从门口走过。

蓝星河穿着棉质碎花长裙，套了件鹅黄的毛衣，本来要系在锁骨间的蝴蝶结发带被绑在了头上。不知她从哪儿摘来的莲蓬，抱在怀里都快兜不住，向上托了好几下。

宋瓷就是在这时拿出手机，对着蓝星河拍了一张照片。

夕阳下的山间霞光绚丽，远峰上隐隐约约绕着白雾，路边的野花快要合上花苞。马鹿突然低头嗅了嗅蓝星河的脸颊，一切都美好得像人间天堂。

宋瓷这时突然有些明白，为什么这些年韩舍会夜以继日地寻求结果，是因为他想回家，想回到爱人的身旁。

所有人对于韩舍而言都是生命中的过客，唯独蓝星河不是。

她是归人，归于他心尖之上的本命之人。

3

因为是连续两次的火流星，其罕见度超出历年以往，阿苏里吸引了一大拨人前来。

韩舍等三人终于穿过了胡杨林，在一片戈壁上遇到了好几队来寻石头的队伍。只不过有些人寻的是从天上来的石头，有的则是在寻玉石。

男人们坐在一块，除了吹牛就是拍马，再互相分享一点烟和酒。

韩舍趁着休息时间打开手机监控，网速更新有点慢，他吃着东西喝着水，耐心地等着。画面一闪，他刚入口的饼干就喷了出来。

韩舍第一时间捂住的是手机屏幕，而不是碎了满嘴渣子的嘴。

西关永远飞在最前线，凑过脑袋来问：“什么？我也要看。”

“滚。”

“好嘞。”说完他就缩回脑袋，在韩舍把手机拿起来的时候突然又一把夺了过去。

画面里的蓝星河已经将T恤套上了，露出两条修长的腿。洗完澡太舒服了，她一时间忘了屋里子四处都有监控。韩舍看的时候她正要穿衣服，现在是已经穿上了衣服，但那两条腿依旧让人想入非非。

西关都无语了，握着手机难以置信地看着韩舍：“老板，资本家都是你这样的禽兽吗？！”

言泠探头一看，咦了一声，也用那种看禽兽的眼神看向韩舍。

“我抽你们信不信？给我！”

韩舍拿过手机以后，脸颊通红。两个线人毫不收敛地取笑自家老板，他也只好认命。没办法，自己养的人，活该受着。

西关是个话痨，爱跟人搭腔，捉弄完韩舍后就加入了身旁的聊天大军。当别人问起他们是不是也是来找玉石的时候，西关还很神秘地嘘了一声，冲他们勾勾手指。

“我其实是个赌石人，不管这天上的还是地下的，我一眼就能分辨。”

“哼。”当即就有人鄙视他，“俺可不信。”

嘲讽声一阵接一阵，这里头有个中年男人，长得贼眉鼠眼，一脸精样。他说：“地上的石头会看的人多了，天上的你也会看？”

“那可不，我还上过天呢！”

西关吹起牛来飘得东西南北都找不着。

中年男人从口袋里掏出半块手掌大的石头，递到西关眼前：“那你给我掌掌眼，我这是来自月球的陨石，你看值多少钱？”说罢还特骄傲地竖起大拇指，“我是从一帮老外那儿搞来的。”

一听老外，韩舍和言泠同时回头。

西关收到信号，咳嗽了一声，瞧不起似的说道：“老外能有什么好东西啊，你是在哪儿碰到的他们？”

中年男人真精，就暂且称呼他为阿精吧。

阿精早就察觉到眼前的三个人不像是搞玉石生意的，估摸着是来找陨石的。新闻上说这里落了火流星，可一直没人找到。他将那块石头举了举：“你看不看？”

“看。”

说话的人是韩舍，他起身往这边走来，长腿一弯，手臂搭在膝盖上蹲下来。

阿精可开心了，将石头放到韩舍的手中。韩舍放眼瞧着，石头确实很重，外观是深灰色，像鳄鱼皮一样开裂，自然没有人工痕迹。他再翻过来从底部看，内部有些深棕色的物体。

这都只是肉眼所见，事实上有些物体和陨石十分相似，就算是专业的陨石猎人也必须经过复杂的分析才能确认。

见韩舍没什么表情，也不说话，阿精凑过来补充一句：“那帮外国人可就是干这一行的，他们还有很多这种东西。”

“你哪儿来的？”韩舍问。

阿精嘻嘻笑道：“我偷的。”

西关竖起大拇指，就听阿精又说："卖给你吧兄弟，扣除成本给我两千块就成！"西关的大拇指瞬间换成食指指过去："你偷还有成本啊！"

韩舍点点头，倒是答应地爽快。

阿精喜出望外，刚把手伸出来，韩舍就说："先告诉我在哪儿碰到的人。"他给了言泠一个眼神，言泠就在包里翻钱包，他带了现金。

阿精一看到钱，手就指向戈壁旁的河道方向。他没有撒谎："山里面。"

韩舍将现金给了他，算是买了消息和那块来自月球的"陨石"。其实阿精的话有真有假，关于外国人的是真的，从外国人那儿偷"陨石"是假的。

韩舍将那块石头抛给西关，三个人往河道那边走去。

西关走在路上来回琢磨，又问了言泠，两个人都看不出是什么陨石。

韩舍回头说："别看了，不是陨石。"

"那是什么？"

"煤渣。"

西关倒吸一口凉气，撸起袖子就要往回走，言泠也气势汹汹地跟上去。

"都给我回来。"

韩舍显然不在意花两千块买了块煤渣，注意力全在眼前的河道上。他明白自己从事这个行业的特殊性，人们发现的假陨石要比真陨石多得多，根本不值得大惊小怪。而且有大量的地球物体，无论是天然的还是人造的，确实看起来很像陨石。

人们对于陨石的认知尚浅，很容易上当受骗，又或者他们明明知道那是假的，却故意让他们流向市场，鱼目混珠，以求获取更多的利益。

韩舍的目的很明确，他只是想买消息，顺道将这块顶着"陨石"外衣的煤渣给收了。

老板都不在意了，西关和言泠还能说什么。三个人将这段小插曲抛到脑后，继续向前。

韩舍提出要蹚河，到河道对面去看看。这个想法一提出来，西关就去搞了个破木筏，加了些胡杨的枯木绑上。

有当地农民会在这条河道上捕鱼，所以留下了木筏。但是经过西关的改造后，三个人还没划到对岸就翻了船。西关最先跳到一块大石头上，拉了言泠一把。韩舍自己蹬上去坐着，觉得屁股底下的石头热热的。

西关拧着衣服上的水，看着河对岸说："没关系，现在水位很浅，我们游过去就行。"

言泠看着四下的水流，还颇疾速，刚想说"站着不动会不会被冲走"，就看到韩舍突然跳下水去，扶着石头在看。

这块石头体积略大，有一米多高，宽约两米。上方略微平坦，底部有些不规整的窄，似乎是被撞击的痕迹。三个人坐在上头的时候有些拥挤，韩舍要紧紧靠着石头才不会被水流所影响，他的手还在感受石头的温度。石头整体是黑棕色，没有明显的气印，但边界格外清晰。

西关还坐在上面晃着腿说："先上来啊，水里不冷吗？"

言泠朝韩舍伸手："坐在上面看风景可美了。"

韩舍又绕着石头看了一圈，待确认以后，抬起头冲上方的两个人说："都下来吧。"他随即拍了拍石头，"你们屁股底下坐着的是陨石。"

4

这真是开了眼界。

韩舍等三人腰上系着同一根绳子，以防下水后被冲走。

言泠开始标记位置，西关则跟外面的陨石科考队联系，韩舍负责拍第一手的现场照片。

初步猜测这是一块中铁陨石，体重超过了二十吨，但还需进一步的专业测试，才能确定其类型。眼下最重要的，是将现场交给当地的科考队。

言泠悄悄问西关："我们为什么不把这个拿走？可以卖很多钱啊。"

西关努努嘴，示意韩舍的方向："先不说这块头有多大，我们光搬走就要一些时间，现在可是抓 King 的关键时刻。再者，老大找到石头永远都想着上交国家做研究，只有多余的他才会卖了给我们发工资。"

言泠“嗯嗯”直点头：“怪不得呢！我们的工资那么低！”

韩舍没心思听他们俩聊天，一心埋头做自己的事情。不只是西关、言泠，连他自己都是第一次遇上这么大的陨石。虽然现在陨石可以在市场上公开买卖，但陨石猎人和相关研究机构经常会做资源置换。

韩舍是无偿提供资源最多的一个。

天文台的刘教授其实和韩舍的爸爸韩思忠熟识，再加上韩舍积极参与单位的项目研究，所以刘教授在十里镇的时候才会和他一起做事。

等到科考队过来以后，水面上可热闹了。

韩舍跟队长一起坐在船上说：“戈壁和山林属于冷热交替地带，会加重陨石的风化。如果你们不决定将陨石运出去，那么这个保护措施可不太好做。”

“我们需要向上面递交申请，我想还是要搬离这里。知道的人越多，怕他们会过来破坏河道。”

他们聊完以后，韩舍就划着小船到了河道边，再次环顾地理环境。

后方是戈壁滩，尽头就是河道，河道过来便是高山丛林。那是野生动物保护区，当地负责人在火流星事件发生的第一时间就遣人进去探过，没发现有什么异样。

韩舍看着河道对面的高山，一直延绵到远方，横跨红叶谷，经过落桑村，也卧在他的家门口。

他突然就想起了过世多年的父亲，韩思忠常年出差在外，错过了孩子无数个美好的瞬间，却为他的工作，为国家的科研技术贡献了众多力量。

韩思忠说过，他爱天上地下、宇宙人间，也愿意为之倾尽一生，包括生命。

所以他也逼着韩舍去喜欢自己的爱好，觉得当老师不如研究天文有意思。韩舍在爸爸去世后，奔波四季，劳碌八方，只为抓到当年逃脱的重要罪人。

再次看着眼前爸爸曾流连过的山河大地，韩舍难免动容。他从小就常听爸爸说：“有大家才能有小家，你只有离开小家，才能知道大家有多大！”

“大家”是真的大，韩舍所踏遍的山路永远只是凤毛麟角。可他无论走到哪儿，还是会念着小家。想到这里，他突然就想回去了。

因为有个“小家”正在等着他。

5

蓝星河又牵着马鹿走在木栈道上。她停下脚步往上空看了看，目光所及皆是陡峭的山壁和漫山松林。马鹿嘴里嚼着草，也顺着她的视线跟着看，看不懂，又继续吃草。

山上似乎有烟，几乎是两三秒就不见了，看着又像是雾气。

蓝星河盯着看了好一会儿，紧了紧马鹿的绳索，想要往山里走一走。但马鹿远离木栈道之后死活就不肯再动了，任凭她怎么拉都不肯走，还发出低沉的吼叫。

宋瓷出诊回来，就看到一人一鹿在山脚下纠缠。她上前劝说：“它很固执的，你要稍微顺从些。”

都说它固执，蓝星河有些疑惑：“跟人一样固执吗？”

“比人还固执。”宋瓷摸了摸马鹿的脊背，继续说，“我家以前也养过一头，它吃草料的时候不小心把鹿角卡进了木栏中，其实只要往后一退就出来了，但它非要往前顶。可能就因为那样顶了一夜，最后头破血流地死在了原地。”

果真是又固执智商又低。

“去我家吃午饭吗？中午烧糖醋鱼。”

宋瓷又发出邀约，蓝星河摇摇头，客气地说了一句：“谢谢。”

然后她就牵着马鹿回家了。

蓝星河在家给自己煮了一碗面条，然后就坐在餐桌边慢慢地吃，但眼睛却在屋子里扫视。除了她的卧室和卫生间，其余都处于无死角监控中。

蓝星河吃完饭回到自己的卧室，翻出了西关给她的那把匕首和一部轻巧的夜光相机，随后坐在床边，耐心地等待着。

蓝星河是从卧室的窗户翻出去的，她还从后院牵走了马鹿。

马鹿不愿意往山上走，蓝星河就将它拴在树枝上，留在了上坡口。她将黑色冲锋衣的拉链拉到最顶上，转身看了看一公里外的落桑村。只是犹豫了两秒，她便钻入了林中。

蓝星河一直对那股白色烟雾心存疑惑，想亲自去探一下。

她知道大山里危险不敢深入，尤其是晚上。头顶的月光特别亮，她握着匕首缓慢地走着，尽量不发出一点声音。

二十分钟以后，蓝星河决定不再往前走了。

因为山越来越高，道路越来越难走，最重要的是蓝星河担心自己会记不住路，如果方向错了，那就糟糕了。蓝星河安静地贴着大树，隐约听到某种声音，反应过来后当即蹲下，掩身在枝叶之中。

她听见了人声，带着不一样的语调，可以肯定说的不是中文。

蓝星河慢慢掏出夜光相机，对着声源处按了一下拍摄键。画面里进入两个人，虽离得远，但能分得清是健壮的男人。

他们的对话断断续续传来，蓝星河听到了“不能放炸药”“再圆一点”“两天两夜”……

两个男人丝毫没有要停下来的意思，蓝星河觉得自己不能再待下去了。她很小心地往回走，无奈对方的警惕性太高，听到一点动静便往这边靠近。

蓝星河咬牙拔腿就跑，下坡路特别快，她还跌倒在地滚了几圈。一直到她安全地回到路口看到马鹿，才算松了一口气。

可下一秒，她便感觉头皮发麻，浑身冰冷。

一辆轿车就停在路口，驾驶座上还坐着人。蓝星河下意识就要大叫，有人从后面捂住了她的口鼻。追她的两个男人很熟悉地形，速度比她还快，蓝星河根本就不是他们的对手。

蓝星河的意识慢慢模糊，被捆住双手塞到后座上。驾驶座上的人并没有立即发动车子，而是催促同行的人返回原地把设备给拿回来。她将额头抵在车窗玻璃上，强制性逼迫自己清醒，一下一下用头撞着玻璃。

那个人前脚刚走，马鹿就挣脱了树枝，狠狠地对着蓝星河的后座车门顶了上来，车身明显晃了一下。马鹿的力量之大着实吓人，它像是钻了牛角尖，拼了命地往车门上撞。

驾驶座上的人估计被吓坏了，也没等同伴下山，车灯都不开就想逃离现场。

马鹿开始发出嘶鸣，响彻夜空。蓝星河没有丧失希望，依旧用力撞头让自己保持清醒。车子往落桑村的另一个方向驶去，刚拐了个弯，迎面就有刺眼的亮光照射而来。

那辆车的速度很快，并没有撞过来，而是在逼近的时候踩了刹车。

蓝星河眼前一片模糊，只能任凭他人摆弄。直至脖子上搭上冰冷的硬物，她不舒服地动了动，感受到明显的刺痛。痛感刺激了头脑，她也终于看清了前方的来人。他逆着星光，踩着寒夜，无惧任何人的威胁，孑然上阵。

韩舍的怒火一旦燃烧，谁都拦不住。他紧握自己的武器，上前对着那个人就是一脚。对方蒙了，显然没想到会有这种操作，是不是还没分清楚谁在威胁谁啊！那个人岂是韩舍的对手，见眼下形势不利，当即就想跑，却被韩舍踹弯了腿。如若不是西关和言泠合力上前拉住，韩舍手中的刀就要插到人身上去了。

韩舍挣脱开两个人的束缚，朝着蓝星河走去。她已经彻底没了意识，晕倒在路旁。他解开了她手上的绳子，轻拍她的脸颊却没有得到回应，只好将她抱起放进车里。

宋瓷带人赶了过来，手电筒的光照亮了道路。她上前看了一下蓝星河，对韩舍说："没事，先带回去吧，警方很快就会过来。"

夜色渐深，落桑村盏盏灯亮起。

6

蓝星河醒来时，韩舍就坐在床畔，他在看手机。

床头的台灯调到最暗，窗外对着后院，透不进一丝光亮，天还黑着。

蓝星河摸了摸脖子，刺痛处现在贴了个创可贴。额头倒不是很疼，就是有些酸胀。

她坐起身时，恰好看到了韩舍手机的画面——黑白的视角，从窗口翻下去的人，自以为很利索，谁知一个脚步不稳跌进了草丛中。

蓝星河对上韩舍的眸子，有种想要装晕的冲动。

她已经做好了挨骂的准备。

正想着，韩舍突然轻轻吻了一下她的额头，再柔声问了一句："疼不疼？"

蓝星河微愣，不行！要时刻提醒自己，他的温柔背后一定有诈！她掀了毯子就开始掏口袋里的东西，这才发现冲锋衣搁在了椅子上。

她赤脚跑过去，翻出了装在拉链口袋里的夜光相机。机器只巴掌大，但功能很全，她调出拍到的画面后递给韩舍，说："我不是故意跑出去的。山中有人，他们在挖什么东西。"

蓝星河急着解释，满目忧愁地道："我要向你道歉，没进行汇报就行动是我不对。但上山这件事情我没有做错，如果你因此要我离开，我不服。"

见韩舍没有回话，蓝星河顿时来了脾气，跺了一下脚："你听见没有？！"

"听见了。"

韩舍缓缓上前，手触碰到蓝星河的腰时将她一提，她光着的脚丫踩在了他的鞋子上。

蓝星河贴近他的胸膛，任由他抱住自己，发丝被轻轻蹭了一下，温热的气息拂过耳畔。他说："听见了，是我的错。"

那一夜谁都没有休息，被抓获的外国人已经在接受盘问。天一亮，当地相关人员就上山进行搜捕，并且还对破坏现场进行了取证，连蓝星河拍的视频一起留存了。

可是那个人一句话都不肯说，只要求聘请律师，从目前事态来看极有可能会发展成国际事件。

当时大家都在韩舍家，言泠看着照片和资料左思右想，心中有了答案，却不敢确定。他问韩舍："老板，还记得我们俩在南方的时候，也是在山里发现的盗洞吗？"

西关惊呆了，看向宋瓷："这儿有墓葬吗？我怎么不知道？"

宋瓷喝了一口茶："一般都是被盗了才知道。"

西关气得破口大骂，问候其祖宗以后还手叉着腰嗔道："这帮人是真不要脸，要我说就该四肢一捆，扔进河里顺着道淌回家去。"

言泠翻了个白眼："你能不能想点正事？"

蓝星河默默地坐在一旁喝着甜汤，发出微响。众人抬头看她，她又看向韩舍。韩舍说："你喝你的。"

这是明目张胆地秀恩爱啊。

宋瓷说："中午都来我家吃饭吧，有糖醋鱼。"

每天中午都吃糖醋鱼，蓝星河不禁有些好奇。众人操心了几天也有些乏累，就组团去她家吃饭。宋瓷家很干净，她长期在外行医，都是妈妈在照顾家里。

宋瓷妈妈特别热情，张罗了一桌子菜，最拿手的就是糖醋鱼。

饭后大家准备回去，宋瓷妈妈将人送到门口，温和地笑着说："下次再来吃饭啊，我做糖醋鱼给你们吃！"

"妈，今天已经吃过了。"宋瓷不厌其烦地重复每天要说的话。

"吃了吗？没有吧？"

"吃了。"

蓝星河当即明白，她看着宋瓷，宋瓷挥了挥手："你们慢走啊，星河你有哪里不舒服就过来找我。"

走在木栈道上的时候，言泠问西关："阿尔茨海默症无法治愈吗？"

"等到记不得宋瓷的时候，才是真正的无法治愈。"

吃完那顿午饭，大家的心情似乎都不太好，晚饭只吃了些水果。蓝星河睡得早，但是没过两个小时就醒了。她在楼下没有看到韩舍他们，听声音像是上了阁楼。阁楼的木梯很狭窄，她爬上去以后才发现又是一番天地。众多的书架和绿植错位排列，头顶上方是一片开合式玻璃顶，韩舍就躺在藤椅上，枕着手臂看天空。

蓝星河慢慢地走过去，绕过书架，也看到了西关和言泠。

她的表情有些诧异。

西关听到动静回过头，看到蓝星河后招了招手："过来让你见识一个好东西。"

韩舍本来闭着眼睛小憩，现在已经坐起来。他看着蓝星河径直往窗边走去，然后抬起手来，缓缓放置在那个物什上。那是一架白色的天文望远镜，蓝星河当然熟悉，正是她送给韩舍的生日礼物。

西关见她面露惊喜，得意地道："怎么样，没见过吧？我老板的这款已经停产了，用它看天上美景那是一级棒！"

蓝星河从望远镜里看见了今晚的木星，喃喃道："好像棒棒糖。"

"棒棒糖？"言泠不赞同，他说，"我觉得像五花肉。"

西关翻了个白眼："你家五花肉这种颜色？不管是煎了炖了烤了也不是这个色啊……哎，你上次做的栗子炖肉好吃，想想我都饿了。"

"厨房里有我做的玫瑰糕，我给你热一热。"

话题就此转变，西关跟着言泠去厨房找吃的了。

蓝星河站在望远镜旁迟迟未动，韩舍也没有提这架望远镜为什么会在这里，因为知道她懂。

思念的心，从未止步。

韩舍主动跟蓝星河说起了自己的父亲，他热爱宇宙，钟情于天文事业，给自己分享国家天文成果的时候都是万分激动。

"那年'中国天眼'落成，我爸远在沪城，对着南边举起酒杯畅快地欢饮。他说，祖国之强，必定守护。"韩舍笑了笑，"其实他的能力也就那样，但永远充满热情，这一点我倒是比不上。"

韩舍趴在窗边，听着虫儿鸣叫。

"我没有他那么远大的志向与抱负，我守护不了这个世界，我只想守护他。"

蓝星河站在他身侧，紧紧握住韩舍的手。

她说："你可以的，我永远相信。"

7

红叶谷下起了秋雨，这让所有人都始料不及。山路湿滑，不利于行动。

西关还感冒了，鼻塞头蒙地问言泠："你觉得我长得丑不丑？"

"丑啊。"

"可是我问风扇我丑不丑，它摇了一晚上头。"

言泠抽了抽嘴角："活该你生病。"

蓝星河喂完马鹿回来，头发被雨水打湿一大片。韩舍早已煮好了可乐姜茶，给她端了过去。

西关苦兮兮地伸手："老板我也要。"

"喝开水去。"

"无情的世界无情的你……"

韩舍拿了块毛巾替她擦拭发梢的雨水，还扶了扶蓝星河，仿佛对方柔弱得不能自理一般。

西关委屈巴巴，转头对言泠说："我也要一杯可乐姜茶。不，给我来一锅！"

等蓝星河喝完姜茶，韩舍才说："这场雨下完，冬天就不远了。你要注意添衣，不要着凉了。"

蓝星河点点头，韩舍凝望着她，随后把腰间的刀鞘取下来，放到她的手中。

"之前西关给你的那个是玄铁做的，陨石做成的刀具其实并不是很锋利，比不上现在的制作工艺。拿着这个，保护好自己。"

蓝星河那晚被人挟持，对方用的就是西关的匕首，后来韩舍回去事发地捡了回来归还给西关了。西关当时也算是糊弄她，给了她一把开了刃的工艺刀。如若是换了韩舍这把刀，蓝星河的脖子可就不是破点皮那么简单了。

蓝星河心里明白，韩舍现在给她刀，依旧意味着不会带她前行。

吃过午饭后，言泠煮了茶，他们都坐在窗边听着山雨，各自想着心事。

西关从阁楼上翻出一把木吉他，随后盘腿坐下，抱着吉他调了调音，那模样还真有点帅气。

“来，让关哥给你们洗洗耳朵。”

西关唱了一首民谣，是旁人听不懂的语言。但是他情绪高涨，听的人也感觉很舒服。不过估摸他是好久没唱了，卡了几下嗓子。

言泠给他递来一盏热茶，西关喜笑颜开地接过来，还问：“好不好听？”

言泠没直言，就笑了笑，说了一句：“小心烫。”

蓝星河都没察觉自己的嘴角跟着上扬，这两个人啊……她正想着，才发现韩舍的目光一直在那把吉他上，似乎在回忆过往，想起那些快乐无忧的日子。

“你能唱一首给我听吗？”

蓝星河的声音让韩舍回神，西关当即就把吉他塞到韩舍怀里，手捧着下巴做出一副欣赏聆听的样子。

韩舍犹豫了一下，这才缓缓抱起吉他。

他轻轻拨动琴弦，悦耳的声音从指尖滑出。窗外的雨淅淅沥沥，落在地上绽开一朵朵小花。清冽的茶香在鼻间飘荡，氤氲开的水气如山雾一般好看。他们端着香茶，享受着大自然给予的安宁。

韩舍唱了一首流行民谣歌曲，嗓音低沉，略带薄凉。他微微垂首，看不清眼中的神色。可蓝星河知道，歌词已唱尽了他的不甘和忧伤。

“被这风吹散的人说他爱得不深
被这雨淋湿的人说他不会冷
无边夜色到底还要蒙住多少人
它写进眼里　他不敢承认
可是啊　总有那风吹不散的认真
总有大雨也不能抹去的泪痕
有一天太阳会升起在某个清晨
一道彩虹　两个人……”

直到一曲终了，谁都没有再说话。

言泠和西关随后起身，离开窗边。

蓝星河看着韩舍，只觉得眼睛一阵干涩。

韩舍还抱着吉他，透过窗子看向远山。一夜之间谷内的叶子红了大半，他低了声音：“我本想带你看看这秋意的红叶谷，雨后的山路边长满了蘑菇。这个时候的阿苏里，最美。”

蓝星河湿了双眸，听着他清浅的笑声：“你知道吗？阿苏里被称为神的后花园，等到初雪降临的那一刻，你就能感受到万物的拥戴。”他顿了顿，“因为你就是神，我的神。”

韩舍许了她一个约定，共同等待初雪的到来。

蓝星河心里更难受了，为什么在明白了韩舍的心意之后会更看不清两个人的未来呢？她明明抵得过时光的无情，会将韩舍的姓氏刻在心上，即使流着血也要跨越山河，只为能到达他的身旁。

现在她想要更多，反而变得慌乱和迷茫了。

韩舍等三人要出发进山，蓝星河越发沉默，言泠在整理设备的时候问了一句：“你还有没有指南针？借我一下。”

蓝星河将韩舍给她的指北针递过去：“有这个。”

言泠在看到那六五式指北针的时候惊讶不已：“这是韩叔叔的遗物啊。”

“什么……”

“韩思忠啊，老板过世的父亲，这是他的东西。”

蓝星河握着那个物什，只觉得烫手。韩舍他这是将挚爱都给了她啊。

言泠当即就说：“你拿着吧，这么珍贵的东西，我不能用。”他扣好背包，看到蓝星河还在发呆，忍不住吐露几句心声，“其实我们都挺喜欢你的。在这几个月的相处中，我和西关要是做了什么让你不开心的事情，还请你多包涵。我们俩别的不行，但有一点你放心，我们会保护韩舍，像保护自己的眼睛一样。”

“谢谢。”

她这声“谢谢”，带着无尽的期望和感恩。

接下来的路，哪怕披荆斩棘，也绝不退缩。

第十一章

尘埃落定

活着究竟能有多难。

一遇你不得，二见你思苦，三与你分离。

若能日日见晨曦，夜夜都想你安好。

1

韩舍带着西关和言泠穿梭在一个山洞里，里头没有光，更没有信号。

起初是西关想方便，就找了个凹窝一蹲。可还没开始他就滚了下去，摔进山洞里时的姿势要多悲催就有多悲催。

言泠听到声音后当即跳下去，接着从洞里传出一声嘶吼。

西关疼得咬牙切齿："言泠你是想断我的后代吗？！"

"怎么了，怎么了？"

"你大爷的……"西关捂着不可描述的地方继续哀号。

韩舍开亮手电筒，发现这是一条半人多高的地道。土的黏性不强，看着不像新挖的。三个人无意中落入山洞，也就更加确信那帮人是发现了墓葬。

这个山洞越走越长，也越走越窄，到最后需要匍匐前进。韩舍决定将背包留下，只挑了重要物品随身带着，先进去探一探。

当他打开背包的时候，发现了他留给蓝星河的匕首。

她还是没要，因为担心他。

韩舍平复了一下情绪，催促那两个人动作再快些。穿过狭窄的地洞以后，地方就变得格外宽敞了。

西关东摸摸西摸摸，显得有些激动："我们这是要转行了吗？我好紧张怎么办？电视剧里不是说这样的地方布满了机关，还有'妖魔鬼怪'吗？"

"我看你就是个'怪'。"言泠说。

"什么'怪'？"

"怪可爱。"

韩舍将手电筒的光照到两个人脸上："我可以让你们的工资也怪一点。"

二人止住玩笑，继续探路。大概走了二十多分钟，底下依旧是那么宽敞，可想而知墓葬的面积有多大。目前来看是没有什么危险，但时间久了，韩舍便决定按原路返回，将地点报告给当地管理人员。

就在他们准备离去时，韩舍听到了某种声响。西关和言泠也听到了，当即停下脚步，提高警惕。声音传来的方向很奇怪，韩舍挪开脚，慢慢蹲下。

他贴近石板，发现声音是从底下传上来的。他又敲了敲，下面是空的。

他拔出匕首，示意西关和言泠让开一点。他蹲在地上开始撬板子的边缘，一块接着一块，待板子松动了以后才招手让身旁的两个人合力取出来。

那是一个很规整的四方口，容得下人的身子。韩舍指了指下面，意思是他先下去。

两个人将手电筒照向洞口处，韩舍发现了一根很细的绳索。他使了一下力没有拽断，便抓着绳子往下滑。洞穴并不长，听到韩舍落地的声音后，西关和言泠再依次下去。

“原来这是个地中地啊。”

言泠抖了个激灵：“我也应该挖一个这样的地窖，放放红薯、萝卜什么的。”

“嘘。”韩舍关了手电筒，手往里指了指。三个人继续往里走，大概是摸到了一扇木门。韩舍紧握匕首在胸前，缓缓地推开木门。

周边依旧处于黑暗之中，却可以清晰地感受到气流所带来的风。韩舍还没有行动，言泠便先开了手电筒。可就在他开亮的一瞬间，眼前爆出一片刺眼的白。他胆子小，被眼前的场景吓得打了个哆嗦。

都说人比“鬼”可怕，“鬼”有没有不知道，但是眼前这一群活生生的人着实把他们给吓坏了。这帮外国人没有蒙面，还保持着干活时的动作，等人开了架起来的大灯才陆续站好。

他们几乎是同一时间和言泠一起开的灯，同样，对方应该也是听到了动静，大家都在互相等待。西关和言泠慢慢挪到韩舍身边，三个人站成一排。

目测对方有八九个人，西关盯着他们，咬字不清地问韩舍：“怎么办……”

“给我亮起嗓子说话。”韩舍活动着手腕，歪了一下脖子，发出清脆的咔嚓声。他看着集中在一块的古代器皿，眼神冰冷，“一个，都别走。”

韩舍冲上去的时候，西关深吸一口气：“言泠，顾好自己。”

“啊，我……能不能……”

双方没有任何战前交流，便狠狠地扭打在一块。西关下手特别狠，照着对方的脸就捶，并怒骂：“觊觎我们家东西，也不怕老祖宗去找你！我……”

言泠从来没有这么被人打过，硬咬着牙反抗。

他书虽然没读多少，却也知道有些尊严是一定要夺回来的。

2

蓝星河看见雨停了，便牵着马鹿沿着村里的木栈道走。雨后的天气并不好，山那边依旧黑压压一片。快到家的时候，蓝星河看到了宋瓷的妈妈，她拎着个篮子正要往山上走。

她远远地喊了一句：“阿姨！”

宋妈妈回头，看了看蓝星河，又转过身去继续走。蓝星河赶忙追上去，拉住宋妈妈：“阿姨，您是要上山吗？”

“你是？”宋妈妈觉得熟悉，却又想不起她是谁。

蓝星河说：“我是宋瓷的朋友，去您家吃过饭。”

“阿瓷的朋友啊，她出门了。我去山上给她采点蘑菇炖汤，晚上到我家来吃饭吧，我给你做糖醋鱼吃。”

“阿姨，山上现在很危险。”蓝星河想了想，指了指天上，“雨还没停呢，路肯定很滑。”

“没关系，我经常去。”说罢，宋妈妈就拎着篮子继续往山上走。

蓝星河有些急了，拉住人不让走：“阿姨，要不您等等宋瓷吧，我去找她来。”

宋妈妈有些不高兴，来了脾气，挣脱开小姑娘，大步往前走。蓝星河只能跟上。宋妈妈上山颇为利索，反倒是蓝星河被泥泞的道路拌了几跤。

宋妈妈看她摔得裤子上全是泥，叹了口气，拿过篮子递给她，意思是拉着她走。宋妈妈虽然记忆有些混乱，但采蘑菇不会忘。她带着蓝星河穿过火红的枫叶林，嗅着苔藓青草的味，深入林中。

山林里光线暗淡，一颗颗白色的蘑菇肉滚滚的，排排冒出脑袋来。叶子上的雨珠随风飘落在身上，蓝星河警惕地看着四周，有任何动静都如临大敌。

她们正要继续往前走，蓝星河听到了很明显的声响，立马拉着宋妈妈蹲下身来。谁知宋妈妈冲着发声处喊了一声：“小曹！”

那个叫小曹的男人闻声跑过来，很是诧异：“大婶你怎么上山来了？这雨天多危险啊。”

蓝星河一看是同村人，顿时松了一口气，无奈地说道：“阿姨她非要上来……”

小曹知道宋妈妈的情况，也不多说，搀扶着她说现在山里封锁了，不可以上山来。宋妈妈听他的话，看蘑菇采得也差不多了，就同意下山了。

蓝星河就跟在两个人身后走，觉得下山可比上山难多了，生平第一次徒步进山，除了摔跤就是摔跤。她脚上穿的是帆布鞋，鞋边早已被泥巴厚厚地裹住，一抬脚就容易失重。

小曹回了好几次头，蓝星河摆摆手：“没事，我跟着你们。”

在穿过枫叶林的时候，蓝星河折了根树枝去刮鞋子上的泥，等她再起身的时候，发现小曹和宋妈妈都不见了。

枫叶林山势颇高，探眼望去一片火红。秋意醉人但无心欣赏，她看不清下山的方向，只能顺着小曹他们的脚印往前走。

宋瓷出现的时候蓝星河挺意外的，她的头发上笼罩着雾气，面露担忧。但是看到蓝星河后，她松了一口气：“我还以为你走丢了呢。”

“我处理了一下鞋子上的泥。对了，你看到宋妈妈他们了吗？”

“看到了，小曹带着我妈走了小路，说回头你就不见了。”

宋瓷走近她，看着她那双已经邋遢得不行的鞋子，二话不说便脱下胶鞋：“来，换一下。”

“没关系的。”

“换吧，我赤脚都能跑，你们从城市来的小孩没经验。”

蓝星河犹豫了一会儿，还是跟宋瓷换了鞋。

宋瓷拉着她的手说：“我们从小路下去，有点陡，你一定要拉紧我。”

二人往家的方向走去，本可以顺利回去的，却再次被闯入眼帘的人影打断。

蓝星河只觉得血气上涌，急忙拉住宋瓷，手指着一个方向，那里的树叶还在晃动。

“那是King！是他！我认得他！”

宋瓷当然知道那个人是谁，当即加快脚步：“我们快走，去找人来！”

“不行……”蓝星河看着King逃窜的地方，毫不犹豫地说，“我们去追，他一定是在逃，肯定是韩舍那边出了什么问题。”

宋瓷语气严厉：“蓝星河，你理智一点，我们能追他吗？”

“我很理智。”蓝星河转过头来，双目冰冷得可怕。她字字戳心，“那是韩舍的噩梦，你懂吗？只要这个人活着，韩舍就永远都会痛苦。你不去，我去。”

蓝星河甩开宋瓷的手，不顾劝说就追了上去。

宋瓷也很着急，蓝星河飞蛾扑火，她有想过去帮忙，可稍稍犹豫一秒便果断地放弃了。她是个很理性的人，为了谁而奋不顾身她做不到。况且，她还有个生病的母亲。

她现在能做的，就只有赶快下山去寻求帮助了。

3

韩舍和西关汗流浃背，觉得这辈子都没有打过这么累的架。

言泠和他们相比就比较惨了，左眼已经被鲜血糊住，根本看不清眼前的态势，只能靠着还近视的右眼见人就打。

“我就是个导航仪兼厨子……给我多少工资啊。”

言泠被两个人架在柱子上狂揍，西关一脚上来踹开一个，骑在那个人的身上挥动拳头：“给我死给我死，都给我死……”

场面极其混乱，墓中的随葬品滚了一地。言泠跌落到地上时坐到了一个硬邦邦的东西，类似腌泡菜用的小缸子形状的文物。他眯着眼睛喘着粗气：“啥？痰盂吗？”

西关因为看了他一眼，被人用棍子敲了一下背，依旧把话说完：“金鱼……缸吧。”

韩舍算是明白了，当人成为“沙雕”的时候，身边没有一个人是无辜的。他将离得最近的人敲晕，西关高喊一声“Yes（好）”：“老大加油！别让人给我们整团灭了！”

韩舍：“……”

当King带着两个人从活动的石门中走出来的时候，韩舍一眼就认了出来。他一个投掷，刀便飞了出去，直接穿透King手中的布袋，散落一地的玉石金器发出脆响。

“我们又见面了，对吧？”

King很嚣张，指着韩舍说道：“你比你爸爸要聪明多了。他嘛……”他边说边对着太阳穴绕了绕，“因为一块石头就跟我拼命，有点傻。”

King旁边的两个人捡起地上的东西，去跟剩余的几个人会合了。言泠已经没有还手之力，被人狠狠地踢了一下腹部。西关则跟他们在抢夺地上的东西，看样子也撑不了多久。

King像是在故意装好心，继续笑着说：“但我喜欢你。听说这么多年你四处在打探我的消息，看在你这么努力的分上，我可以跟你交个朋友。”他挑了挑眉，“你知道的，我的路子很多，跟着我不吃亏。”

韩舍发出一声冷笑，说道：“你知道吗？这个世上有一种人，叫死于话多。”

他疾速上前，带着King撞翻了架起来的大灯，两个人互相砸拳，毫不客气。

King的同伙显然是有计划的，他们卷上东西正在快速打包。

西关捂住被击中的胸口，趴在地上指向他们：“老子喊你们一声，敢放下东西吗……”

这条墓道的出口不止一处，那几个人果断地带上东西进了一扇门。彼时King也不再恋战，他从韩舍下来的那个洞穴逃离，还顺走了韩舍的匕首。

西关撑着胳膊想站起来，可最终还是跌倒在地。西关扯着嗓子喊：“追他啊！”

韩舍在那一瞬间犹豫了，一边是带物潜逃，一边是追寻的仇人。

他沉了沉气："山路各处都被封锁了，他们跑不掉的。"话是这么说，可他还是去追那几个带物潜逃的人了。

这个抉择，连韩舍自己都没有料到。

King 的存在对于韩舍来说，那应当比任何东西都重要。

可他却没有那样做。

韩舍很快便抓住了他们，将那些人捆在了一起。西关探了探言泠的鼻息，松了一口气："没死没死。"

"你在这儿等着我，我出去通知人来。"

韩舍顺着他们探好的出口离开，重见天日时，外面刮起了阵阵寒风。他顺着风往那头望去，山上的枫叶红得耀眼，随风翻腾，如浪涌动。

他低头看了看，脚下正落着一片，艳丽而遗世。

枫叶林的崖边，King 用匕首在凿着石峰。他才刚系好绳索，身后就传来一声呵斥："你这个凶手！"

King 回头一望，蓝星河已经登至上坡。她眼中透着一股狠劲，看到那把匕首时，大惊失色："你……你把韩舍怎么了？"

"你觉得呢？"King 不想浪费时间，指了指崖下，"比如这儿？"

蓝星河当即红了双眸，步步往前。

King 没把她当回事，结结实实挨了她一拳。没想到小姑娘还有几下子，她的目的很明确，是想要夺刀。

King 毫不客气地将拳头挥向她的脸，蓝星河只觉得耳朵嗡嗡作响，脸颊疼痛不已。她摔倒在地滚了一身泥，却还是咬紧牙关想站起来。

"有意思。"

King 居高临下地看着她，突然对着她的腹部狠狠地踢了一脚。就在蓝星河蜷成一团不再动弹的时候，King 蹲下身来，就见她猛地扑过去，夺了刀就刺了过来。

韩舍与他都未分出胜负，更何况是毫无经验的蓝星河。她只是凭着一腔孤勇想要为所爱之人讨个结果，哪怕是失去些什么都可以。

“你这个疯女人。”

King 的眼睛被蓝星河划伤，他遏制住蓝星河的手腕，一个用力就将人提起，迅速反圈在怀里。随后他借用蓝星河自身的力量，将那刀尖逼向她的脖子。

蓝星河的嘴角破裂，流下一抹鲜艳的红，她竟发出了笑声：“更疯的……还在后头。”

她握住韩舍的那把刀，狠狠地插进自己的肩骨处，再穿入 King 的胸口。蓝星河用尽最后一点力气撞向 King，一切都来得太快，二人频频退向崖边，再同时坠落。

天空飘来乌黑的云团，蓝星河躺在青草地上，听着淅淅沥沥的雨声。她虚弱地眨眨眼，流下了不舍的泪水。眼前越来越模糊，身体也异常寒冷。她看着雨珠被无限放大、放慢，最终变成晶莹一片。

“是雪吗？”

蓝星河勾了勾嘴角，缓缓闭上眼睛。

韩舍冒雨下山，身后跟着的是西关和言泠等人。

宋瓷就站在闪烁的红蓝警灯之下，强忍着泪水。待他们走近后，她哽咽着说道：“韩舍，一切，都结束了。”

4

韩舍发出绝望的怒吼，他的手根本不知道该往哪儿放，丝毫不敢触碰小姑娘身体的任何一处。这是致命的意外，他贴身的刀伤了最爱的人。

“小风……你怎么可以……”

他跪在地上，狠狠地咬破嘴唇，心中犹如被千刀万剐。

“谁让你这么做的……”韩舍觉得自己快要窒息了。他突然想起什么，跌跌撞撞地往警察那边冲过去。他的眼睛红得可怕，没有一丝理智可言。

韩舍竟夺下一把枪，对准了正在被抢救的King。

“我要他死……”

宋瓷挡在枪前，情绪也十分激动。她大声喊着韩舍的名字，在极力劝阻。

“你疯了吗！知不知道自己在做什么！你要是杀了他就不能回头了！蓝星河有救，你一定要相信大家！”

韩舍还是没有放下枪，这可吓坏了众人。

西关和言泠都冲他哭着喊着：“老大！你不要这样！回来！”

他手里握着枪，还流着泪。

“宋瓷……你走开。”

宋瓷觉得完了，心凉了半截。韩舍怎么会听话呢？这世间他爱的人都离他而去了，他要坠入地狱了。

天意如果不放他，那谁也无法救他。

就在韩舍要扣动扳机的时候，空中落下了片片雪花。韩舍泪眼蒙眬，大哭又大笑。

救护车那边传来欣喜之声：“宋医生快来！还有心跳！”

韩舍被警方制伏，他看向救护车的方向，此刻无比感激上苍。他愿意相信天上有神明存在，请求好好护佑他藏在心里的神，此生安顺，无病无灾。

十一月初的红叶谷，迎来了今年的第一场初雪。

山林披着白，温柔了人间。美丽的村落在雪景中犹如仙境，家家户户冒着炊烟，仿佛那些痛苦与寂寞从未发生过一般。它用宁静治愈了所有伤痛。

宋瓷跟着蓝星河离开了落桑村，她们去了镇上的医疗救助站，后来又转去了条件好的大医院。

至于韩舍，因为牵扯进事件，正在全力配合警方的工作。

两个月后，韩舍才离开了这里。

西关和言泠还在帮他处理一些其他事情，这个境外团伙借着猎陨将文物、野生动物及其他违禁品走私到各国，居心叵测，罪大当诛。

这将是一场持久而庞大的战役。

临走的那天，韩舍回了家，发现马鹿就站在木栈道上嚼着枯草。马鹿瞧见主人，伸长了脖子嘶鸣。他想将马鹿牵回后院，却发现它不肯走。

宋瓷踏上木栈道，说道：“别拉了，时间到了它自己就会回去的。这个家伙，被星河遛出了性子，太阳不下山它是不会动的。”

韩舍听到蓝星河的名字，牵着马绳的手缓缓松开了。

“给你。”宋瓷递给他一个U盘，“我在医院的朋友帮我拷贝的，蓝星河被她父母接走的那天的视频，我想你可能需要。”

“谢谢。”韩舍接了过来。

宋瓷又从口袋里拿出一张照片，斜阳下的牵马路少女，倔强又孤独。她鼻子有些发酸，看着照片喃喃：“她确实与众不同。韩舍，祝你幸福。”

那个深夜，韩舍坐在客厅里反复看视频。

笔记本电脑的屏幕有些暗，韩舍含泪的双眸轻轻颤动，紧握的拳头抵在嘴边，一下一下用力地咬着。

蓝启明和赵文君见到女儿这副模样，既心疼又愤怒。尤其是蓝启明，他竟才知道蓝星河如此深爱着一个男人，他绝对不会放过这个人。

蓝星河躺在病床上，还戴着呼吸机。她拉着蓝启明的手流泪哀求：“不要……”

赵文君因为帮着隐瞒造成这么严重的后果，万分自责，背过身去抹眼泪。

蓝启明已经安排了专机要将人立刻接回沪城治疗，可蓝星河始终要保护那个人，这才惹怒了蓝启明。

从死神手中逃离的蓝星河就像个纸片人一般，她是多么虚弱啊。韩舍眼睁睁看着她艰难地扯掉呼吸器，从床上摔下来后跪在了蓝启明面前。

蓝星河苍白着一张脸，看着红了眼睛的蓝启明。她抱着他的腿，哽咽相求：“我这样……求你可以吗？”

她结结实实磕了一个头。

赵文君的心都被击碎了，她当即拥抱住再次昏过去的女儿，哭出声来。

韩舍将头埋进双膝间，早已哭得声嘶力竭。

蓝星河用骄傲换来了韩舍的安宁，她终是向一切妥协，回归到平铺直竖的人生道路。看来正应了她自己的那句话，等韩舍圆了心结，她再不纠缠。

5

时间挣扎着在走。正月十五过后，蓝家来了一位女客人。

她是萧氏集团的千金，萧明月。虽然她常年在国外生活，但只要一回沪城，必然来找蓝星河。两个人小时候因家族来往而相识，蓝星河喜欢萧明月是因为在她身上看到了自己的影子，而萧明月则像亲妹妹一样保护她，只因为自己没有那一腔勇气。

后来萧明月被家族磨平了棱角，只剩蓝星河还在倔强地反抗。

蓝星河此时已恢复得差不多了，萧明月到她的房间与她私聊，顺道看看她身上的伤口。除了锁骨下方还有一道明显的伤疤，一切无碍。

蓝星河整理好衣服，笑着说："吓着你了吧。"

萧明月没有说话，目光落在她无名指的一枚钻戒上。她说："这就是元家送来的订婚戒指？"

蓝启明在蓝星河去找韩舍之前就答应了元家结亲，女儿不在家，父亲却收下了戒指。蓝家这对父女均重诺，蓝启明既然没有为难韩舍，那么蓝星河就应该让父亲高兴。

她主动将戒指戴上，并且听从蓝启明的安排，开始挑选婚纱。

"你到现在连人都没见过？"萧明月十分诧异。

"元爷爷说他这个孙子还在国外，具体在哪儿我不清楚，但极力保证人品好、模样好。我爸爸年轻的时候曾受过元爷爷的照拂，他说什么我爸都信。"

萧明月微微叹气："那你信吗？"

"我听爸爸的。"

"星河。"萧明月忍不住提起那个人，"你真的放弃他了？"

蓝星河沉默半晌，卧室里很安静，她的声音很遥远："婚礼定在今年的立夏之日，挺好的。"

又过了一周，蓝星河家来了一大拨人，全是来探望她的。

蓝星河没有想到，天文台的同事们会拎着牛奶和鸡蛋组团来看病人。之前她伤重与外界断了联系，后来刘教授跟赵文君联系了，才跟大家说可以去探望了。

李君泽一看到她就哭了，冲上去就是一个熊抱："星河啊，你怎么瘦成这样了！我就知道那个韩舍不是个好东西！他跟我们说会照顾你，还威胁我说敢去找你就把我的腿给卸了！"

蓝星河拍拍他的背，声音很温柔："他这样说的？"

李君泽哭着，抹了一把眼泪："他旁边那两个人说的……"

艾艾从后面冒出脑袋来，小声说："星河，对不起啊，我之前想跟你打电话来着，我想了想还是当面说吧。"

她是最先回到沪城的，在家休息了好长一段时间才去上班。

"没事。"

大家凑在一起说了好一会儿话，连蓝星河在内都讲了自己康复的过程。

赵文君从厨房出来，召集大家吃午饭，同事们都特别激动。

他们到了蓝星河家附近，看见的都是美轮美奂的别墅。本以为她家也差不多，谁知从大门口进去走了十五分钟才到她家的主楼，光是沿途看到的花匠和用人就有十来个。

众人抬头看向那幢庄严又精致的房子，齐声叹息。

李君泽偷偷环顾用餐的屋子，居然比自己家的面积还大，突然有点手足无措。尤其是看到这个家的男女主人，蓝星河的父母也在席上，不止李君泽，所有天文台的同事心里都有点小慌。

赵文君很温柔，很会照顾年轻人的心情，让大家不要拘束，放开了吃喝。

随后蓝启明就目睹了这群放开了的年轻人，是如何将这一桌子的珍馐在转了一圈回来就当即光盘的壮举。

他们见赵文君这么温柔，嗓门也大了起来："谢谢叔叔阿姨！你们真好啊！"

蓝星河没怎么动筷子，她看了看蓝启明，向来把规矩放在首位的爸爸沉了脸色。但是他忍住了，毕竟他们是来家里做客的。

他起身将椅子推回原处，扯出一个笑：“你们慢用。”

蓝启明走后，赵文君也跟着站起来。她笑得十分真诚：“没事，你们吃吧，我去跟厨房说一下，菜不够了再添。”

家长走后，天文台的这群人感觉就更好了。

艾艾笑眯眯地说：“星河，我知道你家有钱，但没想到这么有钱。以后我们就是好朋友了，我会好好照顾你的！”

李君泽当即朝艾艾翻了一个白眼：“你良心痛不痛？以前没少欺负人家星河！”

艾艾经过血吸虫事件后也感到很愧疚，小姑娘心直口快，索性站起来给蓝星河鞠了个躬：“星河，对不起，我以后会注意的，等你上班之后我一定好好补偿你。”

蓝星河都被她说笑了，摆了摆手：“你快坐下吃饭吧。”待艾艾坐下后，蓝星河决定将她要离职的事情说出来，“我爸爸让我跟着他去公司上班，所以我以后不能再跟大家共事了。”

“啊？”

“什么？”

李君泽急了：“你不干了？为什么啊？”

离蓝星河最近的小汐也愣住了，抓住蓝星河的手，委屈巴巴地道：“三件套……”

“作数。”

“都这个时候了，你还想着人家给你买化妆品！”

“星河说作数的啊……”

“我真想打你。”

“就是！打她！”

蓝星河看着大家闹哄哄的，一种从未有过的感觉袭上心头，暖暖的。她说："很高兴能认识你们。"众人安静下来，那种感觉就是学会融入集体，蓝星河的心思沉重，"这是上天赐予我的幸运，我会好好珍惜的。"

6

蓝星河开始跟着蓝启明学习管理公司。作为蓝家的独苗，家业她是继承定了。她进公司还不到一个小时，公司员工就集体沸腾了，她的美貌与智商同时在线，掀起了不小的风波。

蓝星河的办公桌就在爸爸的办公桌旁边，她静静地伏案工作。蓝启明忙完手中的活后过来看了一眼，敲了敲放置在一旁的文档，语气十分严厉。

"我不是跟你说过吗？看过分析表再核算金额。"

蓝星河停了笔，习惯性地道歉："对不起爸爸。"

"下不为例。"

"好。"

蓝启明看着低眉顺眼的女儿，欲言又止，最后还是什么也没说，回了自己的位子。

下午快下班的时候，秘书带进来一个人。蓝星河最先看到，欣喜地叫出声："祁山！"

萧祁山与萧明月是双生子，生得极其英俊。他一身暗蓝色西装，外套是褐色大衣，翩翩立于门口，礼貌地敲了敲门。

蓝启明给蓝星河投去一个提醒的眼神，蓝星河当即改口："萧总，您好。"

萧祁山虽然没有萧明月那般跟蓝星河交好，但关系还算可以。他点头笑了笑，随后就去和蓝启明握手："叔叔。"

蓝启明招呼萧祁山坐下。两个人是提前约好了的，问好之后就开始聊工作。这才是现实版总裁的一天，早上起得比打鸣鸡还早，一整天喝不了两口水，有开不完的会议和看不完的文件，晚上回到家还要继续加班。

蓝星河作为继承人，没有更惨，只有最惨。

萧祁山看着蓝星河的熊猫眼，笑出声来："叔叔，今天能提前让星河下班吗？我和明月打算请她吃顿饭。”

蓝启明不好不答应，眼前的人可是萧祁山。在商人的眼中，他就是一块赤手可热的黄金石和一架登天梯，没有人会不喜欢他。

蓝星河就这样被带了出来，但请吃饭的并没有萧明月。

二人在饭店一楼坐电梯，等待的时候萧祁山问了一句：“工作怎么样？”

“挺好的。”

“嗯。”萧祁山看着她点点头，此时电梯门刚好开了，他很自然地揽着蓝星河的肩，“走吧。”

当电梯门打开半扇的时候，蓝星河的心被狠狠一击，电梯里的两个人同样很震惊。

郝一舟最先拉住韩舍，极其小声地说：“有人。”

萧祁山感受到蓝星河的身体紧绷，带着她进电梯的时候问了一句：“怎么了？”

“没……没怎么。”

韩舍在看到蓝星河的那一瞬间，眼中就涌上了泪水。电梯里的四个人都沉默了，蓝星河站在中间，右边是韩舍，左边是萧祁山，郝一舟站在韩舍身后。

他们都面朝着轿厢正面的镜面，郝一舟看到韩舍红着眼眶，蓝星河则垂眸害怕与其对上视线，这一对被羁绊住的恋人正倍受煎熬。

韩舍紧握的拳头在萧祁山先出了电梯后猛地砸向了关门键。郝一舟就知道他会这样做，手快地按了最顶层的按键。

下一秒，韩舍便紧紧抱住蓝星河，哽咽到难以言语。而小姑娘也早已泪流满面，抓住深爱之人不愿松手。这可苦了郝一舟了，他就像帮偷情的人放风的小跟班一样，用手挡住那监控，又无语又着急。

“还好吗？”韩舍吻了吻她流泪的眼睛，见怀里的人点点头，他又道，“我对不起你。”

随后二人便开始亲吻。

天哪，都这个时候了也不顾场合！郝一舟多次回头看这两个糟心的朋友，话都不够时间说了还亲什么亲啊！

情之所至，一往而深，蓝星河再见韩舍，依旧无法自拔。

萧祁山很快就赶了上来，蓝星河低落的情绪已经验证了他心中所想。他沉了沉脸色：“他就是那个人吗？”

“不是……”蓝星河不想承认。

萧祁山朝她伸出手，语气铿锵：“你现在过来，我可以不告诉你爸爸，希望你做事考虑好后果。”

蓝星河被说教，生气的人是韩舍，他显然把萧祁山认成那个未婚夫了。他将蓝星河拉至身后：“你们还没怎么样呢，就开始威胁她了？”

萧祁山蹙眉，不明白韩舍的意思。

蓝星河知道萧祁山没有开玩笑，当即离开韩舍走到对面。

他们离开的时候，韩舍还想追上去问个明白，郝一舟拦住不让：“问问问，还有什么好问的？先管好你自己的事情吧，你外公还在上面等着你呢。”

萧祁山和蓝星河饭也没吃成，在送她回家的时候，萧祁山突然问了一句：“是不是不愿意你爸爸说的那门亲事？”

这是早已注定，也是保护韩舍的条件，蓝星河看着街景：“我愿意的。”

萧祁山如梦初醒，他适才怎么有股异样的冲动，如若蓝星河说不愿意，那么他也可以帮她。可蓝星河是心甘情愿的啊，有人早已占据了她的心，再多的关怀都只是徒劳。

萧祁山及时收心，不添烦恼。

7

韩舍当初与蓝星河确定恋爱关系时，是真的想要长久的。

韩思忠发生的意外打破了现有的平衡，韩舍还处于悲痛之中时，蓝星河要被家里送去国外留学。他不是那种分不清是非的人，与蓝星河的年龄差距和家庭因素，更能懂得人的成长需要进步，因此他是赞同的。

赵文君彼时约见韩舍，对于两个人的关系一眼就看透了。她跟韩舍说话轻声细语、极其友善，韩舍一开始还以为赵文君是支持他们的。

在失去爸爸以后，他心疼和放心不下的就只有蓝星河一个人了。

赵文君给了韩舍一张卡，说里面有足够的生活费。她还是那张无害的笑脸："我的意思是，你一起陪着星河去国外学习，今后回到公司，一定能熟悉得很快。"

韩舍觉得自己该重新审视一下赵文君。她没有用任何挤对的语言，却清醒地提醒了自己——入赘蓝家，一辈子。先不说韩舍愿不愿意，但有一个人肯定不愿意。

韩舍浅浅地笑了笑，看着赵文君美丽的面容："阿姨，星河长得像您，但性子完全不一样。她可不懂这么多弯弯绕绕，讨厌一个人或是喜欢一个人，一定会表现出来。如果要形容她是什么颜色，那一定是至清至纯，明明白白。"

赵文君没有说话，颇为淡然。

韩舍一想起蓝星河就心生温暖，无法怨恨。他继续说道："您是知道的，即使我愿意，星河也绝不会同意。她要是知道你们想关住我，她一定会放手的。"

两个人之间有片刻安静，韩舍垂下双眸："但是让她先提出分手，这得多伤她啊。因为我舍不得，所以坏人得换个人做。阿姨，是这个意思吗？"

赵文君微微有些动容："我愿意跟你聊，就是因为你聪明。"

韩舍的心思早已被赵文君拿捏住，他露出笑容："是啊，她也觉得我很聪明。"谈话的最后，他已经做出决定，"您应该是这个世界上最爱她的人了，可您却不知道该如何去爱她。"

韩舍与蓝星河是当面说的分手，理由是他想留在晋城专心工作，不想谈恋爱。分手比较突然，蓝星河根本不信，但心里还是很不舒服。

她想给韩舍一段时间冷静，在韩舍去北方找寻父亲遇害真相的前三天，她还偷偷去了他家楼下，独自站在那儿，只想看看他。

蓝星河有些不安，她怕韩舍觉得两个人之间有差距，觉得自己不够聪明也不够浪漫，她想要从头改变自己。但是现在，他还愿意给她时间吗？

韩舍去北方时乘坐的那辆车遭遇了重大车祸，被困当地时他度日如年，后来所幸无碍。

郝一舟联系他的时候，问他该怎么回绝蓝星河，说小姑娘天天缠着自己要人。

因为韩舍没有给出解决方案，郝一舟觉得他磨磨叽叽的，为了不耽误人家小姑娘，便自作主张："韩舍出了车祸，去世了。"

等蓝星河再次去韩舍家的时候，看到门口真的贴了白纸——那是韩舍为了祭奠爸爸而贴。郝一舟凭借一己之力把人家骗得团团转，韩舍也是多年后才知晓，险些就将郝一舟的脑袋给拧下来。

现在想想，明明挺荒诞的，可蓝星河就是相信了。

她天天哭，蓝启明以为她是不愿意去国外，想想她年纪还小，先在国内读几年书也行。

郝一舟也挺后悔的，多次想着要不要告知她韩舍在哪儿。因为每次见面，蓝星河都死死地盯着郝一舟的脸看。

郝一舟，是唯一能证明韩舍与蓝星河相爱过的存在了。

蓝星河的纠缠，也是导致郝一舟毕业以后依旧找不到女朋友的原因。他那个悔恨啊，小姑娘除了蹭吃蹭喝还要蹭听，不把韩舍的"生前"事迹讲到哭是不会走的。

韩舍在外多年，也是十分辛苦。他能什么都不顾地跑出去是因为他的外公对他进行了资助，让他实现了经济自由。

韩舍的妈妈那年因为执意要嫁给韩思忠，而与家里人断绝了关系。韩舍知道外公长什么样，但是从来没见过。

到底是骨肉相连，韩思忠一离世，韩舍就彻底成了孤儿。外公知道他的计划后很是气愤，强制性要把人给揪回来，不答应就捣乱，双方一来一去煞是心力交瘁。

初时韩舍需要大量的资金支出，外公又需要孙子，最后双方达成"买卖协议"，韩舍将自己"卖"给外公，待韩思忠的事情尘埃落定后，他就得到外公家去。

在红叶谷的时候，还是外公亲自去了一趟，才将人给带了回来。老人疼孩子，再加上对女儿的愧疚，韩舍比孙子还要更有分量。

郝一舟现在被韩舍的外公委派成专职看护人，负责监视韩舍的一举一动。

韩舍觉得很可笑，那是他的兄弟啊，怎么可能听外公的话。

直到看到郝一舟给外公发的微信时，他只想把刀从行李箱里拿出来磨一磨。

郝一舟：外公！手动标记的时间段，会有三十秒的误差！

随后发了个文档，打开后是韩舍一天二十四小时的行动内容，精确到上厕所洗手的时间。难怪郝一舟非要拉他过来住，原来是早就被人给策反了。

外公满意地转了个大红包给他。

郝一舟：谢谢外公！我会继续努力的！

当初韩舍一回到沪城，他立刻就探寻了蓝星河的消息。这才发现她的手机、邮箱，包括一些社交账号全部停用了，他怎么都联系不上。

随后韩舍把郝一舟派出去，直接去了蓝星河家。

郝一舟的胸前别着一支笔，韩舍最后固定好位置后又看了看自己的手机，确保画面清晰。

郝一舟是被胁迫上门的，心里有万般不情愿："你这属于非法监听和监视啊，要是被逮到，我可是要去坐牢的！"

"没事，我给你送牢饭。"

"我不想……"

"一定要见上星河，问问她好不好，还要注意看她的脸色以确认身体状况。如果能问到医生要记清楚是哪家的，要是你单独跟她说话，告诉她我很好别担心……"

郝一舟郁闷极了，无奈肩负使命只能孤身去闯。也算他运气不好，他前脚刚进蓝家，后脚蓝启明就回来了。蓝启明虽说不为难韩舍，但早已把韩舍的相关信息查了出来，郝一舟在其好友一栏，可想而知也不会受什么待见。

只不过他当过蓝星河的老师，该有的尊重还是要给的。

蓝启明谢过他的好意，神情颇冷："还有事吗？"

"没……没了。"

郝一舟连茶都没喝一口就灰溜溜地出来了。

韩舍真想把他揍上一顿，郝一舟还不服气："你去！你去盯着他爸那双眼睛试试！吓不死你！"

他是真想去，可一想到蓝星河放弃尊严跪下求蓝启明放过他，又止了步。

可耐不住太想她，韩舍挑了个黑夜翻进了蓝家的别墅。四处布满了监控，他想躲避极其困难，可能早已被拍下身影。

韩舍压低了帽檐，掩去半张脸。他在花园里滚来滚去，神经紧绷，根本找不到哪个窗户对应的是蓝星河的房间。

直到看见那个捕梦网，韩舍欣喜万分，抓着墙壁凸起的沿边一个用力撑上去，随后又跳到台子上。他想沿着台子走到那个窗口去。

就快临近的时候，他看到了蓝星河，只一眼就失了分寸，重心没有控制好，直接从上方摔了下去。其实就在他摔下去的时候，赵文君走过来替蓝星河拉上了窗帘。如果韩舍当时还站在那儿，就该暴露了。

只那一眼，便让韩舍更加忧心。

即便是隔着些距离，他还是看清了她的脸。她应该是不开心的，浑然没有精气神。他好想抱抱她，亲亲她，告诉她很想她，可他却做不到。

郝一舟回家继续做韩舍的思想工作，让其蛰伏一段时间，还啰唆了几句："你连自身都难保了，还管别人。咱们要养精蓄锐，厚积薄发。蓝家现在跑不掉，蓝星河也就在那里，办法总会有的，但前提是你能想出办法。"

所以在电梯里意外见到蓝星河时，韩舍已然无法控制自己。

此刻，郝一舟带着韩舍来见外公，推开门后，一眼就看到高位上坐着一位耄耋老人，虽白发苍苍但是有精气神，那睥睨的模样简直就是翻版韩舍。

"元外公！"郝一舟甜甜地叫出声，不知道的还以为他才是孙子呢。

韩舍心绪未平，不知道等待自己的究竟是好事还是坏事。

第十二章

原来是你

世间什么最难得，
遇见她，才觉徒手可摘星，眷属亦终成。
他的爱不难得，得到她的爱，最难得。

1

韩舍完全没有想到外公会趁他不在，竟把他转卖给了别人。

“元老，您家的饭我可一口也没吃上，好不好养活你都不知道就把我打折卖出去了？”

元老提起龙头拐杖就要敲韩舍的脑袋：“叫外公！”

韩舍双手合十：“好外公，您的钱我早已连本带利还回去了，咱们签协议的时候可没说要赌上我的婚姻啊。”

“也没说不能赌啊。”

韩舍见元老耍赖，有些头疼。既然如此，他也就不客气了。说话间，他两条大长腿往桌子上一搁，勾起嘴角：“我这个人脾气特别不好，关键是仇富，这哪家千金小姐要是落在我手里……”他拳头攥得咯吱响，“一天打三顿都是少的。不知道这小姐皮嫩不嫩，我特喜欢听人跪地求饶地喊叫了。”

说完他还饶有兴味地冲元老挑了挑眉。

元老“呵呵”一笑：“吓唬我呢。这婚你结就结，不结也得结。你们俩的订婚宴早就办完了，先领证，等立夏的时候再举行婚礼，完美。”

“外公，您是困不住我的。”

元老意味深长地点点头：“你也斗不过我。”

韩舍仰天长叹，谁想换外公？他想。

在这个关键时刻，韩舍又不能离开这里，元老三天两头不是喊吃饭就是叫去公司开会。元家是做能源的，经营范围特别广，光是子公司就有两百多家，他光看报表觉得头都大了。

唯一有趣的就是两个亲舅舅，对韩舍这个外甥是真不一样。

在天黑人少的小巷口亲自把人给堵上，大舅将两沓纸钞扔到韩舍身上，小舅则鄙夷地说道：“外来户，拿上钱走吧。”说着还抖腿，示意身后那帮过来撑场的练家子，不走就是干。

韩舍只觉好笑，他拉开外套的拉链，手叉腰问：“我要是不走呢？”

能在韩舍眼前如此张狂的倒是少数，大舅小舅都是舅，打是不可能的。

韩舍几下就将他们带来的人给撂倒了，捡起地上的两沓钱扔回去："我听说舅舅们很有钱啊，才这么点就想把我给打发了？"

两个舅舅对视一眼，问他："你想要多少？"

韩舍就想吓吓他们，坏坏地道："你们的全部。"

元老知道此事后也没管，还对韩舍说："你怎么不把他们一起给打了？"

"打了就能让我走？"

"不能。"

韩舍："……"

你这个坏老头。

坏老头说挑了个风和日丽的好日子，与准亲家那边商议好了，让两个孩子单独见面培养一下感情。

韩舍开始皮了："可以啊，我四十米长的大刀已经准备好了。"

元老若有所思："你两个舅舅讨厌你对吧，嗯……我得跟他们多分享一些你的事迹。什么？你说要揍到他们鼻子开花？好的，我就这样转述吧。"

韩舍："……"

这是个糟老头！

郝一舟收到韩舍的委托时，深深地叹了口气："让我替你相亲，之后是不是还得我替你去入洞房呢？"

韩舍将一张金卡拍在桌子上。

郝一舟立马热情洋溢："好兄弟的忙怎么能不帮呢。"

那边蓝星河早就收到了爸爸给她发的信息，是与元家孙子见面的时间与地点。萧明月也在，她给蓝星河买了一条裙子，裙子因为是低领的，又给配了条披肩："你就穿这套去，显得成熟些。"

蓝星河看了看，嗯了一声。

萧明月见她提不起兴趣，开玩笑说："怎么啦，要嫁给元家做阔太太，就瞧不上我的东西了？"

"怎么会呢。"

蓝星河拢了拢头发，走到窗边去拨拉捕梦网。黑曜石泛出光来，像极了那个人的眼睛。

萧明月心疼她，跟她一起站在窗口探眼望去。

“星河，我记得你说想继续读博的。”

“不读了。”

萧明月抿了抿嘴唇，看着远方：“我怎么跟你正好相反呢，我当时一点也不想读博，就想学设计。我爸妈说萧家的孩子只能服从，我从来就没有反抗过，也没有想过反抗。”

蓝星河微微侧身，拉着她的手：“为什么？”

“因为我不懂爱。”萧明月看着她说，“我一直在想，教你学会爱的男人情商该有多高，他让你做自己，守护真心，也默默成为你对抗世界的武器。”

错过这样的人，可能会后悔一生。

萧明月拉着蓝星河离房门远了些，小心翼翼地问道：“你还想不想再努力一次？只要没有结婚，事情就还有转机。我替你去见元家的那个人，如果他明是非，我想办法让他退婚。”

2

萧明月和郝一舟面对面坐着，都没怎么开口。

后来实在是大尴尬，萧明月主动说：“我叫月月。”

郝一舟红了脸，犹豫了一下：“你喊我一一就可以了。”

两个人再次对上视线，又快速分开。郝一舟从来没见过这么美丽的女生，头发柔得像缎子，恰好落在锁骨边。那双眼睛亮亮的，比星星还闪耀，关键是睫毛浓密又纤长。

郝一舟下意识地摸摸自己的睫毛，早知道出门前就拉一拉了。

他颜值在线，只是向来谦虚。

萧明月想要倒茶，郝一舟连忙站起身来：“你坐着。”

人品也在线，不错。

两个人规规矩矩地吃了饭又喝了茶，萧明月毕竟是带有任务的，她想要多了解对方一点，于是问起了他的工作。

“设计师。”

韩舍还是无业游民，设计师听起来最起码是份工作吧。

萧明月看郝一舟的眼神瞬间就变了，她说：“我以前念大学的时候做过一些品牌设计。”

郝一舟倒是挺意外的，笑着说：“我现在做的就是品牌设计，活杂还累，不讨好的。”

“那你为什么还做呢？”

“因为喜欢。”涉及这个话题，郝一舟有一肚子真心话想倾诉，“我在Q大读的是数学系，但无奈大神太多，怕被抢饭碗就改了行。谁知一入设计深似海，从此加班无了时。”

萧明月扑哧一声笑出来，郝一舟将她的水杯往前推了推：“喝点茶。”

“你呢？”郝一舟反问。

“我？”萧明月抿了一口茶，半是玩笑半是认真，“我因为抢不过别人，所以从设计改了金融。”

郝一舟恍然大悟：“哦，难怪我能在设计圈混下去，是因为少了你这个大神啊。”

话音落下，两个人都忍不住笑了。

他们聊起爱好，发现出奇相同，喝完茶后还去了一趟书店，郝一舟买了几本书送给她。他们从书店往外走时，有个老人正奋力地推玻璃门，郝一舟小跑着上前帮忙推开。阳光就此落在郝一舟的身上，他礼貌地笑着，等老人出去以后，又冲过来一群小学生。他耐心地拉着门，等人都出去以后，才冲萧明月招了招手：“月月，我们走。”

萧明月在这一刻，对他有种心动的感觉。

韩舍和蓝星河都没有想到，朋友出去一趟回来险些变成“敌人”。

郝一舟说起萧明月，脸那是一阵一阵地红。

韩舍满脸嫌弃地看着他说："你再矫揉造作，我就要拔刀了。"

"哼。"郝一舟朝他翻了个白眼，"韩舍，我明确地告诉你，你根本就配不上人家。"说完还觉得不够，他又气呼呼地补了一句："两个蓝星河加起来都比不过！"

韩舍一摔衣服："单挑！"

蓝星河问萧明月见面是个什么情况时，萧明月说："他叫元一一，个子很高，长得也……好看。喜欢看书，数学成绩很好，算是个拔尖的高才生。"

郝一舟都不知道自己被人改了名字，蓝星河念着元一一，想了半天，说："元爷爷有三个孙子，两个是大儿子家的，一个是小儿子家的，我怎么没听过有叫一一的？"

"可能是他的小名吧。"

蓝星河觉得怪怪的，对萧明月说："他是不是在骗你？"

萧明月难得一见地为外人辩解，她都没有发现自己说话时肢体语言很丰富。她又是摸脸又是挠耳，还将头发拨来拨去的。

"我觉得这个人很不错，挺单纯的。"

"那你说了吗？"蓝星河觉得有意思。

萧明月不解："说什么？"

"说退婚的事情啊。"

"忘……忘了。"

元、蓝两家未婚夫妻见面后，双方都特别满意。

蓝星河跟蓝启明的回复是挺好的，元老觉得就不用问韩舍了。既然人家小姑娘说挺好的，那就代表韩舍也很满意，于是元老对蓝启明说："我孙子说两个人想单独出去玩！"

韩舍："……"

于是，萧明月和郝一舟两个"替身"愉快地出去玩了。本就一见钟情的人怎么可能不擦出爱的小火花，无奈双方心中各藏着小秘密，谁都很难受。

郝一舟还对韩舍放狠话："我明天不会再帮你去了！你有考虑过月月的

感受吗？玩弄女孩的感情可是会遭天谴的！月月很无辜！”

一口一个月月，韩舍不以为意：“那你就别去了，让我把她收拾了。”

“你怎么能伤月月的心呢？”郝一舟恶狠狠地瞪着韩舍，“坏东西。”

“什么东西……”

“我怎么会有你这样的兄弟！”

“那你还去不去？”

“去！”

3

萧祁山察觉到了妹妹身上的某些变化，她每日出门会更在乎仪表，在饭菜上也开始挑剔，说吃了会胖。

那日午后，兄妹俩在喝茶，萧祁山直接问道：“谈恋爱了吗？”

萧明月被茶水呛了嗓子，拿着纸巾捂住口鼻咳了好一会儿才缓过神来。她是不怕萧祁山的，正了正神色：“没有。”

她确实没有，只是在扮演角色罢了。

“谈恋爱可以，但必须门当户对，经过爸妈允许的。”

元家何止门当户对，简直是更上一层楼。

萧明月淡淡地说道：“我知道。”说罢看着还单身的哥哥，“我要考虑也得等你先结婚吧。”

萧祁山沉默了，他是想过结婚这件事的，只不过……

萧明月怎么会不明白他的小心思，从小到大就搭理过蓝星河一个人，还能受得住她的坏脾气。

“哥哥，就算蓝星河没有订婚，你们也是不可能的。”

萧祁山没有掩饰自己的内心，点点头：“我知道，我见过那个人了。”

“你见过韩舍？”萧明月脱口而出。

萧祁山此时扬了扬眉：“原来他叫韩舍啊。”

韩舍自从回到沪城，就没过上舒心的日子。郝一舟扮演“元一一”上了头，但凡他说一句月月的不好，就连人带铺盖被扔出去。他去外公那儿，除了被大舅和二舅虎视眈眈，就连他们家还在上小学的孩子都要给他个下马威。

小屁孩冲韩舍的后脑勺扔了一块泥巴，着实打得肉疼。韩舍可没好脾气，抓过来就往屁股上拍了几下。孩子的哭声将众人引出来，孩子妈不分青红皂白就要跟韩舍拼命，场面一度十分混乱。

韩舍着实感慨，在外刀山火海也没有家长里短这般让人头疼。

元老还悠哉地站在一旁，拿龙头拐杖敲了敲地，颇为戏谑："怎么样，这个家很温馨吧？就算你不来，他们也会想尽办法去找你，你终究逃不掉的。"

韩舍算是明白了，从他接受外公资助的那一刻开始，就没有回头路了。

"外公，我是真不明白，您儿子、孙子都有，要我这个外孙回来做什么？"

外公看着他笑了笑，道："因为你是元梦的儿子。"

那一刻，韩舍才知道，外公其实从未忘记过自己的女儿。

韩舍决定了，他要快速解决自己的麻烦，再和外公商谈新的交易。毕竟抢别人未婚妻这种事，他也是第一次做。

韩舍让郝一舟跟那个叫月月的摊牌，如果两个人是真的心心相悦，那就是一段美好的姻缘。说到要结婚，郝一舟有些犯难："她家的条件应该很好吧，会不会看不上我？"

"你也算是出身于书香门第，底气呢？"

"已跪伏在金钱的脚下……"

"你喜不喜欢她？"

"喜欢。"

"喜欢你还骗人家？"

郝一舟怒了："是谁让我去骗的啊！你这个狗男人！"

萧明月和郝一舟在咖啡馆见面，两个人边喝边聊，郝一舟拿笔记本和手绘板工作了一会儿。

萧明月则撑着脑袋看了他半晌，郝一舟抬起头来笑着问："你想试试吗？"

“我？”

郝一舟将电脑移过去，同她坐在一起。

他将手绘板递给她：“让我来看看大神的技术。”

郝一舟已经将草图描了大半，萧明月握着笔还是有些紧张：“我不会的……”

“你会。”

萧明月被逗笑了：“那好吧。”

她落笔的那一刻，郝一舟便握住了她的手，沿着相应的轨迹画出线条。明明是那么简单的一件事情，郝一舟却欣喜万分：“大神厉害。”

他是由衷的，所以萧明月才更难受。

萧明月痴迷他的侧颜，心里比二月春还暖。她已经做好了准备，要跟郝一舟摊牌：“我有事情想跟你说。”

郝一舟浅浅地笑了，回眸：“其实我也有事情想跟你说。”

萧明月正要开口时发现远处有一个人，正是萧祁山。她吓得直接藏到郝一舟的怀里，准确地说是将脑袋埋在郝一舟的双腿之间。

郝一舟瞬间变了脸色，这……这么快吗？他用指尖抠着桌面，心痒难耐。为什么一定要趴在他的双腿之间呢？有什么话不能好好说吗？

萧祁山早就看到了萧明月，径直走过来，往郝一舟那桌一坐。

郝一舟有些疑惑：“这位先生，你这是？”

萧祁山好整以暇地看着眼前这对“野鸳鸯”，礼貌性地自报家门：“萧祁山，萧明月的哥哥。”

谁是萧明月？郝一舟迷糊了，看向怀里的“蓝月月”。

萧明月硬着头皮起身，深呼吸一口气，叫了一句：“哥哥。”

“你男朋友？”

这是一道致命题。

萧明月紧张得开始冒汗，她从未这样磕磕绊绊地说过话：“朋……朋……朋……嗯。”

郝一舟正摸不着头脑，萧明月赶紧收拾好桌上的电脑，火速塞到他手中：“你不是说有急事要处理吗？你先忙吧……去……去吧。”

“哦。”郝一舟傻不愣登地抱着东西，还不忘附和她，“那我先去忙了。”

萧明月知道此事会牵扯到蓝星河，决定咬死不承认。萧祁山又不是神人，虽然察觉两个人关系亲近，却没有实质性证据。

萧祁山说：“晚上我带蓝星河回家吃饭。”

萧明月当即竖起防御的刺，盯着他看：“为什么？”

“吃个饭也要问为什么？”萧祁山觉得妹妹太奇怪了，说道，“你们俩是有什么事吗？”

“没事，能有什么事。”

萧明月表面云淡风轻，实则内心波涛汹涌，离开哥哥后就跟蓝星河通了电话：“萧祁山今天撞到我和你未婚夫约会了！”

这个信息量很大，不知道的还以为关系有多混乱。

“晚上他要带你回家吃饭，不知道是不是知道点什么，我们提前对好话别被他看出来了。”萧明月沉住气，郑重地说道，“稳住，我们能赢的。”

4

韩舍终是逮了个机会，再见蓝星河。

蓝星河从回来至今，活动范围都在蓝启明的掌控之中，没有一点其他的自由空间，除了萧祁山能带她出去。

萧祁山在路上果然问起了她和未婚夫相处的事情，蓝星河都答挺好的，可以，行。

萧明月说了，这三个回答是最保险的。

“是吗？”

萧祁山本来是不怀疑的，蓝星河向来不愿回应这类话题，但她今天的表现有些不正常。他没有继续问下去，视线扫过后视镜，发现有辆车一直跟在后面。

待他们驶入别墅区时，天色微暗。

萧祁山在家门口停好车，身后那辆车也熄了火，从车上走下来一个男人。

韩舍甩上门，径直走了过来。

萧祁山觉得他的胆子真大，跟踪人都这么理直气壮的。彼时他站在蓝星河和韩舍之间，挡住了他们交缠的视线。

萧祁山说："恕我直言，我很讨厌你。"

韩舍连对方的名字都还不知道，却也对他无好感："彼此彼此。"

"星河你先上去。"

萧祁山发话了，但不好使，蓝星河并没有听他的。

韩舍摸了摸鼻翼，这个未婚夫倒很会摆架子。蓝星河的视线离不开韩舍，他同样深情，眼中只有对方。

韩舍往前走去，在经过萧祁山身侧时突然就被擒住手臂，拳头重重地挥下去。

萧祁山结结实实给了韩舍一拳，他嘴角噙笑，满是不屑："就这点本事？"

蓝星河心疼得不行，冲过来就推开萧祁山，颇为愤怒："萧祁山！你这是做什么！"

韩舍牵起她的手，揉了揉，之后被她手指上的那枚钻戒刺了眼。

他说："没事，你去边上。"

男人的尊严，哪能在女人面前丢掉，更何况还是他天天都想暴揍的未婚夫。于是两个人就当着蓝星河的面打了起来。她知道劝也是白劝，索性站在一旁观战。她是见识过韩舍的身手的，可是他却对萧祁山手下留情了。

萧明月迟迟不见蓝星河上来，下楼一看，哥哥被人打得十分狼狈。对方极其嚣张地走到蓝星河面前，取下她手指上的那枚钻戒。

"看着。"韩舍将那枚钻戒扔向空中，划出一道闪亮的弧线，最终落到远处的灌木丛里。

萧家兄妹俩都愣住了，啥意思，这是跟谁挑衅？

"小风，你可以嫁人，但这个人必须是我。"

韩舍牵着蓝星河就要走，萧祁山不愿放人却被萧明月给拦住，她偏向自己的朋友：“让他们谈谈。”

“有什么好谈的？”

韩舍开车离去，萧明月看着车远去，微微叹气：“谈什么也是人家的事情，跟你没关系。”

萧祁山暗了神色，不再说话。

蓝星河跟着韩舍离开了萧家，二人极度思念，但独处的时候又都沉默了。

韩舍将车开出市区，停在了一个公园旁边。

蓝星河最先开口，问：“你的脸没事吧？”

韩舍摸了摸有些痛的嘴角，摇了摇头。蓝星河不信，将他的脸扳正，检查后发现确实没有破皮才算放了心。

“祁山从来不这样子的。”

韩舍有些吃味，蓝星河似乎跟萧祁山走得很近。他闷声问道：“那他什么样？”

蓝星河还真想了想：“学识渊博，做事果断，平时很稳重的，不知道今天为什么会这个样子。”

还能为什么？因为他喜欢你！

同为男人的韩舍看得透彻，谁惦记他的姑娘，一个眼神就能确定。

醋越吃越深，韩舍眯着眼睛问她：“他比我好吗？”

“哪方面？”

还哪方面，韩舍是真生气了。他抱住蓝星河的脑袋就亲，这一吻颇深，让人没有喘气的余地。

蓝星河刚扶上他的肩膀，嘴唇就感觉到疼，他竟然咬她。

“疼。”蓝星河当即捂住嘴。

“没我的心疼。”

蓝星河眨巴着眼睛不说话，韩舍瞧她一脸无辜的样子，只觉得一拳打在了棉花上。他捏捏小姑娘的脸，语重心长地道：“这个世界上没有人比我更好，哪方面都比不过，记住了吗？”

小姑娘煞有介事地想了想：“比如哪方面？”

蓝星河调皮了，韩舍坏坏地一笑，缓缓拉开衣服拉链，随后又开始解衬衫的扣子。就在蓝星河如临大敌之时，韩舍扬眉：“热，我开了空调。”

被戏耍的蓝星河一掌拍在了韩舍身上，两个人相视一笑。

韩舍打开车顶的天窗，上空只挂着几颗星星。两个人手牵着手坐在车里，享受这片刻的安宁。即便未来很迷茫，爱人能在身旁，总会充满希望。

“我们这个样子像不像偷情？”

韩舍凝望她：“你很讨厌这个样子对不对？”

蓝星河违背了与爸爸的约定，内心倍受煎熬。再加上萧明月替她与对方见面，谁想到处上瘾了。她一开始是想躲避，可现在看来躲避之后惹的麻烦会更大。

有没有一劳永逸的好办法呢？

蓝星河和韩舍抬头仰望同一片夜空，许久，她轻声说道：“其实还有一个办法……比如生米煮成熟饭……”

“傻瓜。”韩舍握住她的手，亲吻了一下，“我爱你，所以我要你正大光明地来爱我。”

5

韩舍跟元老谈了一笔交易，他愿意终身留在元家帮他，但前提是必须取消婚约。担心元老不信，他还立下字据为证，以示自己的决心。

元老看到那白纸黑字，还是没有开口。

韩舍手撑着脑袋说：“外公啊，我卖身契都签了，难道还能跑了不成？”

“那可说不准。”

“您想怎么样呢？”

元老叹了口气：“唉，看来我要得罪人了。这样吧，我来设宴，把对方父母请过来，你给人家道个歉，这总能做到吧？”

韩舍想了两秒，伸出手：“合作愉快。”

两个人一分开，元老就给蓝启明打电话：“我这孙子特别喜欢你家小姑娘，八字也算出来了，后天就是领证的好日子。咱们明天就先把喜宴给办了，自家人吃嘛，先热闹热闹。”

喜宴的当天，韩舍叫上郝一舟，说老姜辣，得防。他道：“但凡包间里有任何不对，你就冲进来救我。”

郝一舟当然愿意，他可不希望月月嫁给韩舍这种人。

蓝星河赴宴那天穿得格外隆重，那条白色纱裙的摆尾处闪着金光，又长又柔顺。她觉得这纱裙有点像婚纱。一开始蓝启明并没有说今天是赴谁的宴，赵文君在车上嘱咐她一定要先叫元爷爷的时候，她瞬间反应过来。

元爷爷一定会带着孙子来。

蓝星河没带手机，这下可慌了神。等到了酒店，她借口去卫生间时找到一个服务生，报出一个电话号码让其通知人来。

服务生给萧明月打电话，一字不落地传话：“蓝星河小姐让我通知您，跟您恋爱的她的未婚夫来了。”

萧明月吓得电话都拿不稳了，外套也没穿便狂奔而去。

郝一舟找了个藏身之处，墙和柱子间正好能容下一个人。秉承着敌不动我不动的最高宗旨……待萧明月出现的时候，他险些丢了魂。

“月月！”

“一一！”

不该出现在这里的人都出现了，萧明月和郝一舟异口同声道：“跟我走！”

两个人往楼梯口走，刚下了两级台阶，萧明月就顿住了。她觉得天都要塌了，自己的父母正上楼来。

路到尽头无处可躲，她战战兢兢地喊道：“爸、妈。”

郝一舟还觉得自己聪明得不行，拉着萧明月的手一转，放置在下，恭敬地说道：“女士，这边请，芙蓉厅在楼下。”

萧家父母齐齐地看向郝一舟，神色各不相同。

萧爸爸又不是傻子，他指着眼前的两个人说：“都跟我走！”

元老和韩舍到了以后先让韩舍进去，他招来助理再三嘱咐：“人一定要安排好，上上下下全给我堵好了，别让他溜走了。”

助理是个小机灵：“放心吧元老，他就算长了翅膀我也给他折断了送回去。”

元老不高兴了，提起拐杖就要打人：“怎么说话呢？我外孙今后就是你的新东家，要把给你发工资的新东家的翅膀给折断吗？”

“不，新东家折断我的翅膀。”

“哼，这还差不多，我跟你讲我家这个外孙厉害着呢……”

韩舍上了楼，他今日穿了正装过来，因为很少穿总觉得领口难受得很，于是站在楼梯口处将领带重新打了一下。

两个女服务生红着脸从他旁边走过，又结伴回来，温柔地问道：“先生，需要帮忙吗？”

“不用，谢谢。”

女服务生礼貌地问好之后便离去了。

韩舍观察四周，没有发现郝一舟的影子，正准备打个电话问问，便看到萧祁山从另一个方向走上来。其中一个包间有人替他开了门，很不巧，韩舍看到了蓝星河，还有她身旁的父母。

门关上的时候，韩舍发现门上贴了两张“囍”字。

该男人瞬间就没了理智。韩舍大步上前，直接推开门。这一推，就是一场大爆发。他什么都不怕，只怕蓝星河受委屈。

6

韩舍不管不顾那些人的目光，牵起蓝星河的手：“他们又逼你了？”

除了萧祁山，是赵文君先认出来，但是她没有说话。

蓝启明的脸色很差，在看到韩舍正脸的时候，脑海中想起他曾经让人打听来的资料。

“你是韩舍。”蓝启明认出他。今天的晚宴不全算是自家人，蓝启明还请了几位好友，他不想让人看笑话，示意门外，“请你出去。”

蓝星河不知为何韩舍会在这里，想要推他走，可韩舍没动，反而握紧她的手。

韩舍带着她走到蓝启明跟前，毫不畏惧：“很抱歉叔叔，以这种方式跟您见面。您应该知道我跟小风很早以前就在一起了，我很抱歉之前让她受伤，但您不可以为此就让她嫁人。”

“你还知道她是为你受的伤。”蓝启明想起女儿那副惨状就气不打一处来，要不是有些良好的教养，他或许早就一耳光扇过去了。

“对不起。”韩舍再次道歉，态度无比诚恳。

“我不接受，请你立刻离开。”

“我可以离开，但必须是和她一起。”韩舍拉起蓝星河就走，身后传来蓝启明的怒斥声：“蓝星河你走一步试试！”

萧祁山本不想再插手，但看蓝家除了蓝启明没有其他男性，他不站出来也说不过去。

韩舍见萧祁山挡住了去路，冷言道：“你是想再打一架吗？”

蓝启明站在原地没动，脸色难看得可怕：“蓝星河，你是听不清楚我的话吗？”

蓝星河身子一僵，韩舍见她委屈得红了眼眶，着实心疼。他毫不客气地回击：“我今天倒是要看看谁敢为难她！”

“为难她的人是你！”蓝启明大怒。

赵文君也很心急，忙安慰蓝启明：“不要动怒，有话好好说。”随即她又唤蓝星河：“回来，听爸爸的话。”

蓝家现如今没有一个人会支持她，蓝星河一旦握住韩舍的手，又怎会轻易松手。

她没有回头，有些哽咽地道：“不……不要。”

就在双方胶着的时候，包间的门又开了，元老美滋滋地走进来，就看到众人铁青的脸。

蓝星河再见元老，觉得他是最后的希望了。

“元爷爷。”蓝星河上前做最后的恳求，“我知道爷爷您从小就疼我，算我求您了，可不可以取消婚约？我一点也不喜欢您的孙子。”

韩舍只觉得晴天霹雳，还没反应过来，就见元老气得抓起拐杖就打：“这才几分钟啊！你就能把事情给搅黄了！你就不能先等我上来！本事那么大，我再给你三分钟是不是就能把我给气死啊！”

这下换其他人蒙了。元老很不好意思地对蓝启明说：“都怪我这个老头子，本来今天想告诉你的，其实这是我的外孙，一直散养在外头，几年前才圈回来。你别看他长得不行，但脑子还可以，关键脾气好，听话不犟嘴。来，叫叔叔阿姨……”

韩舍：“……”

门口又传来声音，萧祁山看到自己的父母领着那一对偷偷谈恋爱的人回来了。

萧氏爸妈正要跟蓝家人道歉，四个年轻人就抢先聊了起来。

郝一舟先蒙：“星河？”

蓝星河指着萧明月：“你们？”

萧明月去看韩舍：“这个人怎么在这儿？”

韩舍说：“我为什么不能在这儿？”

这下热闹了，全齐了。

7

一场戏剧就此落下帷幕。

新的故事开始了——蓝家要退婚。

元老带着韩舍上门赔罪，这可弄得蓝启明心里很不舒服。元老当年曾帮过蓝启明，算是他商场上的救命恩人。元老又因为韩舍的身份特殊，再加上离家在外见不到人，也就模棱两可地说有这么个孙子。

蓝启明一直误以为是元老大儿子家的公子，因为只有那位公子常年在国外。要说会造成今天这种局面，双方都有责任。

韩舍和蓝星河规规矩矩坐在一旁，元老看自家外孙的眼睛都快镶到人家小姑娘身上去了，便说道："星河啊，你能不能带韩舍出去转转？我跟你爸爸有话说。"

蓝星河当然愿意了，韩舍更是一下就站起来，未婚小夫妻大大咧咧地牵着小手出去了。到门口的时候，他看到了端着茶水的赵文君。

韩舍礼貌地问了声好，像初次见面那样。

赵文君点点头，看着两个人紧紧牵在一起的手，什么也没说。

蓝星河从郝一舟那儿知晓了妈妈对韩舍做的事情，但从未跟这两位当事人提起过。她以为韩舍会跟自己解释离开她的真正原因，但是他没有。

韩舍对于赵文君，只字未提。

蓝星河晃了晃他的手："谢谢你啊。"

"谢什么？"

"谢谢你没有放弃我。"

韩舍觉得此时就像做梦一般，看着小姑娘的眼睛："胡说，明明是你没有放弃我。"

他孤独飘零的那几年，常常会思考世间什么最难得。人们都在说爱最难得，未曾想他深受上苍照拂，只要遇见蓝星河，便是徒手可摘星，眷属亦终成。

他的爱不难得，得到她的爱，最难得。

"真好。"韩舍低头笑道。

"好在哪里？"

"我终于能好好想想，今后该怎么跟你过日子了。"

"假如过不了呢？"

韩舍捏捏她的鼻子，宠溺地道："那就带你走。"

蓝星河抓住他的手，温暖如春，随后用小拇指钩住他的小拇指，大拇指贴合盖章。她笑若繁星："负重行，踏山河，绝不弃。"

第十三章

一夏星河

你是人间的银河系，
爱你是命中注定，
它存于夏日明星和我的心里。

1

蓝星河主动整理婚礼所需的物品，设计师第二次把婚纱送过来时，她提出了许多修改意见。萧明月在一旁看着设计师奋笔疾书，不免觉得好笑。

“这些不都应该是男方做的事吗？”

“我觉得不用分得那么清楚。”

“是不是韩舍没钱啊？”

蓝星河将婚纱重新装好，递给设计师，等人走了以后她才说：“韩舍赚钱很辛苦的。”

“你还没嫁给他就这样帮他省钱了？我不知道该说你懂事还是韩舍有福啊。”萧明月叹着气又想起什么，试探性地问道，“你说韩舍跟那个人是朋友？”

蓝星河明知故问：“哪个？”

萧明月又不说话了。

一切误会澄清之后，萧明月和郝一舟也重新做了自我介绍。二人互报姓名友好握手，自此以后便作为新娘新郎各方的朋友，再无任何实质性进展。

戏落幕了，人也该散场了。

郝一舟在知道萧明月的身份后，表现得有些生疏，但还是说：“以后都是朋友，凡事别客气。”

萧明月很想问上一句“你究竟有没有喜欢过我”，可男方丝毫没有表示，她就不好说什么了。

蓝星河既然跟郝一舟也相熟，萧明月就总想问出点话来。蓝星河也不隐瞒，一五一十地将郝一舟以前吹过的牛和泡过的妞全说了出来。

因为大学时收集过韩舍的资料，所以当初表白墙上只要是关于韩舍和郝一舟的信息，蓝星河全都复制了。她从电脑里拷贝了一份，递给萧明月：“老师这个人挺好的，就是智商有点低。”

在蓝星河的眼中，全世界只有韩舍最聪明。

再说郝一舟那边，他自从跟萧明月做回普通朋友后便跟韩舍赌气，韩舍当时还在他家蹭吃蹭喝。

韩舍问郝一舟为什么生气，他一个鲤鱼打挺便从床上翻了起来。

“你们早不见晚不见，非要等我和月月……那准备什么的时候相见？我现在算是明白了，我这辈子注定是来做你和蓝星河的跳板的。”

“可我们现在又没拦着你，你去啊。”

韩舍很无辜，郝一舟更委屈！之前各自掩饰身份的时候还好，现在人家萧明月是实打实的富贵千金，而他郝一舟只是个穷酸书生，自知之明是个好东西，他想要。

“不去。”

郝一舟重新躲进被子里，进行自我疗伤隔离。

沪城开始倒春寒，接连下了两天雪。韩舍给郝一舟带来了关于萧明月的新消息，说她从家里搬出来了，以后就一个人住。

郝一舟懒洋洋地说：“关我什么事？”

画面一转，他戴上帽子又系好围巾，把自己捂得十分严实，在萧明月的公寓前来回溜达。

萧明月应该是在家的，因为她的车就停在门口。

两个人做了朋友后就没有过多联系，毕竟韩舍和蓝星河在一起后便不需要他们了。

郝一舟就特别鄙视韩舍这种过河拆桥的人，最起码感谢一下人家姑娘啊。

郝一舟站在雪中，望着萧明月的家，淡淡地说道：“她怕不怕冷啊？我觉得有些冷呢。”

于是他便想活动一下四肢，解下围巾当成扫雪刷开始给萧明月的车做清理。他冻红了双手，却暖了心窝。做完觉得哪里不对，站在一排车子旁看了半晌，萧明月的车子干净得太明显了。

这可怎么办呢？

郝一舟就把那一排车上的雪全给扫了，然后安安心心、快快乐乐地回家了。

2

韩舍与蓝星河的婚事依旧处于停滞状态。

元老一大把年纪放下身段和蓝启明进行和谈，这让蓝启明很过意不去。但他咬紧牙关不松口，也是因为不满意韩舍。

蓝星河在蓝启明说要取消婚约时言之凿凿："爸爸，您教我的，做人要有契约精神，无故毁约这种事情我不能做。"

蓝启明就更生气了，瞧瞧他的女儿受韩舍的影响有多大？

准女婿韩舍现在出入蓝家那是正大光明的，之前见不到蓝星河的时候他想翻墙入室，幸好没被看到，不然蓝启明只会更加厌恶他。

蓝星河在房间里梳妆，韩舍先去见了蓝启明。二人在书房里面对面坐着，韩舍知道自己在岳父心中很难挽回形象，但还是想表明自己的心。

"外公对我母亲一直怀有愧疚，他的两个儿子比较调皮，所以最疼小女儿。可是我母亲在人生大事上让他失望了，父女俩的感情就此破裂，再也回不到从前。"

蓝启明根本不知道元老还有个女儿，那些陈年旧事早就被元老给压下，也无人提及。大家都以为元家只有两个儿子和三个孙子。

"你觉得我和星河会跟他们一样？"

"不一样。"韩舍无比坚信地答道，"您是小风的爸爸，无论如何，她都爱您。"

蓝启明想起蓝星河执意要去天文台上班的时候，那是她第一次对自己说不。父女俩冷战，女儿更是表现出从未有过的绝望。

临走的时候，她终于忍不住哭诉："爸爸我真的好自卑……自卑到骨子里还要硬着头皮继续努力。"她如此悲伤都不忘道歉，"我对不起你爸爸，对不起，我让你失望了，可我就是这个样子啊。"

蓝星河去天文台上班以后，住进了分配的宿舍，蓝启明也没有跟她联系。他笃定孩子拗不过自己，在外面受够了罪就会自己回去。

很久以前，韩舍曾跟蓝星河说过一句话："不要自卑，不要对这个世界失去希望，这样我才能找到你。”

韩舍的存在，是蓝星河憧憬人间的美好信仰，所以她就算是受尽苦难也会坚持下去。

蓝启明的另一部分担忧，韩舍也懂，他明确地说道：“外公是铁了心要让我进元家，只要一结婚他就会将百分之七十五的股份转到我的名下。但我想跟您说的是，结婚以后，股份全部给小风，不管是元家还是蓝家的，我一分都不沾。”

这让蓝启明十分意外，韩舍随后站起来，恭恭敬敬地弯下腰：“我什么都不求，只是请您让她嫁给我。”

蓝星河早已梳妆完毕，在楼下等他。见韩舍下来，她扑到他怀里，睁着亮亮的眼睛：“说什么啦？”

韩舍故作深奥：“关于彩礼呗。”

蓝星河颇紧张，她问：“要多少？”不等韩舍回答，她就勾手指示意他附耳说话，“不要怕，我有钱，我资助你买我。”

韩舍摸摸她的脑袋，笑意盈盈：“你有多少钱啊？”

蓝星河偷偷摸摸竖起三根手指，韩舍抓起来放在嘴边呵了口气：“这可不够。”

“还不够？”

“当然。”韩舍眼含爱意，无比深情，“你可是无价之宝。”

韩舍要带蓝星河出去玩，没有什么目的地，只要两个人在一起就很开心。

他们离去的时候，赵文君站在楼上目送。蓝启明还坐在桌边，默默地喝着茶。

“启明，随她吧，就随她这一次。”赵文君转过身来，清瘦的脸庞映着笑容，眉眼弯弯，“你还记得吗？二十多年前，你不顾所有人的反对执意跟我在一起，我怕拖累你，你说不怕，会永远保护我。”

蓝启明履行了诺言，保护着自己的爱人，一生一世。所以他清楚地知道，权力与地位是多么重要。

赵文君给蓝启明添了茶，端起来递给他：“谢谢，我爱你。”

这一声谢谢不仅仅为了自己，更为了蓝星河。蓝启明是个正人君子，也十分传统，发妻的肺腑告白总让人红脸。他一口茶水呛在嗓子眼，酥麻难忍。

“嗯……”

赵文君还在笑，继续发问：“嗯什么？”

蓝启明当即起身坐回书桌旁，打开笔记本就要办公。

赵文君不再为难他，端着托盘往外走。身后的男人声音不大，却沉稳有力：“嗯……我也是。”

3

韩舍和蓝星河像众多情侣一样，手牵手逛街，喝同一杯奶茶，遇见好玩的还会一起自拍。暌违已久的校园恋爱的感觉又回来了，她话不多，他依然在鼓励她。两个人路过游戏厅，蓝星河只是扫了一眼，韩舍便问：“打游戏吗？”

她点点头：“以前打，现在很少玩了。”

“来一局？”

蓝星河确实有些蠢蠢欲动，再次点头。

游戏厅的环境很好，空间宽敞明亮，还设有咖啡馆和书吧。蓝星河和韩舍坐在靠窗处，对面坐着一群年轻的男生。有个少年约莫十五六岁，模样清秀，白净的脸上有明显的婴儿肥，他看到蓝星河的时候突然吹了声口哨。

“妹妹，打游戏啊。”

男生们都穿着统一的校服，少年也不例外。韩舍还没说话呢，蓝星河就开启防御模式，声音清冷地道：“关你什么事？”

少年没恶意，还笑嘻嘻地说：“我们缺人，打不打？”

蓝星河看向韩舍，韩舍眼含笑意，意思是看你。

于是蓝星河同意了该少年的组队请求，她登录自己的账号，看着熟悉又陌生的游戏界面，有些恍惚。

好友列表里没几个在线的，曾经的好搭档“小房子”的头像同样是灰的。

蓝星河和那群少年打了两局，韩舍观战。蓝星河以为他看不懂，一心二用，边出战边和韩舍讲解游戏规则。韩舍手撑着脑袋靠在她手边，煞是可爱地应着：“哦，这样啊。”

蓝星河抿嘴笑笑。

第三局过后，蓝星河摘下耳机，她以桀骜之姿带领队友完胜。对面的少年趴在桌子上往这边凑，笑得傻乎乎的：“厉害啊。”

蓝星河勾了勾嘴角，旁人以为她会说些客气话，韩舍往座椅后背一靠，双手环胸看着她。只听身侧的小姑娘说道：“我不厉害，是你太菜。”

少年：“……”

蓝星河又补充了一句：“还有，叫姐姐。”

少年：“姐姐……”

韩舍见那少年讪讪地缩回脑袋，这才又靠近点，声音压得很低，略带勾人的意味：“这个姐姐真是打得一手好游戏呢。”

蓝星河不好意思地笑笑，佯装翻界面。韩舍看着左上角的好友栏，轻描淡写地问道：“这个‘小房子’是谁啊？”

“以前一起打游戏的，但他很久没上了，估计弃号了。”

“哦。”

蓝星河还说：“他很厉害的。”

“有多厉害？”

“特别厉害。”蓝星河想想，“比我还厉害。”

“那你还想和他打游戏吗？”

蓝星河眨了眨眼睛，韩舍伸手将她的碎发拂到耳后，浅啄了一下她的唇瓣，依旧笑得温柔：“鉴于你这么乖，就满足你这个愿望。”

韩舍在自己那台电脑上操作了几下，随后蓝星河的信息框便弹了出来。

小房子：他没有弃号，他是在等你。

蓝星河难以置信，震惊地看着韩舍的脸庞，舍不得移开一分一秒。

韩舍戴上耳机，十足的侧颜杀。他勾起嘴角：“小风同学，快点。”

沪城的雪下得小，天气再次回暖，雪很快就融化了。元、蓝两家正式结为亲家，韩舍和蓝星河领完证的当天晚上，至亲好友一起宴请了两桌。听说正式喜酒宴将近有八百多桌，可想而知那将是一场多么浩大而隆重的婚礼。

萧氏一家四口依旧是座上宾，萧祁山倒是大气，跟韩舍算是握手言和，只不过握手的时候两人用的力气都比较大而已。

萧祁山看着蓝星河，终是说了一句："要幸福。"

萧明月跟着萧祁山坐，郝一舟就坐在对面。双方见面也挺尴尬的，但毕竟是朋友，郝一舟挥了挥手，故作轻松："嗨，月月。"

萧明月本不想说话，萧祁山看了她一眼，她这才举起手："一一。"

亲近与生疏，拿捏得刚刚好。

大家都很开心，所以这顿饭吃得久。最后离席的时候，便是归家的问题。

元老早就为新人们备好了新房，已经转到了韩舍名下，韩舍也是前几日才搬进去的。

蓝启明喝了点酒，微微有些上头。走的时候他看蓝星河没跟上，刚要叫她"回家"，赵文君就拉了拉他。蓝星河心里如有小鼓乱敲，一是怕爸爸叫她回家，二是怕和韩舍同居。

蓝启明犹豫半晌，挥了挥手："由你决定。"

结婚证都领了，还能怎么说呢？

蓝星河又看向赵文君，觉得有些不好意思："妈妈，我就跟……韩舍回家。"

赵文君嗯了一声，牵起她的手，眼神温柔而坚定："小风，妈妈永远都在。只要有妈妈在的地方，就永远为你留着家。"

蓝星河泪如泉涌，嫁人的小新娘子抱着妈妈哭了。

韩舍带她回家时，小姑娘还在抹眼泪，他当然十分心疼："我送你回去好不好？"

小新娘子摇摇头，可怜兮兮地说："我能坚持……"

韩舍突然觉得自己像拐卖少女的恶人一样，回家后先去洗漱，又趁蓝星河去洗漱时把客房整理了一下。

蓝星河穿着浴袍出来，净着一张素脸，有点蒙地看着韩舍在整理客房。

她弱弱地问道：“我要睡在这里吗？”

韩舍转身，便看到清水出芙蓉的美人立在那儿，那修长的双腿永远最迷人……他硬是别过头去，喉结滚了滚：“不是，我睡，你睡主卧。”

蓝星河就不说话了。夫妻不是应该睡一张床吗？刚结婚男主人就给下马威，果然都是大猪蹄子！她咬咬嘴唇，眯眼瞪了韩舍一会儿，转身回了主卧。

韩舍熄了灯后，翻身打滚睡不着。过了半小时，他听到一个轻微的开锁声，没一会儿就有人蹑手蹑脚地上了床。

蓝星河轻轻钻入他怀里，一点一点地挪动着。

“我还没睡。”韩舍在黑暗中开口，声音中透着一丝喑哑。

“嗯……”

“你……”韩舍刚要说话，蓝星河突然将他扑倒。她的勇气着实可嘉，声音却有些哆嗦，“那个……要不要那个。”

韩舍觉得自己的小姑娘变坏了，自己不在她身边的日子她到底琢磨了些啥？

“你行吗？”韩舍在黑暗中挑了挑眉。

蓝星河来了气势，毫不客气：“你行不行？”

被挑衅的男人发出笑声，突然将手掌从蓝星河的臀部一路抚摸向上，带着重重的情欲，到她下巴的时候又挑了挑，再一路往下。

少女的柔软险些让韩舍崩盘，他的心跳加速，蓝星河又情不自禁地动了一下。

“小风，我……”

“嗯？”

“待会儿，别哭……”

“……”

夜晚的月色极美，恩爱的人永远相随。

4

早上七点多，韩舍在厨房拌馅料，剁好的肉馅按比例加了调味料，又打了个鸡蛋进去，便用筷子轻轻搅动着。

他尽量控制着声响，不想吵醒还在熟睡的新婚妻子。

本该是欢喜的心情，韩舍的脸上却带了些沉重，似乎有些不太开心。他手中的筷子机械地搅动着，等时间差不多后再将四方的面皮摆出来。皮子握在手心，挑一点馅儿，对角一折捏紧，用筷子头轻压中部，两端重叠再捏紧，小云吞就包好了。就在他包第三个的时候，突然沉沉地叹了一口气，然后放下手里的东西，倚靠在台子旁。

他还在想早上起床时看到蓝星河肩上伤疤的事情，那么瘦弱的一个小姑娘，究竟是有多大的勇气才敢对自己下手啊。那个伤疤很深，即便将来恢复得很好也会留下疤痕。回想起红叶谷那场雨中的惨状，他就悔恨不已。

卧室那边传来声音，韩舍推开厨房门，看到蓝星河进了洗漱间。他转身去将温好的牛奶端出来，拿了两片吐司放进面包机，草莓和橙子早就切成了片状跟果酱放在一起。外酥里嫩的吐司片烤好了，他又火速煎了个鸡蛋。

蓝星河过来的时候，已经穿好衣服了。她换了件高领薄衫，头发半扎着，慵懒又美丽。桌上的早餐已经摆好了，韩舍又快速包起了小云吞。

“我吃哪个？”蓝星河从后面抱住韩舍，蹭了蹭他的后背。

“你想吃哪个？”

“都想吃。”

“好。”韩舍转身，亲了亲她的嘴角，“你先出去吃。”

韩舍快速煮了两碗云吞，蓝星河将最后一小块吐司放进嘴里，也许是之前吃得多了，云吞剩下最后两个的时候感觉有些撑。

“吃不下了吗？”韩舍故意逗她，“浪费粮食可是要闹饥荒的。”

蓝星河看了看碗里的食物，韩舍刚要出声制止，她就拿起勺子一口气舀起云吞吃了下去。韩舍无奈地说道：“别撑着了，给我吃也行啊。”

吃完饭韩舍又去洗碗，蓝星河看着他忙碌的身影，没一会儿又钻进去，再次抱着他蹭了蹭："你是不是有什么心事？"

韩舍没回头："什么事？"

"你有点不开心。"

蓝星河不免回想起昨晚是否哪里出了差错，她红着脸回忆了一遍"晚间作业"，是哭得少了还是多了？她嘟起小嘴，不得其解。

韩舍将手中的活做完，抽了张纸拭去手上的水渍。蓝星河就像只小考拉一样抱着他不放手，待他转过身来搂着她的时候，才算满意。

他满怀深情的眸子闪了闪，手抚摸着蓝星河的脸颊，轻声问："疼不疼啊？"

果然，这个"晚间作业"得复习。

蓝星河有些别扭，还略有些难为情："有点，但不是那么……"

"但是我疼。"韩舍这样说道，手指从她的脸上滑落，落在她的肩上，点了点，"因为这里。"

蓝星河恍然大悟，当即按住他的手，极为抱歉："对不起，吓着你了是吗？"

"别再跟我道歉了，小风，我已经感受到千刀万剐的痛了。"韩舍将她搂到怀里，不想让那些沉重的情绪沾染到她，"我这辈子都无法离开你，所以请你一定一定要健健康康的，因为只有你安好我才能活着。"

蓝星河轻拍他的后背，安抚道："我知道了，以后什么都听你的。"

韩舍的声音变得喑哑，还带了点哭腔："你发誓。"

"我发誓。"

"发誓内容。"

"我发誓，永远健健康康，永远生生世世爱你……保护你。"

"蓝星河！"

"我在。"

"……"

新婚小夫妻乐趣繁多。

蓝星河婚后没几天就被蓝启明唤回公司去了，继续搬张板凳坐在蓝启明旁边学习。韩舍也一样，跟在元老身后到处奔波，还要随时面对两个舅舅的明枪暗箭。

这样的日子没过多久，韩舍的邮箱里收到一封邮件，是晋城Q大发来的，是他等待已久的任教通知。

那天晚上，他和蓝星河请了郝一舟和萧明月吃饭，吃饭的主题说是叙叙情谊，但夫妻二人异常畅快的表现让郝一舟起了疑。

郝一舟觉得韩舍有点要离开沪城的意思，放下筷子，碗里还剩半个丸子。

蓝星河问道："老师你不吃了吗？"

"嗯。"

"浪费粮食会闹饥荒的，你想要闹饥荒吗？"

韩舍往座椅后背一靠，搂着蓝星河，面露"爱妻你真棒"的鼓励。蓝星河则靠在他的肩上，一副"夫君教得好"的喜悦。

萧明月端着茶杯喝也不是放也不是，郝一舟自然是怒瞪他们，心里想着不问了，韩舍爱滚哪儿滚哪儿去，带着小的一起走！他已经受够了过这种"肉夹馍"的日子！

这顿饭确实是离别的晚餐，萧明月目送二人离去的时候，羡慕地说了一句："真好。"

郝一舟就站在旁边，天气炎热，两旁樱花树上的樱花已经开始凋零。他看向萧明月的时候，伊人立于花树之下，美不胜收。

眼下的局面安稳和睦，唯一美中不足的是，他的心意被埋藏了。

郝一舟往她跟前站了站，什么都不用说，只要有立足之地他就很满意了。

韩舍和蓝星河举家离开沪城的时候兴奋得不行，尤其是蓝星河，她将韩舍替自己从落桑村带回的物品仔细地装在盒子里。

指北针、匕首，还有一张自己的照片，落日余晖，鹿与少女。

蓝星河最后将行李打包，就像当初知道韩舍还活在人间的时候，她一定要朝着那个方向前进。而现在，两个人是真正携手同行，奔赴新前程。

"我们这算是私奔吗？"

蓝星河偎依在韩舍怀中，两个人坐在地毯上，一旁的落地灯将空间笼罩得微暗，气氛浓郁又温馨。

韩舍伸手钩她的下巴，抚摸她柔软的唇瓣：“怕不怕？”

“我是担心爸爸……”

“他现在不会再像以前那样对你了。”

蓝星河有些好奇，问：“为什么？”

韩舍眯眼看她，不知道小姑娘是真不知道还是假装不明白。

“因为你是我的人。”

“无聊。”

蓝星河起身想再去确认一下行李，谁知刚离开韩舍就把她给拉了回来。待她躺回温暖的怀抱后，某人就压了上来。

“无聊的话，可以做些事情。”

他一旦欺身上来，蓝星河根本就推不开，小手在他的背上胡乱地拍打。男女的力气相差甚大，最后她只能气喘吁吁地仰头。

“蓝星河。”意乱情迷之下，两个人耳鬓厮磨。

身下人没有接话，他深情款款，透着无限爱意：“我想给你一个家，让你永远开心快乐。”

5

韩舍回Q大任教，蓝星河的读博申请也通过了。

二人私自离开沪城去了晋城，这可把元、蓝两家人给气坏了，所有火力直攻韩舍。蓝启明那边不好明说什么，只好靠着元老去施压。

韩舍在电话里说：“外公，我也想做些自己喜欢的事，而且星河读博，我得陪着她。您看，星河长得这么漂亮，万一被人家给惦记上了，你让我怎么办？”

元老一听有关宝贝的外孙媳妇，也拿不定主意。但他又不想让外孙媳妇觉得元家为难她，只好答应下来。末了他又再次强调：“三年，就三年，我给你三年时间教书，之后你要是不回来，我亲自跑去你们学校抓人。”

韩舍知道这只是缓兵之计，但以后的事情以后再说吧，他来教书有一大部分原因真的是为了蓝星河。之前说漂亮的媳妇怕被人惦记，本来只是开个玩笑，谁知竟成了真的。

蓝星河结婚之后性子变得柔软多了，交了朋友也会认认真真地相处。同是数学专业的一个男同学对她可以说是一见钟情，没事就要说上几句土味情话撩拨她。

“星河星河，你喜欢什么颜色？”

蓝星河保持假笑：“黑色。”

“你知道我喜欢什么颜色吗？”

“不知道呢。”

“我喜欢你的美色。”

蓝星河：“……”

她想打人。

身边的几个同学乐呵呵地看戏。

“星河，我还想买一块地。”

蓝星河不上套：“我没钱。”

“不跟你借钱……买你的死心塌地。”

她已经撸起袖子，对方却傻乎乎地递给她一个梨：“喏，润肺补水的。”

算了算了，交朋友都是这个样子的。

韩舍是过了很久才知道有这回事，当时他没课，就想着去教室找她一起吃午饭，因为两个人在学校基本碰不到。谁知当他美滋滋地在楼下等待时，听到几个同学将自己的娇妻和另一个男人的名字放在一起议论。

什么二人情投意合、细水长流，又欲擒故纵、欲拒还迎之类的，韩舍全程听完，决定今天什么事都不干，一定要见识一下到底是何方神圣。

男同学长得还行，面相比较憨厚，外形跟韩舍比起来有些差距，但胜在年轻。蓝星河那群同学年龄都偏小，个个稚气未脱，青春洋溢。

韩舍低头看看自己一身正装，决定明天穿件白衬衫，就邻家大哥哥的那种。

男同学还在秀情话："星河星河，你很会抓娃娃吧？"

蓝星河一脸无语："不会。"

"你会！所以你才能一下就抓到我的心！"

"全世界最甜的一种水果你知道叫什么吗？"

蓝星河抱着书，佯装翻看。

"黑凤梨！"

蓝星河埋头就撞到一个人怀里，韩舍稳稳地扶住她，目光却落在后方的男同学身上。

众人只觉得气氛一瞬间变得很微妙。果不其然，韩舍搂着蓝星河，笑意盈盈："下课了？想吃什么？"

蓝星河其实已经跟同学们约好了一起吃饭，韩舍突然出现她确实感到挺意外的。

明眼人都能看出两个人的关系，男同学痴心错付不免遭人调侃。有个女生故意问了一句："星河，这是谁啊？"

别人不问不用说，问了，那自然是骄傲自满的。

蓝星河牵着韩舍的手说："这是我先生哦。"

两个人不是男女朋友而是夫妻的事情让人颇感意外，大多数人惊呼不已。那个男同学好半天才憋出一句话，语气略为嫌弃："你家先生是不是年纪有点大啊。"

韩舍明明是示威的一方，却受了重创。

晚上沐浴完，他站在镜子前左看右看。镜中的他剑眉朗目，品貌非凡。年纪大点怎么了？年纪大就不配结婚了？韩舍用毛巾使劲擦头发，只觉得心里跟吃了醋似的酸，沉沉地叹了一口气，继而往书房走去。

蓝星河还在写论文，韩舍靠在房门边静静地看着。他的小姑娘认真得很，一只手拿笔在纸上写着，另一只手在电脑上快速敲击。想来她从小就养成了学习的好习惯，从不开小差或是玩手机。

韩舍从侧面这么一看，蓝星河的长相还是偏甜的。他摸摸下巴，又沉浸在自己为什么年纪这么大的怪圈里。

蓝星河合上电脑，发现韩舍还在发呆，笑着唤了一声他的名字。

韩舍这才踱步过去。蓝星河让他坐在凳子上，自己则坐在他的腿上，手指触摸他潮湿的头发，嗔怪道："我不是让你洗完头就吹头发的吗？这样容易感冒。"

小姑娘总是一副大人的模样，韩舍还真撒起娇来，下巴抵在她的颈窝处："我们年纪大的，可不就容易感冒嘛。"

"走，我去给你吹头发。"

蓝星河拉着韩舍去了洗漱间，让他靠着洗漱台，垂下脑袋。她拿吹风机细心地替他吹干碎发，再揉了揉他的脑袋："干了吗？"

韩舍突然抓住她的手，将人往怀里一带，心里还带着小委屈："怎么突然对我这么好？"

"难道我以前对你不好吗？"蓝星河偎依在他怀里，指尖还绕着他的头发，笑着继续说，"还是好得不够？嗯？"

韩舍严重怀疑她是在撩拨自己，小姑娘聪明，他也就不拐弯抹角了："你那个男同学，不许跟他多来往。"

终于说到正事上，蓝星河会心一笑："你以前不是总教我要跟同学团结友爱吗？他是我们小组组长，怎么可能不跟他来往呢？"

"你怎么没当组长？"

"教授说我要学会给别人机会。"

"那倒是。"韩舍将怀里的人搂得再紧些，"你这个组长眼界不高，是该锻炼锻炼。"

"所以你大可不必在乎他说的话，你这么善解人意，肯定不会放在心上的。"

是啊，何必在乎他说了什么，就那种土味情话，好似谁不会说一样。韩舍俯身亲了亲蓝星河的耳垂，轻而易举地将人托起来，转而换了位置。

蓝星河坐在台子上，搂住韩舍的脖子。

“对于你，我不仅善解人意，还‘善解人衣’。”

蓝星河：“……”

“我每天和你只想四件事，你知道吗？”

蓝星河困惑地摇摇头。

“一日三餐。”

蓝星河：“啊！”

“我见过最美的画面是什么？”

蓝星河只觉得手心发烫，韩舍开始顺着她的指尖往下亲吻，更可恶的是将她整个身子推向了墙壁。韩舍一只手按着玻璃，一只手在蓝星河的身上游走，嘴角的笑狷狂邪魅。

“是你我汗如雨下。”

蓝星河已然说不出完整的句子，韩舍满意极了，对比那种小清水的情话，他更喜欢这种狂暴类型的。

6

韩舍周末在家的时候，手机里收到一个视频，是许久未见的西关发来的。

他当时回了家过冬天，后来又去了落桑村找宋瓷。他倒不是为了追人家，而是跟着宋瓷学了些医术。

“自从我失业后，左思右想，还是觉得老本行得重新操办起来。”

韩舍双手环胸看他，勾了勾嘴角：“你的老本行不是小流氓吗？”

“你说什么呢！我准备好好努力，加入党的大军！要为国家和人民奉献自己的一腔热血！”

“嗯，你加油。”

“所以……”西关手捧着脑袋凑到镜头前，可爱得嘟起嘴来，“老板，有兴趣投资点事业吗？我超勤快也超努力的！”

韩舍晓得他的心思，直言道："我现在做不了主了，你得另求他人。"

西关正疑惑呢，就看到视频里蓝星河在书架旁抽了一本书。她都不用回头，西关就知道是她。两个人果然在一起了，老大终究逃不出人家的手掌心。

哼，心里和眼里只有女人的男人是干不成大事的。

下一秒西关双手抱拳，甜甜地说了一声："老板娘！我许久不见的老板娘您还好吗？我的老板娘果真貌美如花、天生丽质呀，祝您及家人身体健康、万事如意……"

蓝星河在韩舍身边坐下，淡然一笑："是要给你拜晚年的红包吗？"

"老板娘您真的是……"西关双手一伸，往上抬了抬，"谢谢老板娘！"

"晚些时候去查银行卡吧。"蓝星河给西关吃了一颗定心丸。

等视频关了以后，韩舍说道："你这是要投资他？"

"嗯。"

"不问问他要开什么店？"

"不用问。"

"为什么？"

"反正他又赚不了钱。"

韩舍挑眉："那你的钱可要打水漂了。"

"没关系啊。"蓝星河冲着他嫣然一笑，"他保护了我的爱人这么多年，我十分感激他。"

小姑娘说话真惹人疼。

韩舍觉得两个人领了证，虽然没有办婚礼，但着实是在过日子了。他们在晋城住的房子是韩舍当初大学毕业参加工作后买的，当时是办理的贷款，后来很快就还清了。他做了多年的陨石猎人，确实赚了不少钱，养自己和蓝星河那是绰绰有余。蓝星河去交学费的时候，韩舍给了她一张卡。

"韩太太，这才是你的小金库。"

韩舍想对她好，始终如一的好。以前蓝家的教育方式较为特殊，让蓝星河失去了很多。而有些东西，是难以补偿的。

蓝星河在一个平凡的午后，醒来后看见一只猫。

正八字脸，蓝白二色，一双琥珀般的蓝眼睛。它舔了舔粉嫩的鼻子，随即歪着一颗圆滚滚的脑袋冲着她“喵喵”叫。两个月大的小猫咪可可爱爱的，蹲在地上还没有碗大。蓝星河从没有见过这么小的动物，惊呼一声。

“小猫咪……”

蓝星河只是蹲下唤了一声，小东西当即就百米冲刺般地朝她奔跑而来。

扑到她怀里的那一刻，感觉世界都柔软了。

韩舍远远地看着，蓝星河的眼中竟生出水汽。她小心翼翼地摸着小猫咪：“你喜欢我吗？我很喜欢你呀。”

蓝星河亲了亲小猫咪的鼻子，这才发现它的脖子上还挂着一个东西。

那是一枚漂亮的戒指，指圈由星星围绕而成，每一颗星星上都镶着小钻石，象征着永恒不变的璀璨和深情。

蓝星河觉得鼻子一阵发酸，韩舍走过来，帮她取下戒指。

爱情有些时候需要仪式，韩舍单膝下跪，牵着她的手，郑重地问道：“我可以给你戴上它吗？”

“可以……”

“谢谢。”

韩舍将戒指戴到蓝星河的无名指上，再留下一个吻。

二人正浓情蜜意之时，蓝星河怀中的小猫咪突然冲韩舍叫了起来。它的奶音太重，没有戾气，反而煞是可爱。

“小东西叫什么？”韩舍戳戳它的鼻尖，笑得柔软，“跟着我的宝贝一定要乖乖的呀。”

小猫咪又叫唤了两声，蓝星河拍着脑袋哄了几下。

“喜欢吗？”韩舍问。

蓝星河高兴得直点头：“喜欢。”说罢又竖起手指，“这个更喜欢。”

她真的太喜欢小动物了，小的时候蓝启明不让她接触任何动物，现在有了自己的小猫咪，搂在怀里都怕坏了。

蓝星河想起了在阿苏里见到的小狼，还有红叶谷的马鹿，她抚摸着猫咪，就想给它取个名字。

韩舍说："就叫十三吧。"

他对数字十三情有独钟，住的房号、坐的公交车、看的书本，都有十三。

"为什么叫十三？"

"因为你的姓氏笔画是十三笔。"

韩舍思念她的日日夜夜，将那个蓝字默写了无数遍，早已刻骨铭心。

十三的到来，肩负着爱意。韩舍多次心道我家媳妇太可怜了，从未养过小动物，走哪儿就要将它抱到哪儿。

关键是十三很听话，果然四条腿的都很居家。

但不到一个星期，韩舍就发现他错了。

十三的右腿莫名其妙开始瘸了，它瘸腿走路不稳，多次摔倒惹得蓝星河心疼。

韩舍当即联系了宠物店，店主说让他们再观察一下，然后他们就居家观察，慢慢发现十三的右腿好了，左腿却又瘸了。

店主在电话那头深深地叹了一口气："实不相瞒，十三一直没人要的原因就是它跟别的猫不一样，猫精猫精的，一看就不正经的那种。"

韩舍算是明白了，十三是只心机猫。

它虽然靠着外表博得了主人的同情心，但为了巩固自己的地位又用上了装瘸。毕竟是小动物，昨天瘸的哪条腿今天就忘了。

十三因此进位成功，开始跟着蓝星河上床睡觉。但无论它被韩舍揪下去几次，它都会龇牙咧嘴地冲上来，还对着韩舍的枕头放屁。

蓝星河从来没有对韩舍发过脾气，却会为了十三把他关在门外。

她还在朋友圈发了自己跟猫咪的照片，韩舍觉得自己的家庭地位遭受到了威胁。发朋友圈的那天晚上，韩舍接了蓝星河的一个电话。

竟是李君泽打过来的，李君泽瞬间就听出对方的声音来：“韩舍！怎么是你！你为什么在星河旁边！”

韩舍在十三那儿受了气，可算是逮到人撒野了。他冷哼一声：“到睡觉时间了，所以我在她的旁边。”

李君泽没反应过来，等反应过来时，人家已经把电话挂断了。

后来随着猫咪一天天长大懂事，或许是胳膊始终拧不过大腿，十三终是对韩舍服了软。

韩舍每天早上醒来都会发现猫咪睡在他的胸口上，犹如一块沉甸甸的大石头。

他是想来个真人快打的，但只要回头看到蓝星河熟睡的脸，就没了脾气。

爱屋及乌，也不是没道理。

7

还有半个月就立夏了，立夏一过，元、蓝两家就要举行盛大的婚礼了。

因为之前准备了婚礼要用的一些东西，所以蓝星河并不着急。反倒是长辈们比较紧张，列了庞大的宾客名单正在审核。

新娘新郎真是乐得轻松，一个安心上课，一个安心教书，她写论文他备课。两个人唯一探讨的有关婚礼的事情，就是伴娘和伴郎。

他们把处得最好的朋友名单列出来。

男性：郝一舟、西关、言泠。

女性：萧明月。

那么问题就来了，伴娘只有一个，所以伴郎也只能三选一。

蓝星河说：“郝一舟害怕见明月是不是？”

韩舍点点头，随即也问她：“当初是郝一舟诓你我死了的吧？”

“嗯。”

“既然如此，我们就要对他好点。”

“我赞成。”

韩舍和蓝星河对视一眼，随即在伴郎的邀请卡上写上了郝一舟的名字。

时间过得不快也不慢，他们就跟普通夫妻一样，为生活和学业而忙碌着。他们会在周末的时候逛个街、看场电影，抑或窝在家里做一顿美味的晚餐。

在回沪城的前一天晚上，韩舍关掉屋子里的灯，打开了投影仪。白色的墙面开始有了亮光，陵谷沧桑，星月流年，世间万物大开大合，变化极快。

这是韩舍给天文馆做的宣传视频，他现在虽然当的是一名数学老师，但已经把父亲的爱好变成了自己的爱好。他除了坚持做公益演讲，还会帮助天文系统单位做一些项目研究。

韩舍是极其聪明的，但从不显露自负。他愿意和大家在一起，做个开开心心的人。蓝星河就喜欢这样的他，心是暖的，无论受到多么不公平的对待，他也依旧要做一个善良勇敢的人。心怀大义，相爱世间。

蓝星河偎依在韩舍身旁，脚边的十三睡得正睡得香甜。她看着眼前的画面，无数个闪亮的小点点崛起，漫天而落，黑夜归星河，当绝美无比。

画面还在变化，直到那七颗星闪耀无比。

蓝星河刚抬起手，韩舍就握住了，他知道她要做什么。两个人的手从斗柄的末尾开始游走，蓝星河轻声念道："摇光、开阳、玉衡、天权、天玑、天璇、天枢。"

沿着北斗七星，找到北极星，就不会迷失方向了。

蓝星河又想起了许多过往的事，那些场景仿佛历历在目。她跟韩舍说好了，婚后就回十里镇和阿苏里度蜜月，她要那曾苦苦追寻韩舍的道路重新变甜。

"那你准备好了吗"韩舍问。

"准备什么？"

"当然是跟着我看一辈子星星了。"

"我准备好了，你呢？"

"早已等待。"

番外一

少女你有些膨胀啊

一切都只是序篇，
直到遇见你之后，
才是人生开章。

蓝星河读幼儿园的时候就多次代表学校去参加珠心算比赛，利用算盘进行加减乘除和开方、乘方的运算，她的最高纪录是六位数以内。

但这并没有得到蓝启明的夸赞，因为总有人比他女儿聪明。

蓝星河的智商比同龄人高出太多，珠心算只是她众多技能中的一技。业余围棋六段，拉丁舞在国际赛事上获得过两次金奖，国画和钢笔字练得很好，奥赛和英语更不用说。

无独有偶，她是一个小天才，却过得并不开心。

蓝星河在幼儿园没有交到一个朋友，他们流着鼻涕和口水的样子落在她眼里全是嫌弃。他们也无法拥有共同语言，用电影里的话来说，她不是瞧不起某一个人，是瞧不起所有人。

上了小学以后，蓝星河开始学习心算，带她的老师是个日本人，叫由奈，是个未婚女性。由奈十分严格自律，对学生的要求极其高。换成今日来看，当时要是学不好可能分分钟让人切腹。

蓝星河就是在那个时候，潜移默化地有些讨厌老师。

由奈会带着蓝星河去参加有含金量的心算大赛，那里高手如云，蓝星河所在的少儿组竞争力很强，听说青年组更是强上加强。

第一次参加的时候，由奈本想带蓝星河去观看青年组的比赛，却没想到少儿组因为设备问题耽误了点时间，此时青年组的众多学生都跑过来看小朋友。

韩舍穿着蓝色校服，嘴里叼着一根棒棒糖，青涩张扬的脸上堆满了笑容："哥们儿，祖国的花朵们怎么样啊？"

"看着都不太聪明的样子。"

韩舍在那堆等待的小朋友当中一眼就看到了蓝星河，小朋友好像有点不开心，沉着脸站在那儿。等待的时候闹哄哄的，有很多家长拿着吃的喝的递上去，由奈没有管她，韩舍瞧见小朋友舔了舔嘴唇，心里想她大概是想喝水了。

这个奶白奶白的小朋友，是个小可怜啊。

蓝星河前面的一个小男孩抱着大黄蜂水壶，转过头问："喝不？"

“不喝，谢谢。”

“你没水为什么不喝呢？”

“因为脏。”

小可怜也是小可恨。

那场比赛韩舍坐在底下看完全程，他觉得这些小朋友太神奇了，小小的身躯里拥有大大的能量。尤其是冷静又果敢的蓝星河，他看着大屏幕上的那个名字一路升到顶峰。

赛事结束的时候，韩舍跟老师打了招呼就离开了。他的老师走到蓝星河那边，想要摸摸她的脑袋，谁知蓝星河突然就躲开了。

“她真厉害。”

“还行。”

原来由奈跟这位老师认识，由奈又问：“你那边呢？”

“赢了啊。喏，那个高个子就是我的学生。”

蓝星河顺着老师手指的方向看去，一个高个少年抬脚便跨上三级台阶，只三步就将蓝星河要走半分钟的路给迈过去了。

少年的头发很短，他挠耳朵的那只右手骨节分明，修长纤细。待他开门的时候，蓝星河看到了他的侧颜，严格来说最先看到的是那根露出半截的棒棒糖签子。

韩舍的老师只要一提到他，就感到无比自豪：“我这个学生聪明又能干，比赛获得的奖金都用来贴补家用了。”

这是蓝星河第一次听到这个词，她好奇地问：“贴补家用是什么意思？”

老师见她开口说话了，就当逗弄小朋友，乐呵呵地答道：“就是天天吃不饱啊，饿到嚼塑料签子了。”

蓝星河所处的环境是不会知道饿的滋味的，很小的时候有过一次，以为是肚子痛，却不知那就是饿。

她一日三餐定点定时，水果和零食都是精挑细选的，赵文君在这方面做到了极致。

三个月后地区赛的现场，韩舍老师给他拎来两袋吃的，说是由奈老师给的。

韩舍翻出一盒饼干，吃到嘴里又香又软，他把一盒子全吃了。

老师扫他一眼，又说："严格说起来这是由奈老师的学生给你的。"

"哪个学生啊？"韩舍正吃得欢。

"蓝星河。"

蓝星河在家里的时候听到由奈跟那个老师打电话，她倒不是故意听的，而是由奈跟对方确定了恋爱关系。比赛出发前蓝星河跑到厨房，将那个零食柜掏了个空。

老师盯着比赛现场，无意地说了一句："小朋友心挺善的，就是有点自闭。"

韩舍再看向蓝星河时，眼中充满怜惜，这么可爱的祖国的花朵怎么会得了自闭症呢？除了在赛场上相见，韩舍还发现蓝星河念的那所小学就在自己的中学对面。一到放学时间，排成队的"花朵们"都会戴着小红帽整齐地过马路。

韩舍骑着自行车停在马路对面等红灯，摆了摆耳机，抬头便看见了跟大家不一样的蓝星河。她扎着两条小辫，胸口鲜艳的红领巾飞扬，就是显得不太开心。

因为老师总是让她把小红帽戴起来，戴上取下来再戴上，后来连老师也不开心了。

前来学校接孩子的家长就在韩舍身后不远处，他回头望了望，都是清一色的豪车。

早就听说这所小学养的都是"金豆子"，韩舍看着那颗倔强的"小豆子"咧嘴笑了笑，恰好红灯跳了，韩舍便蹬起自行车快速通过。

蓝星河在和那辆车擦肩而过的时候回了一下头，她觉得那个背影有点熟悉，几乎没有多想就确定了是由奈老师男朋友的学生。

两个人可能都未曾料到，原来初初相遇自己在对方眼里是这样的人。

蓝星河瞧他，哦，那个贴补家用的。

韩舍看她，唉，这个得了自闭症的。

蓝星河不是自闭症，她只是没有学会跟别人交流，韩舍在心算自由挑战赛的现场目睹过她发脾气的样子。

因为口角跟小朋友们起了争执，她揪着一个人的领子，声音很大："说对不起！"

"我说对不起了！"被揪领子的小男孩也很生气。

"说对不起！"

"我说了啊！"

由奈尴尬地将蓝星河拉开："人家已经说了。"

"他不诚心。"

因为不诚心，在侮辱她行为的时候就是在侮辱她的智商。她就是觉得这些人幼稚、无趣，不爱搭理怎么了？这就像一根小刺，扎进了她的心里。在所有人的眼中无非就是小朋友们之间的打闹，但蓝星河认为这不公平，她需要公正对待。

那天的自由挑战赛不分年龄组，蓝星河抽签的对手是韩舍的同学。两个人在台上激烈角逐，最终是年长的同学获胜了。

韩舍的同学性格很好，笑眯眯地对蓝星河说："小朋友再接再厉哦，其实这个比赛对你来说并不是很公平，毕竟你现在心智还不全……"

"你心智全？"蓝星河冷冷地看着他，吐出一句，"废话真多。"

同学下来后跟韩舍疯狂吐槽："我被一个小学三年级的女孩说心智不全，你说搞不搞笑？你不知道她有多凶，白长了一张娃娃脸，以后自由赛你要是遇到她，千万别客气！"

那晚韩舍跟着老师出去吃烧烤，老师给由奈打了一个电话。由奈突然压低声音说："等会儿再说。"电话还没来得及挂断，那端就响起了一个男声。

"蓝星河你过来。"

韩舍见老师开了免提，一脸要听戏的表情。

蓝星河在看到蓝启明的时候，身子明显缩了一下。她挪动步子走过去，由奈护着她，带了些歉意：“对不起蓝先生，这次没拿到冠军。”

“没关系的由奈老师，辛苦你了。”蓝启明话是这么说，可对着蓝星河的时候态度又变了：“你现在认清自己跟别人的差距了吗？你不努力就永远比不过别人，整天想着要吃棒棒糖，我说过多少次那种东西不干净，你如果听我的话会有今天吗？”

韩舍当时心里一万个冒号：什么意思？吃棒棒糖的人就不配有好结果了？

“爸爸对不起……”

蓝星河糯糯的声音传来，听得韩舍心里闷闷的。

“你今天还做了什么？”

未等蓝星河开口，由奈就说：“先生，今天星河是……”待看到蓝启明的眼神，她又不敢开口了。撒谎是没用的，蓝启明时刻关注着蓝星河的动态。

蓝星河咬着唇，有些委屈：“他骂我……我不给他吃饼干，他就说我有病。”

“如果你足够强大，别人会这样说你吗？”

韩舍忍不住了，突然要去拿手机。老师吓坏了，连忙说：“你干吗？！”

“他在说歪理，我要纠正他。”

老师无语地将手机拿起来，听到那头的蓝启明又说了一句：“去书房跪着。”话音落下，电话也被挂断了。

韩舍算是明白了，这种家庭养出来的孩子不歪才怪。但老师的理解就跟他不一样：“我经常听由奈提起，她工作的这个家庭背景很复杂。你要知道，商人比一般人要难打交道，这个小朋友将来要走的路也跟你们不一样。你还小，等你以后工作了就会懂了。”

少年正值青春，嚣张又猖狂。他大口咬了一块肉：“懂什么？我家要有这么一个聪明可爱的妹妹，疼都来不及呢。”

韩舍最后一次参加心算比赛，刚升入高二。

蓝星河这时还在念小学，两个人最近的一次相遇也是最后一次，再见便是多年以后了。

蓝启明在女儿拿到自由挑战赛冠军后给她转去了一所国际学校，那里的环境跟普通小学不太一样，听说是高智商人才聚集地。

那场自由挑战赛的倒数第二轮，韩舍算了成绩，他如果胜出，那在最后一轮必然会跟蓝星河交手。不是自夸，韩舍想赢蓝星河，那是轻而易举的事。

于是韩舍在这一轮故意输给了对手，无缘决赛。

蓝星河在决赛中获胜。

这可把韩舍的老师给气坏了，揪着他的耳朵骂道："我天天带你吃烧烤都吃狗肚子里去了？还信誓旦旦跟我说拿个冠军奖杯给我当枕头，我信了你的鬼！前一年头疼说比不了，今年又放我鸽子，明年你想跑都没得跑！"

"老师明年我要高考……"

老师血气上涌，嚷着让韩舍把烧烤给吐出来。

第三年的自由赛，蓝星河依旧是冠军。

韩舍翻着网站上的新闻，咬着手指笑出声来。小朋友长得特别快，一年比一年好看。她已经不再扎两条辫子，而是扎一个高马尾，露出洁白的额头，美人的轮廓渐渐显露。

蓝星河小升初的时候，满分成绩可是上了沪城报纸头条的，韩舍想不知道都难。这个天才少女与同龄人相比完全无法比拟，她在任何场合都是清冷孤傲的。

韩舍觉得她得到了很多，却失去了最重要的东西，那就是笑容。

人如果不会笑，该有多可悲啊。而悲到尽头，就是无望的自卑了。

蓝星河常年承受着高强度的压力，性格也变得越来越难以捉摸。由奈就说跟她相处要小心为上，韩舍的老师摇了摇头："我看一般人拿不住她。"

由奈准备结婚了，因为成家之后有很多事情要规划，所以不能再当蓝星河的心算老师。她还叹气："所以人人都对她很严格，包括我。其实她还是挺孤单的。”

韩舍的老师就说：“她的身边没有同龄人，当然孤单了。”

“对了，她的妈妈想让我推荐一个家教老师，我没有合适的人选，你有吗？”

于是老师将韩舍叫出来吃烧烤，问他之前请过文化课的家教老师没有。韩舍灌着啤酒，咬着肉串：“我聪明，不用人教。”

老师知道他是在说实话，能上Q大的自然不是什么笨蛋。

“我们是在给蓝星河找老师。”

听到蓝星河的名字，韩舍才觉得好久未见她了。他想了想，说：“给她的老师不用最好，需要最对。她其实很聪明，老师除了教她知识还要教常识，这一点很重要。”

老师一拍桌子：“跟我想的一样。怎么，你有推荐的老师吗？”

韩舍反问：“她有点不喜欢老师对不对？”

于是郝一舟就背着书包出现在了蓝星河的家门口。郝一舟和韩舍的成绩不相上下，也是很好的朋友，韩舍帮忙介绍了这份家教工作，他很是感激。

韩舍也很感激，毕竟某人替自己挡去了很多麻烦。

如果当时是韩舍去做了家教，蓝星河必然会反感他，更别提今后还能做朋友了。

郝一舟后来被整得受不了，想跟赵文君诉苦又觉得有点像欺负小朋友，几次想告知蓝启明将这个魔女给暴打一顿，可看着蓝星河柔柔弱弱的样子也就罢了。

韩舍隔三岔五就能听到郝一舟抱怨，有一次捯饬电脑的时候他还指责蓝星河：“你看，她还用我的电脑打游戏，她怎么不敢用自家的电脑！”

就在郝一舟要关闭页面的时候，韩舍记住了那个ID。随后郝一舟将游戏卸载，再把笔记本电脑推给韩舍：“你帮我给她布置个作业，要难到让她睡不着觉的那种。”

他用十分钟出了一道较难的数学题，刚发过去没两分钟，蓝星河就将解题过程发了过来，还附带一句：题目错了个符号。

韩舍笑笑，手指在键盘上飞快地敲击：嗯，不错，有进步。

蓝星河在那端微微蹙眉，顿了顿，回过去：用你说？

对方再次发来消息：少女你有些膨胀啊。

蓝星河答道：过奖。

韩舍回复：希望见面的时候，对我手下留情些。

郝一舟说话奇奇怪怪，蓝星河只要一想起他的脸就来气，她从来没有这样讨厌过老师。因为首次见面的时候她问了一句："老师，您明天能给我买根棒棒糖吗？"

"棒棒糖？"郝一舟还咦了一声，"吃那个容易缺钙长不高，我一个朋友就因为老吃棒棒糖，现在只长到了一米八六，比我还矮半厘米呢！"

蓝星河："……"

不整他整谁？

郝一舟的家教事业只撑了半年，他离开蓝家的那天觉得天高云长，万物复苏，整个人都舒展开来。事后他很认真地跟韩舍说了一句话："以前在书上看到说，幸福的孩子一生被童年治愈，不幸的孩子用一生治愈童年。韩舍，这个小姑娘跟你完全是两种类型，你是在孤寂无望中看得见太阳，她却是在光芒里被遮蔽了双眼。"

韩舍无言，到底是怎样的一个女孩啊，明明有着一颗红色的、善良的心，却没有得到世界的爱。所有人都在推着她往前走，从未告诉过她路边的风景也可以注目。

他很想交这个朋友，告诉她人间的美好。

一切都只是序篇，直到遇见你之后，才是人生的开章。

等多年以后才发现，原来爱你不是缘分使然，而是蓄谋已久。

番外二

给儿子取名的日常

她希望这个孩子和韩舍一样，
从降临人间的那一刻开始，
星光加冕，快乐无忧。

蓝星河的孕肚还不明显的时候，曾在学校和同学打过一次网球。

网球场上有好多人，尤其是男生。他们总是假装捡球出现在蓝星河的身边，只为了说句“嗨”。网球服是检验身材和颜值的标准之一，蓝星河的身材比例超好，又爱穿短裙，大长腿可是羡慕了一众男生女生。

她将搭在肩上的长发甩到后面，再正了正棒球帽，笑容明媚。

有个男生给自己想了个搭讪的方法，计划跑过去撞到蓝星河，再来个英雄救美。小伙子算盘打得挺响，没想到英雄当不了，更别想有肢体接触了。

韩舍稳住蓝星河，很不友善地看向男同学：“长眼了没？”

“你谁啊？”男同学很不服气地道。

有个小女生“噔噔噔”地跑过来，将不长眼的人拉走：“啊！韩老师，好巧啊，韩老师拜拜。”

女生推着男生往前走，一脚踹到他的屁股上：“那是我们老师！”

蓝星河回头一看是韩舍，当即搂住他的腰，在他怀里蹭了蹭：“好热呀。”

韩舍挪开她的脑袋，有些不高兴：“热还抱着我干什么？我说了多少次不准来打球，很危险的知不知道？”

“嗯……”她开始撒娇，尾音上扬。

“这招没用，我现在很生气。”韩舍搂着她，两个人抱在一起，让“狗粮”三百六十度飞出去。蓝星河将帽子拿下来，捧着韩舍的脸就亲了一口。

“我要注重师德……”

蓝星河又咬了一下他的唇瓣，韩舍的双眸沉了沉：“故意的是吧？”说完按着妻子的小脑袋就是一记深吻。他还嫌马尾碍事，扯了头绳将那青丝彻底散开。

围观的男生大眼瞪小眼，完了，彻底没戏了。

晚上在家，元老又给韩舍打了视频电话，一接通就问：“你准备教到什么时候，教到我百年之后入土为安吗？”

韩舍在写教学 PPT，刚合上电脑，叹了口气：“外公，您就不能好好说话吗？”

蓝星河歪着脑袋进入视频中，元老前一秒翻白眼嫌弃，后一秒就眼冒小星星："我的孙媳妇呀，哎哟！外公看看，这小脸怎么瘦成这样了？到外公家来，外公给你做好吃的！"

蓝星河乖巧地道："谢谢外公。"

"哎哟！我的小心肝，星河啊，咱给宝宝取名叫甜甜吧，跟妈妈一样甜！"

"外公，医生说宝宝是个男孩呢。"

"哎哟，这可怎么办呢。"元老一把年纪了还装"卡哇伊"的模样，话说得为难，可脸上的笑容都快溢出屏幕了。孙子辈当中还没有添小生命的，可想而知蓝星河的孩子有多么宝贝。

韩舍看着外公的模样，坐在一旁酸酸地来了一句："什么怎么办，叫酸酸好了。"

元老龇牙咧嘴，握紧拳头："我打你哦。"面对蓝星河时再次换了张脸："星河乖乖，星期天就到外公家来，一定要来啊。"

于是到了星期天，韩舍就带着蓝星河去元老家吃饭，去到那儿以后才发现蓝启明和赵文君也来了。一家人和和美美地吃了顿饭，饭桌上，元老将蓝星河宠得不行，所有的饭菜一定要她先吃才行。

饭后水果时间，蓝启明将蓝星河叫到一旁去。由于客厅大得很，韩舍又坐得远，虽然听不清二人的对话，但看蓝星河恭顺的神色就知道，岳父又要说教自己的媳妇了。

韩舍双手环胸坐在那儿，眼神已经扫了不下十次。他终是忍不住，朝那端喊了一声："小风。"那对父女同时回头，就看到韩舍拍了拍自己的腿，"过来。"

韩舍才不管呢，他就见不得自己的媳妇被人说教，即使是亲爹也不行。

蓝星河看了一眼父亲，蓝启明没说什么，她便起身去找韩舍。刚坐到沙发上，她就被韩舍拉到腿上："我让你坐这儿。"

蓝星河被吓坏了，心虚得不敢看蓝启明，结果蓝启明果断地起身去找元老了。

韩舍见人走了，捏了捏蓝星河的鼻子："你怕什么？"

蓝星河一拳捶在他的肩上，薄怒道："爸爸又该说我了！"

韩舍挑眉，爱不释手地摸着她的脸："谁敢说，也不看看你户口本上的男主人是谁。"

蓝星河嫁了人，有了夫家撑腰确实不一样。怀孕之后蓝启明不让她养猫，把十三给接走了。蓝星河不敢说什么，那时韩舍出差了，等他回来以后才敢说十三被带回了蓝家。

韩舍当即就开车回沪城上门要猫，十三看到男主人"喵喵"叫个不停，在他脚边蹭来蹭去的。他抱起十三说道："爸，这是小风的猫，除非她说不要，谁都不能带走。"

不过两个月后十三还是被送回了蓝家，因为蓝星河开始对猫毛过敏了，没办法才和十三分开。这可真是苦了猫咪，赵文君对蓝星河说："你爸已经将十三当成你在培养了，柜子里摆满了它参加 CFA、TICA、WCF 比赛的奖杯和奖牌，昨天还刚给十三请了两位老师。"

十三品相好，血统纯正，窝在赵文君怀里"喵喵"了两声：我为这个家操碎了心。

韩舍又问蓝星河跟岳父说了什么，蓝星河说："他让我博士读完以后回他的公司去，还说宝宝的名字必须由你来取。"

"不，你取。"

"可我爸爸说……"

韩舍按住她的唇瓣，宣示主权："只能丈夫说。"

蓝星河甜蜜地偎依在他怀里，指尖在他的胸膛上画着圈："那取什么好呢？"

"取什么都好，只要是你取的，我都爱。"

西关和言泠问韩舍要不要二胎，西关说："如果你计划要二胎，这头胎的名字就得取得好，我跟言泠给你算了字。"

韩舍以为有多么隆重呢，西关一本正经地说名字，言泠翻译——

“韩想生（还想生）。”

“韩再生（还再生）。”

“韩要生（还要生）。”

“你们要是不确定，咱们可以取个稍微委婉一点的，比如韩生霸（还生吧？）、韩不生（还不生？）……”

韩舍果断地将视频挂断，并将二人拉入了黑名单。

后来蓝星河又请教了一下萧明月，萧明月虽然读了很多书，但取名这种事也有些拿不准，毕竟这个孩子牵扯到两个大家族。

几个人喝着昂贵的下午茶，吃着美味的点心聊着天。取名会议到最后，蓝星河要去结账，韩舍摆了摆手，示意坐在萧明月身侧的那个人。

郝一舟正享受着呢，跟有钱人在一起玩，生活真美好。

蓝星河友好地笑笑：“那就谢谢老师了。”

回头郝一舟看着账单上的四位数字只觉得双脚站不稳，他不敢相信地问服务员：“四……四千六？糕点就算了，我们只点了一壶茶啊。”

服务员保持良好的职业微笑：“您朋友点的是进口的英国红茶呢。”

郝一舟脸上的表情堪比一场暴风雨从宁静到来临，他掏出手机扫码，只觉得手指都在颤抖。这该死的生活啊，他就知道这帮有钱人能作，两块钱一瓶的矿泉水它不甜不解渴吗？

韩舍靠在郝一舟身后，撞了撞他：“在想什么？”

郝一舟回头，皮笑肉不笑：“我在想你家小孩干脆就叫韩星吧，再不然叫韩天真也行。”

寒心！他太寒心了！

天真！他太天真了！

晚上韩舍把这话告诉蓝星河，蓝星河倒是没有想到这个，说：“我觉得韩星挺好听的，明月也说取个接地气的名字，老人们觉得好养活。”

“那就叫韩星吧，夜空中最亮的星。”

夫妻俩达成共识，韩舍还说：“既然名字是郝一舟取的，那就让孩子认他做个干爹吧。”说着又想到什么，他眼中带有笑意，“满月酒还能多拿个大红包。”

夜深了还在当“加班狗”的郝一舟，打了个响亮的喷嚏。

孩子的名字定下来以后，蓝星河做了一个宝宝成长记录本，准备贴一些医院的单据，还要写下自己的心情。

韩舍洗完澡出来，就看到她坐在书桌旁认真地做着手工。她剪了一颗亮晶晶的星星贴在封面上，再用彩笔在底下画了一张小脸。

韩舍从后面搂住她，亲了亲她的脸：“让我来看看宝贝做了些什么。”翻了几页之后，他扑哧一声笑出来，“笨蛋，这些单据是要带去医院建档的，不能贴。”

“那快些收好。”蓝星河将本子里夹着的单据递给他，韩舍放到单独给她准备的盒子里，回来又继续搂着她。蓝星河蹭蹭他的下巴，乖巧又温柔，“你是老师懂得多，调教一下学生吧。你说我在右下角的页码处画宝宝的生长轨迹好不好？翻起来跟跳舞一样。”

“好想法。不过……”韩舍突然轻嗅她的耳畔，沉沉地说道，“调教不是这样用的。”

“嗯？”

韩舍将蓝星河抱起来往卧室走去，他坐在床边，腿上坐着娇妻。

那双不安分的手从蓝星河的脸一路往下，在解开两颗扣子后，韩舍看她的眼神中都带着浓重的欲望。蓝星河的心又酥又痒，将头发捋到耳后，有些紧张：“要不……”

“不是让我调教你吗？想逃课？”

韩舍很小心地将她放倒，亲了亲她的额头，在其耳畔说：“我问过了，医生说可以。”他又咬了咬她的耳朵，“可以吗，小风？”

蓝星河一直担心对孩子不好，有段时间觉得腹部不舒服，她怕韩舍担心就自己跑去医院找医生检查。

妇产科的那位医生其实是韩舍的同学，大家虽然都熟，但说起私密事情来还是有些难以启齿。

医生看蓝星河支支吾吾的，有点想笑：“你们是不是房事有些频繁？”

“……”

“怀孕中期，建议频率适度。”

“……”

“实在不行就分房睡。”

“……”

“韩舍就这么把持不住？”

“谢谢医生……我先走了。”

韩舍在Q大上完课，刚拿起手机，就有一条信息进来，是医生同学发的：老同学，保重肾啊。随后又给他发了一个公众号的推送文章，题目很直白——“论孕期房事的正确姿势”。

蓝星河明年博士毕业，她有些担心会因为学业照顾不好孩子，韩舍安慰她：“有我在呢，别担心。”

其实男性在这方面可以做的事情有限，但身心的慰藉极为重要。

蓝星河在网上看过很多帖子，她比较好奇：“顺产和母乳喂养会使身材变形吗？”

姑娘家爱美情有可原，韩舍也不勉强：“你做主。”

“那我要——只要是对星星好的，我就去做。”

韩舍摸摸她的脑袋，嘴角上扬：“这么乖呀。”

“因为这是你的孩子啊。”

蓝星河的这句肺腑之言对韩舍触动很大。他曾经也有过美满的家庭，但无奈人各有命，为此他也明白，这个世界上没有什么东西可以完完全全属于自己。

未出世的韩星改变了韩舍的看法，血脉相连无绝期，即便逝去，也永远存在过，属于过。蓝星河或许没有一个自在的童年，但她希望这个孩子和韩舍一样，从降临人间的那一刻开始，星光加冕，快乐无忧。

“因为是你的孩子，所以我做什么都愿意。”

“小风，不要什么都愿意，除了爱我。”

可想而知，在这样父母极度恩爱的家庭里成长的孩子，能不怀疑自己是充话费送的吗？

韩星上幼儿园中班的时候语言能力十分强，性子也狂。那个时候，韩舍和蓝星河已经各自回去当继承人了。韩舍不想孩子过早有虚荣心，就告诉他说爸爸是一名保安，妈妈是修电脑的。

连幼儿园园长都知道学校里有这么一个咬字清晰，逻辑思维缜密的小朋友，以韩星为半径画圆，五米开外全是他的小弟。

韩星坐在木马上，其实他很讨厌木马，但是没有正经的凳子，只能将就一下。他的皮肤又白又嫩，眼睛黑得像葡萄，一张红润的小嘴说个不停。

“我妈是个公主，公主会修电脑多厉害呀。我爸就有点惨了，他说这辈子只能做个保安。唉，这也就可怜了我了，爸爸说我是全家的希望。”

韩星旁边站着几位老师，她们都捂着嘴笑。全世界都知道他爸爸妈妈的身份，只有他不知道。韩星从木马上跳下来，像个小大人一样满脸肃穆：“老师，您看下半年我能直接去念一年级吗？我得早点为这个家做些贡献。”

老师把原话转述给韩舍，韩舍回家就给韩星上了一课。两个人在运动室的时候，韩舍毫不留情地一扫腿就把孩子给撂倒了。

“服吗？”韩舍双手叉腰，居高临下地看着他。

韩星到底是孩子，有些气红了眼。他还坐在地上瞪着高大的爸爸，韩舍又笑道：“不服也憋着，我就是想告诉你，等你真正有本事的时候再跟我提要求。”

“我很厉害！珠心算我是第一名！”

“你很厉害？”韩舍在他的面前蹲下，放低了两个人的高度，语气变得温和，“你知道泥巴捏在手心里是什么感觉吗？你知道怎么爬树捉小鸟吗？你知道溪水踩在脚下有多柔软吗？或者你想向流星许愿吗？爸爸希望你做那样的小朋友，而不是现在的你。”

韩星似懂非懂，喃喃一句：“幼稚……”

“那不是幼稚，是幸福的权利。”韩舍举着韩星肉嘟嘟的手掌亲了一下，“爸爸和妈妈会永远给你选择的权利，希望你体会到人生真正的快乐。”

饭后散步的晚上，韩舍牵着蓝星河的手在院子里走着。蓝星河指着天边啊了一声，赶紧双手合十闭眼许愿。

小尾巴韩星就跟在两个人身后，他也看到了流星。他知道那是进入地球大气层的流星体产生的发光现象，如果流星体能穿越大气层降落在地球，那就是陨石了。

连小朋友都知道的原理，怎么大人们会当成信仰呢？

妈妈许完愿后，爸爸还一脸爱恋地凝望着她。

韩舍问：“那年在沙漠的时候，你说许了个关于西关和言泠的愿望，实现了吗？”

“实现了。”蓝星河突然踮起脚亲了他一下，“我的愿望是要做他们的老板娘。”

面对无时无刻秀恩爱的父母，韩星显然已经习惯了。他学着妈妈的样子也许了个愿，两个大人相拥在一起，没有他的位置。

韩星硬是挤了进去，仰着小脑袋对韩舍说：“爸爸，我也许愿了，我希望今晚和妈妈睡。”

“不可以。”

“为什么不可以？妈妈的愿望都实现了！”

韩舍拥着蓝星河往回走，很无情地告知他：“愿望说出来就不灵了。”

“但是爸爸你说过给我选择的权利！”哼，想骗小天才我。

爸爸开始耍无赖：“我也可以说不给。”

无情啊爸爸！

韩星委屈得撇嘴，脸拧成了小包子。他晃着蓝星河的衣袖：“妈妈妈妈，你许的什么愿望啊？”

“关于你的呀。”

“关于我什么？”

“等你长大就知道了。”

“骗人，你们都在骗我……什么流行许愿愿望会成真，天上的东西明明都是无聊的……”

小小的韩星此刻并不知道，在未来的某一天，他会发现一颗小行星，并以深爱之人的名字命名。虽然尝尽了这世间的酸楚与甜蜜，却也深刻懂得了父母当时的深情。

爱一个人，是不由自主地去相信奇迹。

番外三

十里镇联盟

你想找什么样的对象？

你呢？

我要找你这样的，会做饭。

西关从来没有想过能和言泠一起开医馆，毕竟两个人都是穷人。

他们都是韩舍的线人，游走在任何地方都会第一时间挖掘和提供陨石线索。因为是过命的交情，两个人在知悉韩舍秘密的时候也从未向外透露过。

西关和言泠第一次见面是在视频里，加上对方的联系方式时，就开始互相打探消息了。

“言泠，公司给你交五险一金了没？”

“交了。”

“中秋节老板给我发了盒月饼，你有没有？”

“有，还有一千块钱红包。”

西关震惊了：“为什么我只有两百？”

他们的工资是从韩舍外公公司走的账，公司的人对于这两个从来没有露过面且不坐班的人感到好奇，都说是家主给外孙配的保镖。

西关对于韩舍一碗水端不平的行为感到不快，后来才想韩舍为什么会少给他八百。想了一夜他终于想通了，是因为出野外的时候韩舍被一条小青蛇给咬了。他笑出了声。

后来西关和言泠“奔现”，为纪念这重要的历史时刻，西关怂恿言泠整了韩舍。

他们抓了几条无毒的家蛇塞进韩舍的被窝里，那天韩舍被吓得够呛。

“其实我跟老板手脚功夫不相上下，家境嘛，也差不多。”西关就跟言泠吹，“要说哪里有点差距，就是他长得没我好看。”

言泠也不知道是怎么回事，“嗯嗯”直点头：“我赞同。”

“但他还是有优点的。”

“什么优点？”

“有点有钱。”

两个人平时当着韩舍的面都是一阵吐槽，但背地里酒过三巡之后就掏心窝子。言泠说没跟西关“奔现”以前不知道韩舍是怕蛇的，他跟韩舍可是因为蛇而交命的。

那年韩舍追着打听来的线索去了南部热带雨林，跟来自各行各路、抱着不同目的的一众人一起被困了十二天。言泠是单纯为了攒经验而出的野外，却倒霉地被蛇给咬了脚踝。

所有人都只想自保，对言泠唯恐避之不及，唯独韩舍不同。

他徒手将蛇给摔死，那决然的模样言泠能记一辈子。韩舍没有丝毫犹豫，用仅剩的清水给他冲洗伤口，做了紧急处理后又守在他的身侧寸步不离。

因为韩舍担心别人会抢言泠的物资，只要有他在，别人就不敢。

大家急着寻找出口，果断地将这两个累赘给抛弃了。

韩舍问言泠："你信不信我？"

"信你什么？"

"信我比你先找到出口。"

韩舍在那十几天相处中了解到言泠对于方向感极强，他提出一个交易："谁先找到出口对方就得为其做一件事情。"

言泠当时觉得自己要死了，毫无斗志："我怎么能跟你比。"说着他拍拍自己的大腿，"都这个样子了，估摸着再走一会儿毒素就漫延到心脏了。"

"试试吧。"

韩舍的试试，就是背着言泠走。当时言泠心里那个感动啊，面上还不能表露出来。他闷声闷气地趴在韩舍的背上，想确认他到底图什么："为什么救我？"

"没有为什么，就想救。"

"你就那么坚信能找到出口吗？"

"当然。"韩舍勾了勾嘴角，"我们俩比那些人聪明多了。"

韩舍没说错，他们联手，是强强联合。言泠还想着你背着我怎么比赛找出口，却没想到两个人没有分歧，所有的想法竟都是一致的。当他们走出森林的时候，言泠已经昏迷了过去，幸运的是碰见了救援队。

所以言泠觉得他欠韩舍一条命，打个工什么的，完全没问题。

西关跟言泠相比，和老板的渊源就简单多了。作为当地专职的地痞小无赖，他还有个赤脚医生的身份，是小的时候跟外乡的一个老爷爷学的医术。西关父亲的身体一直不好，越劳动家越穷，连一间正经房子都没有，他就靠给人看病获得收入。

“但他们给的‘费用’都是萝卜、地瓜什么的，我要的是吃的吗？我要的是钱啊！”

韩舍在外奔波多年，什么样的人都见过。有人故意为难他的时候，找来的帮手就是西关。对于这种类型的人来说，好好说话是行不通的，你得打到他服。西关被韩舍摁在地上摩擦的时候，心里那个怒火是“噌噌”地往上冒，较起真来连自己人都咬。他扑向韩舍的时候一脚把同伴给踹到河里去，脑袋朝下插进了泥沙中。虽然人救上来了，但之后一直处于昏迷状态。双方要打官司，要么赔偿，要么坐牢。

西关的父亲哭得一把鼻涕一把泪的，最终还是韩舍从中进行调解，对方开了一个数。

“你看我值几个钱？”西关还一副瞧不起韩舍的样子，“我比你多一种技能，辅助加伤害，你把我买了就赚了。”

韩舍就真的把西关给买了，还跟其父亲签了协议。大概过了半年，西关才发现韩舍当时签的根本就不是卖身协议，而是给他们的购房协议。

西关那颗傲娇蛮横的心啊，突然就柔软了。

韩舍曾让他们一起去沪城定居，两个人都不愿意。他们希望韩舍过得好，可以永远不打扰；如若过得不好，他们也心甘情愿伴其左右。

有些朋友，认准了，就是一生。

言泠问西关为什么选在十里镇开医馆，西关说：“难不成我开在阿苏里那边？有宋瓷在还能有我什么事？”

听他那语气还有些落寞，言泠揶揄他：“这是失恋的节奏吗？”

“说得我们好像谈过似的。”

西关一直是单方面相思，被宋瓷断了念想后就彻底不抱希望了。但言泠不相信，要不然西关也不会一有时间就跑去落桑村。

十月的秋季，是言泠的生日。那段时间恰逢农忙，很多人劳累后身体出现了些小毛病，跑来店里拔罐的、按摩的、拿药的，络绎不绝。言泠跟着西关学了些皮毛，但还是不如西关，病人们就问那个医生跑哪儿去了。

“我也不知道啊，我只是医馆聘来做饭的。”

有个病人腰间还扎着一根针，听到此话臀部一抽：“那……那我赶明儿再来吧。”

言泠又摸了一根细长的银针，自问自答：“是不是全扎进去？好像是。平刺还是斜刺来着，无所谓了。”

病人最后是拖着麻痹的双腿走的，来之前还很轻松，回去时感觉负重跑了五公里。

隔天来了一个病人，是来找事的，说领了药回去喝了以后上吐下泻。

言泠就很不服气：“我做了这么多年饭，什么搭配什么更有味，对身体更好我能不知道吗？”

病人：“这也行？”

“凡人果然不配吃我的东西。”

西关再不回来，中医馆的招牌就要砸了。

那晚，某人披着星光归来。

言泠刚把家里上上下下打扫一番，积累了一肚子火：“哟，情种回来了。”

西关将背包放下，灌了几口茶，频频摆手：“韩舍家的那头马鹿我真是服了，把老子半个园子的中药都给吃了。”

“然后呢？”

“我就把它给宰了。”

言泠十分震惊：“什么？！”

“把它给宰了一顿，放了点血。”

西关说着从包里挨个掏东西，都是些晒干的药材。他嘴里碎碎念：“你不是一入秋就脚发凉吗？给你弄点鹿血酒喝，暖身子。还有啊，我特地给你研发了一种泡脚配方，药材只能在落桑村种，但是被那畜生吃了大半，你先将就着用吧。你不是要过生日了吗？我什么本事也没有，就只能给你下点药了，但这个下药可不是那种下药啊……”

一回头，他发现言泠黯然失色。

“你什么表情？嫌弃啊？等你生日那天我还给你做蛋糕呢！茯苓蛋糕有没有吃过？”一看言泠还是不说话，西关觉得有哪里不对劲。他挠了挠头，“韩舍说你从来没有过过生日，其实这个生日吧，过不过也就那样，我也很少过。”

西关知道言泠不过生日是因为想念父母，虽然他们的模样早已模糊不清，但内心的羁绊却是根深蒂固。大家都不是出生在什么美满的家庭，更懂得惺惺相惜。那种伤痛，只有对方明白。

言泠一把抱住西关，从来不闹情绪的他此刻红了眼眶。他说：“谢谢，谢谢。”

林小源经常来找言泠，医馆其实是言泠的破旧老宅，当时拆了重新盖的。房子的设计还是韩舍请郝一舟给做的，也没收什么费用，就是要了西关家一头牛。

西关还恨得牙痒痒：“他就想阴我，别以为我不知道蓝星河喜欢吃牛肉！”

林小源参观中式设计的医馆，摸着大柱子说：“哇，越看越有文化。言泠，我让你问一下那个设计师能不能给我家也设计一下，设计师给回复了吗？”

“回复了。”言泠面无表情地说道，“人家说猪圈不做。”

“那羊圈呢？”

“人家说四条腿的都不做。”

林小源不屑地道：“那我看他一辈子也赚不了什么钱。”

“你到我家到底是来干吗的？”

“西关把我的车借走去粮油店拉东西了，我看时间差不多了就过来拿车啊。”林小源想到什么又说，“以后他要用车就直接过来找我，之前他去找赛虎家借小卡车没借到，还被他娘埋汰了一顿。”

赛虎他娘是典型的市井刁民，尖酸泼妇，西关不了解这边的人情世故，难免碰壁。言泠不乐意了，西关在自己的地盘上还让人给欺负了，这哪行？

林小源委婉地说：“你也知道咱们这地方小，你们俩又在一起生活，你懂的。”

言泠当即拎了把菜刀去找赛虎他娘，林小源不用明说他都知道对方说的话该有多难听。

双方一见面，话没说两句就正式开火，拉头发、扯耳朵，战术极其接地气。

赛虎他娘：“你俩小子一起上我都不带怕的！”

言泠放狠话：“谁先松手谁不是人！”

林小源看自己赤手空拳的，撒腿就溜了。

西关采购一番回来，就看到两个人撕扯得不可开交，周围全是看戏的。西关亮了亮腰间的武器，擦得锃亮的刀刃泛着寒光，众人火速离去。

那是他新买的用来割肉的刀。

赛虎和他爹合力将他娘给拖回去，他爹凶她：“快点回家！人家主人回来了！”

言泠被林小源架着，他脱了鞋就往那边扔：“不是人、不是人！”

西关真是哭笑不得，拍了拍言泠：“行了，你跟女人都能打起架来，跟着韩舍混的时候怎么没见你这么凶猛？”

言泠睚眦欲裂：“见一次打一次哦。”

林小源拿着西关给的两斤牛排，朝他们鞠了一躬：“再见！祝你们身体健康，越来越凶猛！”

言泠火速脱了另一只鞋，朝林小源奔跑的方向扔过去：“真以为老子好脾气呢！”

西关无所谓地耸耸肩：“走，回家，给我弄香煎牛排吃，顺便把你酿的葡萄酒拿出来。”

夜晚的院子中，一桌两椅，还有大圆月。

“将进酒，杯莫停，‘切丝’！”

言泠的头发被薅得有些奓毛，西关给他稍微捋了一下。再说起白天打架的事情，言泠怒火未消，西关倒是捂着嘴笑个不停。

“你不是个暴脾气吗？换了以往早就冲上去了。”

西关解释道：“那是跟着韩舍，其实现在才是真正过日子。干不完的农活，洗不完的衣服，还有路口嗑着瓜子的长舌妇，一群乱拉屎呱呱叫的鸡鸭鹅。哎？少条看门狗，言泠你弄条狼狗来养养？”

“自己都养不好，还养狗。”言泠闷了一口酒，又道，“谁跟你过日子啊。咱们现在是股东关系，利益合作，明白吗？”

西关白他一眼。

言泠抬头望向天空的那轮明月，叹了口气：“这日子可真难过啊，还是得找对象。”

“那你想找什么样的对象？”

“你呢？”

西关想了想：“我要找你这样的，会做饭。”

“那我也要找你这样的，辅助加伤害的。”

两个人深情对望，下一秒贱兮兮地撞拳：“优秀。”

“你刚说要养什么狗？”

“狼狗。”

“养藏獒吧，咬人凶。”

“你要咬谁啊？”

“赛虎他娘……”

“呃，其实人家说的也不完全错。”

“什么？”

“喝酒吧，我再想想。”

“……”

番外四

霸道女总与她的小娇夫

他的声音像是从深渊传来，
你知不知道她……
是我心上人啊。

郝一舟给两位亲爱的朋友包婚礼红包，包得倾家荡产。

谁不梦想拥有一个超有钱的朋友啊，他郝一舟都不用梦想，现实就给他塞了两个。哦不对，三个，买二赠一。

郝一舟加班加点在公司干活，就想多挣一点在干儿子的满月酒上有面儿。至于自己的终身大事，如果对方的彩礼要求不是很过分的话……算了，还是不要媳妇了。

公司刚开完季度大会就接到一个大项目，一家上市食品公司要给新产品做设计。合同前脚签，郝一舟一组六个人合力将案子要到手。

郝一舟是组长，副组长算过成本之后跟他说："甲方还有个额外要求，logo必须要用名家书法，预算我也做出来了。"说着竖起两根手指。

"两万？可以，不多。"郝一舟背靠椅子，双脚搭在办公桌上，懒洋洋地说。

副组长笑眯眯地说："两百万。"

有人险些从椅子上摔下来。

要用两百万请来三个简体字的墨宝，郝一舟摸摸空瘪的钱包感叹，这可恶的资本家啊。

郝一舟在茶社偶遇萧明月的时候，还乐呵呵地跟人吐槽上了，说他长这么大就没见过哪个大家敢卖三个字两百万的，一定是个半吊子。

萧明月笑笑，没有说话。

副组长赶来的时候气喘吁吁，说堵车，然后抓紧时间给大家介绍："这位是郝一舟，我们设计部三组的组长。组长，这位就是甲方指定的那位书法名家，萧老师。"

"您好。"萧明月别有意味地伸出友谊之手。

好，好，好，好个大头鬼啊！

郝一舟真想钻到蚂蚁洞里去给人搬家算了，他无力地摊在办公室里，觉得日子了无生趣。萧明月赴会很明确地拒绝了邀请，本着大家闺秀的高尚情操，她还埋了茶点的单。

副组长搅着咖啡思考：“她是嫌钱少了？”

郝一舟嗤笑：“她根本就不在乎钱。”有钱人的世界你一无所知。

“那我就能确定她为什么拒绝了。”副组长抿了口咖啡，好整以暇地看了一眼快瘫痪的大组长，“你那样说人家半吊子，是我我也不干。”

“所以？”

副组长连人带椅直接给他推出办公室，指了指门口：“请。”

解铃还须系铃人，郝一舟想了好几个道歉的法子都觉得不妥，最后无奈地给蓝星河打去电话。他打电话的时候也没看时间，蓝星河可能是睡着了又被吵醒了。

电话里她不停地打哈欠，郝一舟就听到那端传来低沉的男声：“宝贝给我。”

于是电话就传到了韩舍的手中。事情刚说完，韩舍就果断地道：“不帮。”随后“啪”的一声挂断。

郝一舟瞪大眼睛，想骂人：无情啊！拿了红包就不认人啊！

关键时刻，他只能硬着头皮自己上。

隔天一大早，郝一舟拎着保温盒出现在萧明月家楼下。萧明月刚运动完，脸颊绯红，漂亮的锁骨上泛着光，紧身运动服勾勒出她性感的曲线。那腰身，那胸……

郝一舟僵硬地看向天边的云彩，心潮澎湃。

他是不会对萧明月有幻想的，他自认比韩舍有觉悟。

萧明月让他在客厅里等着，说一起吃饭，随后便进了浴室。

一关上门，萧明月就重重地深吸一口气，她从来没有请过男生到家里来，尤其是喜欢的男生。

或许是因为太过紧张，萧明月在淋浴完后急着去拽浴袍，脚一滑将浴袍掉在了地上。她的右膝跪在上面，浸湿了衣物。

郝一舟听到了她清晰的喊叫声，当即起身走到浴室，叫了萧明月的名字，等了半晌却没动静。随后他试着敲了敲门，心里想着她会不会是摔倒了，手转动一下门把发现门可以打开。

“我进来了。”

浴室很大，郝一舟绕过两道储物柜才算进到里面。这一看不得了，萧明月未着寸缕，正伸手去够上面干净的浴袍。

两个人对上目光时，郝一舟突然就流下了两道鼻血。

“对……对不起，我没有看到你没穿衣服！”

“……”

郝一舟立马转身，捂住自己的口鼻。这该死的火气啊，菊花茶还是喝得少了！

萧明月已然无语，她忍着腿疼，利索地将浴袍穿上，瘸着腿从洗手台旁抽了张面巾纸递给郝一舟，然后默不吭声地离开了浴室。

郝一舟懊恼地对着空气挥了一拳，怎么办！本来是要道歉的，现在错上加错了！

萧明月穿好衣服坐在饭桌旁的时候，郝一舟像个尽职的家仆一般立在旁侧，不敢坐也不敢说话。见主子拿起筷子，他赶忙将碗往前推了推。

“你不吃吗？”

“您吃。”我不配。

萧明月喝了口米粥，听见身侧的家仆幽幽地说了一句：“我真的什么都没看见……”只觉得喉咙一烫，她吐了吐舌头，一杯清水当即递到眼前。

郝一舟极力想要撇清关系，从他飞燕式的鞠躬不难看出。

“再次向您诚挚地道歉！”

萧明月突然就来了火气，看着郝一舟，有些戏谑：“你来是想让我写字的对吗？”

郝一舟“嗯嗯嗯”直点头。

“给谁写……”萧明月勾起一抹冷笑，“都不会给你写。”

郝一舟和韩舍排排坐在酒吧的水台前，商场失意的男人将酒一饮而尽，却发现韩舍还在看手机。

他悄悄看了两眼，什么宝贝什么爱你，都老夫老妻了还这么肉麻。

“叫你来是安慰我的，不是给我塞‘狗粮’的！”

韩舍端着白开水跟他碰了碰杯：“你是哪种狗？”

“我是狗，但你真不是人，说好的两肋插刀，休戚与共呢？男人的嘴，骗人的鬼！”郝一舟又饮尽一杯，手指敲了敲桌子，“我现在是在问你解决的办法，你跟我摸鱼呢？知不知道我们工薪阶层的人赚钱有多辛苦？说起来还得怪你们这种人，结个婚把我的身家整个掏空，一年了我都没买过新衣服！”

韩舍看着他表演，嘴角一勾：“好辛苦哦。”

郝一舟长长地叹了口气：“老天着实不公啊，我愤慨啊。”

“你知道萧明月为什么不愿意给你写吗？”

“我要知道还用问你？”

韩舍还在笑，一只手托腮，一只手玩着水杯，像是故意在卖关子，问：“你是不是……还喜欢萧明月？”

“噗——”

好一阵猛咳。

郝一舟涨红了脸，结结巴巴道：“胡……胡……胡说八道。”

“这么没种啊。”

韩舍这句话着实打击了郝一舟的男性尊严，他恶狠狠地凑过脑袋：“我有没有种你知道？韩舍我发现你跟蓝星河在一起后，是越来越目中无人了啊。”

“下周萧祁山过生日，跟我们一起去吧。”

郝一舟别过脑袋：“不去！”

“那随便你。”

说不去的郝一舟，在新一周的周二的下午五点半，西装革履地出现在韩舍家门口。

蓝星河大着肚子走出来，韩舍紧随其后，又是搂肩膀又是摸头发的。

不等他们发问，郝一舟就抢先回答：“人不能因噎废食啊，我那组人还等着发奖金呢。正好我可以给你们开车，你们俩就坐在后面腻歪吧。”

萧祁山的生日宴根本没请几个人，郝一舟到了以后才发现自己是不请自来，觉得万分尴尬。

萧明月亲自下厨负责今天的菜肴，蓝星河想要帮忙却被撵了出来，最后换了郝一舟进去。

两个人在厨房里基本没说什么话，除了“洗什么”“洗好了”，就再无其他了。

入座的时候，郝一舟的位子被安排在了萧明月旁边，韩舍夫妻俩坐一起，还有另一对夫妻是萧祁山的好朋友。

七个人像普通朋友聚会那样，聊工作和生活。郝一舟越听越坐立不安，人家随随便便都是几个亿的项目，只有他任劳任怨地啃着几万块的工作。说不自卑那是假的，要不是跟韩舍是多年的兄弟，他是绝对顶不住这天上地下的距离感的。

其间大家又问起萧式兄妹的感情状况，他们都说以工作为重。提问转向新朋友郝一舟，他心里在落泪，谁不是以工作为重啊！

郝一舟尴尬地笑笑：“没有喜欢的人。”

大家也就没说什么，蓝星河察觉到萧明月的神色黯淡了一下午。

这顿饭吃得算是愉快，毕竟又认识了一对有钱夫妻。郝一舟在厨房里刷碗的时候就在想，敢不敢来两个穷人？

萧明月喝了点白酒，鼻尖又烫又红。郝一舟将最后一个盘子擦干净，看了她一眼道：“没什么要弄的了，你去休息一下吧。”

她的语气有些闷：“不用你管。”

郝一舟觉得奇怪，走近萧明月，歪着脑袋盯着她看：“你是不是有点过敏啊？”

萧明月靠着台子，将脖子缩了缩，躲开了郝一舟的气息。

郝一舟认真了，想也没想就捏住她的下巴，将那张红扑扑的小脸来回看。

“我觉得你是啊，鼻子、脸，哎！你的耳朵也开始了……”

郝一舟见识过蓝星河过敏严重的样子，他就怕萧明月也肿成那副模样，那这张花容月貌的脸就可惜了。正想着，他突然对上萧明月的眼神，炙热又温情。他不是个傻子，火速松开了手。

就在他松手的同时，只感觉衣领被人一拉，借着力来了个反身将其压在台边。

萧明月站在了郝一舟的位置，心“扑通扑通”狂跳，几乎没有多想就吻了上去。

郝一舟惊呆了。是的，他被强吻了。

那种滋味……形容不上来，以前电视剧里上演被强吻的演员都是瞪大眼睛的，但郝一舟只想闭上眼睛，紧紧地抱住她，再躺到软一点的地方去。

两个人的呼吸急促，成年人的吻并不单纯，萧明月开始啃他的下巴。郝一舟觉得浑身难受，更何况她的手还在自己的腹部乱摸。

“别闹。”郝一舟的喉结滚了滚，降低音量。

萧明月算是豁出去了，她贴近郝一舟的胸膛想要寻求一个答案：“你真的，一点都不喜欢我吗？”

郝一舟没有说话。该怎么说呢？

萧明月看着他的眼睛：“所以你才想要我给你写字。”

“这跟写字有什么关系？”郝一舟的脑回路清奇，反问道，“你是愿意给我写了？”

这个该死的男人，一定是钻钱眼里去了。萧明月觉得这倒是好办了。她看着郝一舟英俊的脸庞，只觉得细看之下，五官漂亮得不行。她咬咬唇，说出了极不符合身份的一句话：“我可以给你写，前提是，跟我上床。”

郝一舟觉得日子越来越难过了，连身都要卖了。

萧明月的要求当然不能答应，要是答应了还是人吗？虽然他做梦都想。

郝一舟去见了甲方，对接的是一位女秘书。女秘书听完来意拿不定主意，就带着他去见了总经理。郝一舟还在纳闷，这么小的事情都要麻烦总经理。直到见了以后他才明白，公司意外地接了个大坑。

那位总经理比郝一舟大不了多少，但极其猥琐。

他叼着一支雪茄倚靠在沙发上，对郝一舟说道："你们公司既然接了单子，就得遵守约定。我要萧明月的墨宝，你们就得给我请来。要么做要么赔，还来跟我说什么换人？这个位子你来坐？"

猥琐男很嚣张，郝一舟沉住气，还是想好好说话："贺总，实不相瞒，我跟萧明月小姐是朋友，她不想做的事情我也不好勉强。"

言外之意，朋友的话都不好使了，何况是你呢。

贺总一听郝一舟竟然和萧明月是朋友，当即变了脸色，大声笑道："原来都是朋友啊，那好说啊。来来来，我们到里面谈。"

后来的谈话也都是套近乎，没什么实质性话题。两天后，郝一舟的账户进了一笔巨款，显示是"宏瑞鑫"，也就是贺总的公司。

这操作就有些迷了。

贺总单独约他相聚，贼兮兮地说道："那笔钱就当我们俩交个朋友，其实我看上萧明月了，我们两家门当户对、男才女貌，简直堪比绝配。萧明月要是嫁给了我，萧氏一半的股权就都是我的，是我的就是兄弟你的，对不对？"

什么？

"我本来是想讨好萧明月的，但我发现这种艺术家太过清高，比企业家还难搞。所以我想了另外一招。"贺总挑了挑猥琐的眉毛，"你把她约出来吃饭，我给你点东西，她一喝一倒，我再……"

郝一舟冷冷地看着他做了个脱衣服的动作，抱着胳膊一脸沉迷。

他没听错吧，姓贺的是想要设计一场阴谋把萧明月给骗到手？他这是当着自己的面在侮辱那个人吧？真是没错啊。

郝一舟的眼中卷起风暴，他这小半生都没有这么阴暗过，敲着桌子的手指冷冰。

他的声音像是从深渊传来："你知不知道，她……是我的心上人！"

萧明月赶到派出所的时候，郝一舟正孤零零地坐在长椅上，眼角有明显的瘀青。

郝一舟一看到萧明月，就知道是韩舍搞的鬼。他扭过头去，被萧明月气愤地又给扭了过来。她看着心心念念的人，问道："是他打的吗？"

两个人的姿势像极了霸道女总裁和她的小娇夫。

郝一舟的男性尊严啊，他好想说你去看看监控，看看老子是怎么把他摁在地上狂揍的！眼角是自己不小心磕的……正想着，他就看到萧明月疾步走到贺总那边，当着警察叔叔的面给了他一个响亮的耳光。

"贺宏，从你动他的那一刻起，我萧家就跟你宏瑞鑫势不两立。"

贺总肿着猪头脸欲哭无泪，到底是谁动的谁啊，他才是受害方！

贺总抱着警察叔叔的胳膊，流下悲伤的眼泪："叔叔她打我。呜呜呜——把这对狗男女给我关起来！"

萧明月把事情处理完后，带着小娇夫回了自己家。小娇夫坐在副驾驶座上不敢吭声，脑袋里还在回想她打贺宏耳光的事情。怎么办，他一个男人都觉得好帅。

到家以后，萧明月去冰箱里拿了冰块包在干净的毛巾里，打算给郝一舟冷敷。

郝一舟哪敢让大小姐亲自动手啊！说自己来。

萧明月简明扼要地道："待着。"

好嘞。

萧明月将自己那一头乌黑的卷发给盘了起来，郝一舟还在惊奇没有头绳是怎么扎起来的，心上人就贴了过来，身上带着好闻的香气和丝丝温柔。

她的目光落在了伤口处。

郝一舟觉得坐着的沙发好软，他佯装无意地朝旁边挪了挪，说道："那个……这段时间麻烦你了啊，字不用写了。"

"为什么？"

"我们已经在跟宏瑞鑫谈解约了。"

萧明月显然不意外，她就知道郝一舟为了不想跟自己有关系，宁愿丢掉饭碗。她心里很难受，从小到大都没这么挫败过，嘴唇一开一合，有微微的叹息声。

郝一舟的眼神扫来扫去，最后还是被萧明月的红唇给吸引了。她的唇漂亮又性感，跟米糕一样软糯Q弹。他最喜欢吃米糕了，但更喜欢她的唇。

萧明月察觉到郝一舟出神了，突然就想起韩舍给她打电话时，除了通知她去派出所接人，还说了一句话——

“郝一舟他是清高的，但并不清纯。”

清纯这种东西，萧明月觉得取决于实事。

她柔声细语：“想亲我吗？”

郝一舟反应过来，都没来得及脸红，就听到萧明月说：“可是我想。”

小娇夫再次被扑倒，心想：果然躺在沙发上更柔软。

萧明月按着他的手臂吻着喜欢的男人，郝一舟迷离半晌又开始欲拒还迎。

“我还不如跟了贺宏，最起码他是喜欢我的。”

萧明月趴在郝一舟身上，喘着粗气。郝一舟听到贺宏的名字，当即来了火气：“喜欢你？他哪是喜欢你，他明明是想利用你啊！笨蛋！”

“那喜欢我应该是什么样子的？”

“我这个样子的！”

萧明月的眼中带有笑意，郝一舟无语了。

“我也喜欢你这个样子……”萧明月太主动了，亲了亲身下人的嘴唇，饶是石头做的心也会被打动。郝一舟拿胳膊轻轻撑了一下，就将萧明月给翻到身下。

他二话不说吻上去，极其认真地说：“我哪个样子你可能不清楚。还有，我讨厌你在上面。”

这一吻，表了郝一舟的心迹，也明了两个人心心相悦。

光天化日之下，沙发上的两个人不能自拔。没十分钟，沙发周边就一片狼藉。衣服扔得到处都是，矮脚桌上摆着的一套精致茶具也弄到了绒毯上，他们充满欲望的呼吸彻底纠缠不清。

萧明月发出某种呻吟，略有些紧张，搂着郝一舟的脖子颤声道："去里面……"

床上即将发生一场战役，郝一舟不清纯的另一面已然暴露。萧明月在迷糊间问了一句："你当时把我看光了就没想过负责吗？"

"我觉得那种不用负责……"

"哪种才算？"

郝一舟弄疼了萧明月，亲了亲她的耳朵，勾起嘴角："这种。"